中国作家协会定点深入生活项目签约作品

桔颂

马昌华◎著

中国华侨出版社
北京

图书在版编目（CIP）数据

桔颂 / 马昌华著． —— 北京：中国华侨出版社，2020.11（2023.1重印）
　ISBN 978-7-5113-8311-2

　Ⅰ．①桔… Ⅱ．①马… Ⅲ．①长篇小说－中国－当代 Ⅳ．①I247.5

中国版本图书馆CIP数据核字(2020)第172454号

桔颂

著　　者：	马昌华
责任编辑：	黄　威
封面设计：	悟阅文化
美术编辑：	悟阅文化
经　　销：	新华书店
开　　本：	880mm×1230mm　1/32开　印张：9　字数：234千字
印　　刷：	三河市嵩川印刷有限公司
版　　次：	2021年1月第1版
印　　次：	2023年1月第2次印刷
书　　号：	ISBN 978-7-5113-8311-2
定　　价：	49.80元

中国华侨出版社　北京市朝阳区西坝河东里77号楼底商5号　邮编：100028
法律顾问：陈鹰律师事务所
发行部：(028) 86716307　　传　真：(028) 86613050
网　址：www.oveaschin.com　　E-mail: oveaschin@sina.com

如果发现印装质量问题，影响阅读，请与印刷厂联系调换。

目录

一、引　子 …………………………………… 001

二、浪溪河 …………………………………… 008

三、金桔醉 …………………………………… 012

四、山歌少年 ………………………………… 016

五、骑楼调子 ………………………………… 021

六、上帝的水果 ……………………………… 025

七、金桔大王 ………………………………… 034

八、辞职高才生 ……………………………… 057

九、海归女 …………………………………… 065

十、还乡不衣锦 ……………………………… 087

十一、屠园记 ………………………………… 099

十二、反水记 ………………………………… 114

十三、扩张记 …………………………………… 123

十四、九八佬 …………………………………… 139

十五、军令状 …………………………………… 148

十六、桔王争霸 ………………………………… 159

十七、纯金多米诺 ……………………………… 173

十八、金桔培训班 ……………………………… 182

十九、冰冻事件 ………………………………… 186

二十、再屠园记 ………………………………… 194

二十一、金桔合作社 …………………………… 206

二十二、巡视组 ………………………………… 218

二十三、秀秀直播 ……………………………… 224

二十四、甜过初恋的脆蜜新宠 ………………… 242

二十五、城市合伙人 …………………………… 250

二十六、金桔楼会有的,老婆也会有的 ……… 266

二十七、尾　声 ………………………………… 279

一、引　子

由南向北的高铁，像一支穿越云空的令箭，高山、河流、村庄、城市不断地从两旁倏忽闪过。再过两个小时，便将到达本次列车的终点和此行的目的地——北京。

靠坐在窗口的玉刚，眼睛不时瞟向窗外，想寻找从天而降的灵感，可是，除了一闪而过目不暇接形迹模糊的沿途景色，头脑里依旧是一团糨糊。他的心就像列车下颤动不已的铁轨，一直突突地"哐当"着，有些不由自主地忐忑。

"融州金桔，曾被美国大使誉为'上帝的水果'！因为它，我们有一千个充足的理由，让你无法拒绝浪溪河多情的怀抱！"

虽然这些词句在心里已经反复斟酌了无数遍，但玉刚还是很不满意，自己都觉得这段"充满豪情"的广告语略显啰唆，太过矫情，不够响亮，甚至有些言不由衷。

但是，玉刚已经绞尽脑汁，再也憋不出什么更加妥帖的"绝妙好词"来。他撇不开"浪溪河多情的怀抱"，甚至还想把"热情的西塘坳"融进去。来之前，村支书黄敢就叮嘱过他，有机会一定要替自己好好宣传一把，他在心里记得牢牢的。他估摸得出，黄敢说的这个"自己"，不是他玉刚个人，而是与乡亲们一起创业的"西塘坳"！

玉刚这次临时被安排随县委书记程伟去北京，专门为融州金桔做推广宣传，来回至少得十天八天的。他去的这些天，合作社这边有村支书黄敢叔坐镇，加上他的"巡视组"严密监管，不用担心，肯定不会有什么问题。自家果园的事情全压到爱人秀梅一个人身上，还有收果发货也得她把关，千头万绪很难为她了，真心有些不忍。

出来前，秀梅交代玉刚："在路上多想点北京宣传的事，这回程书记特意点你的将，肯定不是让你去当电灯泡的。"

还是秀梅有先见之明。果然,一上高铁不久,程伟就将玉刚叫到面前,交代他为融州金桔"想几句妥帖的广告词"。

"想几句妥帖的广告词"对毫无准备的玉刚来说,简直要比起草那部刚刚获得通过、由权威部门正式发布并即将在全国统一实施的《金桔国家标准》还要费劲!

《金桔国家标准》是以融州县为主要起草单位,代表国家层面调研、起草与审定的金桔栽培管理的技术标准,玉刚是当初起草小组的主笔之一,洋洋万言的《金桔国家标准》虽然写得很费周折,但凭着自己对于金桔的研究心得和实践经验,总体上还是得心应手的,最费心思的,就是如何综合与自己意见不甚对板,但能在学术界引起共鸣,而且农户们也普遍接受的一些所谓种植管理要领。但总算想出折中的办法,最后达到两全其美的效果。

玉刚这次是随同程伟书记一起来京参加全国农产品博览会和"融州金桔"旅游精品推介会的。他还将与程伟一起,受邀做客央视大厅,共述融州金桔的"前世今生",畅叙融州金桔的"美好未来"。

他当然知道,这次的北京之行,对于声名鹊起的融州金桔,对于融州金桔的核心示范区东山乡,对于自己悉心经营的西塘坳村金桔合作社,以及自己倾力打造的"纯金"商标品牌与"金桔汇"电商平台,有着多么重要的意义。

在此之前,中央电视台《致富经》栏目组曾专门到融州,到东山乡,到西塘坳村坡尾屯实地采访,为玉刚和秀梅量身制作了一个《富带贫》的专题片。这次随同书记进京,也是顺理成章的事情。

"玉刚你点子多,想想词儿吧,这个任务交给你,好好替我们的融州金桔打个漂亮广告。"程伟定定地望着玉刚,神情轻松。

可玉刚轻松不起来。什么样的话才是融州金桔"妥帖的广告词",他心里没有一点儿谱,也不知道程书记需要怎样的"妥帖"。

玉刚将搜肠刮肚得到的广告词写下来，递给程伟。程伟接过一看，一边轻轻念叨，说："意思吧还行，知道广告语怎么煽情了，不过呢，就是有点太文绉绉了。写文章的话，这样还勉强可以，可是，当着真人面对面像聊家常一样说起来，就显得别扭了。"

"不信，你现在说给我听听？"程伟斜眼望着玉刚。

玉刚试着在心里默念了两遍，的确有点说不出口，只好讪笑着，无奈地摇了摇头。

"不过，你说的那个上帝的水果，倒是很有意思的典故，回去以后可以好好挖掘挖掘，包装起来，应该是一个不错的卖点呢。"

程伟的右手在空中画出一道有力的弧线，对着在座的几个人强调说："你们一定要记住，任何产品拼到最后，其实卖的都是包装，这就是颠扑不破的商道！"

"嗯嗯。"玉刚一边回应着，但脑海里还在纠结融州金桔的广告词。程书记的话让他脑袋一片空白。

"听说你是在北京读的大学？"程伟突然转过话题问玉刚。

"嗯，当初念的北京农大。"玉刚小心翼翼地回答着，生怕县委书记再给自己出别的难题。

"那你算是老北京喽，到时可以当我们的向导啦。"程伟的语气明显随和风趣了许多。

玉刚悬着的心总算暂时放了下来。

然而，一到西站，玉刚这个"老北京"就彻底蒙圈了。

自从大学毕业离开北京，到现在再次"回来"，整整隔了十三年。

十三年，北京变化可真大呀，好多地方都认不出来了。

但是这里，国家农业展览馆对于蒙圈的玉刚来说依然那么熟悉和亲切，还是保持着原来的模样。

国家农业展览馆门前人流如潮，拥挤的人群从门口鱼贯而入。

程伟与玉刚一行仰头望望门楣，依次走向展览厅大门。

展览馆内，金碧辉煌的会议大厅，"产业扶贫在行动"大型公益活动热闹非凡，会议大厅正面是"全国产业扶贫在行动"LED电子屏幕。

电子屏上播出了极具桂北特色的MV《金桔飘香的地方》，全场响彻着著名歌手王丽达动人的歌声："摆竹山摆出好美好美的画廊，浪溪江浪漫着好长好长的诗行，都说你是那甜蜜初恋的情人，都说你是那相亲相爱的梦乡……"

伴随着音乐，桂北融州县委书记程伟在身着大红旗袍的礼仪小姐的引领下，拎着一篮特殊的"礼物"，面带微笑，从容地走到台前。

来自全国各地的100多家新闻媒体，长枪短炮一齐对着主席台，聚焦在融州县委书记程伟容光焕发的脸上。

台下，全国500个参展贫困地区市县的代表数千人在翘首以盼。

坐在台下的玉刚，环顾着宏大的展厅会场，紧张得双手不由自主地不停摩挲，最后把目光投向主席台。玉刚心里没有一点儿底，他无法预知，高瞻远瞩又能言善辩的程书记，究竟会带给全国人民怎样振聋发聩的"广告词"呢？

不管了，不管了，反正程书记能说会道、口吐莲花，不会想不出高大上的词儿来，何况还有秘书专门给他预备的稿子呢。

台上的程伟并没有从衣袋里掏稿子，而是从提篮中拿起一颗黄灿灿的金桔，生动地向现场观众讲起了关于融州金桔的传奇故事来，当全场的人被动人的故事感染得热血沸腾的时候，程伟便趁机开启了他谈笑风生的产品推销：

"桂北融州，气候温和，景色秀丽，年平均气温19℃，年平均降水量为1900毫米，独特的地理环境和气候条件，孕育出独一无二的融州金桔。早在七十多年前，美国驻华大使司徒雷登就

一、引　子

曾盛赞我们的融州金桔为上帝的水果——对，就是当年毛主席写的《别了，司徒雷登》中那个司徒雷登。如今融州金桔已成功选育了滑皮金桔、脆蜜金桔、富圆金桔等新品种，其中滑皮金桔、脆蜜金桔是近年来重点发展的优良品种。滑皮金桔甜脆可口，无辛酸辣味，果皮细滑，果肉化渣，极耐贮藏，被称为专为电商而生的金桔良种。而脆蜜金桔具有果大皮薄、汁多肉厚、清甜无核、入口化渣等优良品质，更被冠以柑桔新品种的皇冠，是融州拥有完全知识产权的自然变异多倍体柑桔新品种，为国内首创。融州金桔已经成为带动老少边穷的融州经济发展的重要支柱产业。欢迎全国、全世界各地的朋友们到融州来，品尝甜过初恋的融州金桔，也让我们的融州金桔收获五湖四海的爱情，谢谢！"

程伟激情洋溢地推介着神奇的"上帝的水果"，并向在场的领导和嘉宾发出诚挚的邀请。

程伟的发言主旨成了：让世界了解"融州金桔"，让"融州金桔"走遍中国，走向广阔的世界市场。

这才是真正的大手笔！眼光远大，胸怀宽广，境界高深，不知超过了玉刚多少倍。比起玉刚的浪溪河情结，比起他呕心沥血地打造的"桔乡汇"，格局那真是甩开了"八十八条街"——不，简直就是半个地球！

玉刚终于明白了，什么叫作"高瞻远瞩"，什么叫作"放眼世界"。

程伟继续介绍："其实，我们的融州金桔不仅是口感一流的水果，还具有非同一般的药用和美容功效。现代医学研究表明，金桔能开胃生津消食醒酒、美容护肤减缓衰老，有维护心血管的功能，能疏肝解郁、化痰止咳、理气消食。经过精制的金桔膏，对于解除咽喉部的干燥、咽干口干、保护嗓子，效果更是立竿见影。"

程伟在说这些话的时候，巨大的电子屏幕上正播放着著名歌星刘婷婷与融州县委书记程伟在某大型活动上的聚会场景。刘婷婷笑容甜美，嗓音清脆，当着很多现场观众，很有感慨地对程伟说："说真的，我很感谢你们的融州金桔。我们搞歌唱艺术的，最怕关键时刻嗓子出问题，上次我去广东演出，由于旅途不适，加上劳累，引起感冒咳嗽，喉咙也沙哑了，当时吃了很多感冒药也不管用，多亏有人找来了你们生产的金桔膏。本来我还不太相信，可一吃上很快就见效了，喉咙也不哑了，没耽误我演出，真的很神奇啊！我现在特别爱吃融州金桔果和金桔膏！我不避嫌，我就是要为你们融州金桔做广告！好东西就得让全天下人知道，叫造福世界也不为过呢！"

屏幕上大歌星刘婷婷的一番话，感染了现场所有的观众，尤其是此刻坐在农展馆大厅内的人。

"程书记，您刚才介绍了融州金桔这么多的好，那么请问，融州金桔对于咱贫困山区群众脱贫致富到底有多大帮助？"

活动现场，漂亮犀利的央视记者率先提问，也是一语中的。

程伟望着记者，微微一笑，又是一番侃侃而谈："具体说吧，就是半亩金桔助脱贫，一亩金桔奔小康，这不是口号，是真真切切的现实，当然啦，要是舍得出力气，多种上几亩，那可就要富得流油了，它是老百姓脱贫致富的黄金果、幸福果！"

女记者赞许地点点头。

程伟继续说道：

"我们融州处于滇黔桂石漠化片区，是桂北典型的贫困县，为了脱贫解困，我们经过不断探索和不懈努力，充分利用地方资源，着重发展特色产业，如今融州金桔的品牌效应已经初步显现。在扶持地方特色农业产业的工作上，同时依托互联网和现代物流的优势，十分注重电商的发展——顺便介绍一下，我们融州目前已成为全国电子商务进农村综合示范县，通过电商让融州金桔插上互联网的翅膀，走向全国，走向全世界！"

程伟的解答再次赢得了现场雷鸣般的掌声。

"今天，借此机会，我还要感谢这么多的新闻媒体共同参与

一、引 子

报道活动盛况，进一步帮助我们贫困地区宣传推介优质的特色产品，提升贫困地区优质农产品知名度和美誉度，帮助贫困地区群众早日脱贫致富。同时，我谨代表五十万融州人民，真诚欢迎各位到融州做客，实地感受融州金桔的魅力和融州人民的热情。期待我们融州见！"

程伟双手合十，给现场所有的人鞠躬施礼，神态虔诚。

"最后，金桔好不好吃，请大家亲口尝一尝试一试，是不是甜过了初恋的感觉！"

程伟将手中的金桔轻轻送到嘴边，嘎嘣一口咬下，结束的自己的演讲。

台下的人们见状，也纷纷仿效程伟，从身边美丽的礼仪小姐托举的果篮里捏起色泽诱人的金桔果，认真地咀嚼品尝起来。顿时现场一片吧嗒的咂嘴声，然后夹杂着各种油然而生的赞叹：

"嗯——真的好吃！"

"口感一流，风味绝佳。"

"哇，二十三度爆炸甜，果然名不虚传咧！"

活动的另一个环节是意向交易合作协议签字仪式。当场便有十余家果品贸易公司，与融州签下了一千二百万斤、总金额超过一亿元的融州金桔供货合同。

程伟面带微笑与众客商签订金桔供销协议，不时与客商热情握手。

一次推介会便签下了这么大的单子，连吃着金桔做现场报道的央视记者都禁不住有点小感动。

玉刚也挤在人群中，不停地用手机拍着现场签单视频、照片，激动的他简直有些热血沸腾了。

玉刚一边拍摄，一边从手机中找出微信好友"支书"，并实时将拍摄的视频和照片发送给远在家乡的"支书"。

玉刚给支书语音留言："敢叔，你晓得不，今天的场面太火爆了，县委程书记签单都签到手发软了，当场总共签下了一千二百万斤的供货合同，金额超过一个亿，啧啧，一个亿呢！"

签单结束，程伟走下签字席，亲切地拍着旁边的玉刚：

"看到了吧？这就是品牌的魅力和宣传的效果！"

玉刚看着程伟，钦佩地点着头。

没错，自己倾力打造的"桔乡汇"和"纯金"就是品牌的典范呢！

而他、村支书黄敢与乡亲们一道齐心协力苦心经营的西塘坳金桔合作社就是品牌的保障！

当然，玉刚更加深深感受到，眼前的县委书记程伟才是最响亮、最具魅力的品牌！

二、浪溪河

融州地处桂中北部，北回归线北，属亚热带季风气候，气候温暖，太阳辐射长，雨水充沛，雨热同季，境内地貌多为沉积平原、低山缓坡、中低陡坡地貌，地势东北高，西南低，土壤天然富硒，是各种植物特别是农作物生长的理想天堂。

东山乡便是这天堂的核心。

源自融州境内翁古顶的浪溪江充满了雄性激素，而发端于狮子岭的雅瑶河却蕴含着女性的温柔缠绵，它们从各自的山顶倾泻下来，像一对心有灵犀却又只能隔空相望的梦中情人，终于得到解放重获自由，一路张开欢快的双臂，热烈地奔向久久思念的对方，很快就聚合交融在一起，簇拥跳跃着向前，向前。

绵延百里的融江支流浪溪河，绕东山乡逶迤迂回，两岸水汽充盈万物丰隆，茶油、香菇、笋干、灵芝、罗汉果、沙田柚、桐油、杉木、竹子、东纸乃至生猪、菜牛……应有尽有，自古以来就是融州最富裕的聚宝盆，孕育了地理结构、气候土壤、物产资源、风俗习惯、风土人情相对统一的浪溪河谷走廊。

千百年来杂居于浪溪河两岸的壮、侗、苗、瑶、汉族以及讲江西话的客家人，民风淳厚，和谐共生，彼此联姻，相互繁衍，其乐融融，早已实现了民族大融合，真正成了相亲相爱的一家人。

浪溪河因水急浪大、河道陡河滩多而出名。它像一条灵动的飘带一路蜿蜒，流别东山乡，流入从贵州一路滔滔而来的融江，再从素有"小柳州"之称的八桂名镇长安穿城而走，然后从容流出融州，流过柳州、梧州，流向广州，直达千里之外的浩瀚南海。因为灵山秀水与田园牧歌的美丽风光，也因曾经拥有的不尽繁华与风雨沧桑，这些散布于浪溪河谷的大小村寨，便成了缀在绿色飘带上的一颗颗灿烂的明珠，便有了令人心醉神迷的魅惑。

隔着浪溪河的坡尾屯与桐木寨，就是这些明珠中挨得最近的两颗，两个寨子的人家互相喊得应，撇下浪溪河远远看过去，往往会误以为就是一个相连着的大寨子呢。两个寨子的大人小孩常常一起在河里打鱼捞虾、游泳戏水，不分彼此。临时急用借个小东西，手劲大的这边岸顺手一撂，就撂过对岸去了，用完了喊一声，再从对岸撂回来，就这么简单。女人们在河边洗衣洗菜，相互说笑打讲，家长里短，一声声清脆的棒槌，一个个响亮的哈哈，伴着潺潺的河水声、水上鸭子们的嘎嘎声，在小河上传递混和，稍稍隔远了听，都分不出是从哪边岸发出来的，只听得到你来我往的热切交流是如此亲密无间，仿佛就是一座屋檐下一个火膛边的款款细聊。

但在没通桥之前，坡尾的人要过桐木，或者桐木的人要来坡尾，要辗转绕上半个多小时，得从三里多外的上游浅滩处的跳石上小心地"跳"过河对岸，再依着陡峭的山崖，沿曲折的河边小路折转下来。那时有个段子，说是两个寨子的年轻人谈恋爱，各自困在河对岸，两眼相望数得清对方的眉毛，两耳相闻听得见彼此喉咙里的悄悄话，呵一口气都能吹动对方的头发，可想断了肠子就是拉不上个手。

不过，心急的人直接从河里凫水过去那是另外一回事了。

如今村屯水泥路连通之后，河上架起了水泥桥，从坡尾屯走路往桐木寨，不过三两分钟，跨脚就到了。

玉刚是在浪溪河里泡大的，打从记事起，浪溪河给玉刚带来过无限的记忆，酸甜苦辣咸五味俱全，当然，快乐是最重要的。

玉刚至今记得，很小的时候，常常跟着大人们下河嬉水，结果被闹腾的大人们强行剥光了衣服高高地托举在半空，接着"砰"的一声被丢到水中，还要把头按在水面下闷水，每一回都被呛得眼泪直流，哭声震河。

"哭吧，小兔崽子，没人慌你，除非你没跟。"

大人们坏笑着，露出得意的神色。这些没心没肺的大人，专以折腾小孩为乐子。折腾玉刚最狠的大人当中，一个是屯里的黄喜六，另一个就是对面桐木寨的黄敢——那时候他还没有当上村支书，离入党也还隔着好多年呢——他们两个就是最爱捉弄小屁孩的愣头汉子，最可恶了。

但闷水之后的玉刚从来不长记性，下次保准还屁颠屁颠地跟在后面，不离不弃，跟不上时倒像掉了魂似的，小心脏里放了个胡乱抓狂的野猫崽。

说也奇怪，没多久，玉刚竟然可以自己凫水打水闷子了，一口气可以潜入水底憋上两分钟，游出二三十米之外，再也不怕大人们折腾了。有时候大人们又像以往那样想要"欺负"他时，他还会趁机来个出其不意的恶作剧，闷水潜游到远远的石头后面或者河边的草丛之下，悄悄躲藏起来，半响不露面不出声，反把搞事的大人们唬得一个个脸铁青铁青的像挂了一副副烂猪肝，以为要出人命了。看着大人们那副焦急无措的烧包样子，躲在石头后或草丛下的玉刚，便忍不住发笑。

"哼，看你们还敢不敢张狂，随便欺负小朋友！"

再后来大一点了，玉刚就与小伙伴们一道，成天光着个屁股蛋子，在河里打水仗，摸鱼捞虾，并开始潜移默化地学起大人们的恶作剧来，欺负小姑娘或比自己更小的男孩子，并且乐此不疲。

水急浪大的浪溪河河面并不宽，最宽处也就二十来丈，窄的地方不过四五丈，只是到了融江的入口才逐渐开阔起来。中途还有好多常年露着石头的河滩，刚刚还齐头并进的河水一下子就隐藏在石礁之间捉起迷藏来了，小船和木排最怕过的就是这些心怀叵测的礁石滩，弄不好会吃人的，当然也只是每年涨水的时候。

每到雨季，狭窄的浪溪河就会放肆地扩张。千百年来，龙走蛇行的浪溪河不知掩藏了多少宝贝的秘密，洪水一翻腾，埋在河底的宝贝也会趁机出来"见天闹龙"。

有一年的夏天，连续三天三夜的大雨，浪溪河的水一下子涨了四五米高，整个河谷成了一片汪洋，沿河的村庄被淹没在滔滔的洪水之中。

有的堂屋进了水，从上游鱼塘逃出来的鱼，一尾接一尾地跃过门槛，进到堂屋角，往灶房里钻，人们便卷裤腿撸袖子欢喜巴巴地围着堂屋灶房捉鱼加菜。

有的房子被淹得几乎没了顶，只现出一截一截的屋山头，年久的土坯房一遇洪水冲击或浸蚀，墙脚一软便轰然倒塌。而临河的吊脚小木屋，直接变成进水的小船，随水漂浮而下，成为下游人们打捞的大水货。

自家被淹没冲垮的房屋仿佛并不受关注，此时村人们最在意的，是从上游顺着洪水漂流下来的各种木头什物。特别是一些早年沉淀在河里被淤泥埋起来的古树阴沉木，一发大水便容易被冲出来。那些埋在河底百年的巨大的阴沉木，就是浪溪河的"龙宝"之一。

呵呵，乖巧的浪溪河就这样，平常深藏不露，到了春夏之季，总忍不住春情萌动，久不久也会潜龙发威般搞出些惊人的动静来。

三、金桔醉

浪溪河滋润的东山乡，叫得最响的，当然要数种植繁衍了近三百年的特产金桔，这可是传说中的"黄金果"，号称"中华桔"。而融州也因为东山乡金桔种植历史悠久、金桔品质优良独特，早已盛名远播，多次荣获国家、省地农产品博览会金奖，被誉为"中国金桔之乡"。

融州金桔果外表美观，其果实含有丰富的维生素C、金桔甙等成分。作为食疗保健品，金桔蜜饯可以开胃，饮金桔汁能生津止渴。当然还有金桔酒、金桔茶、金桔膏、金桔应子、金桔酿……难怪人们对金桔果这么偏爱，这么依恋，这么朝思暮想。

原生的老金桔树基本上是自然生长的状态，都是传统的实生苗，不过那已是20世纪90年代以前的事了，现在却只能到金桔博物馆中"金桔老家"的护墙院里去寻觅它的芳踪。

不经修剪的原生金桔树干很高很高，与现在矮化无刺的改良金桔新品种不同，一般能长到差不多两丈，树顶的好果不能轻易摘到。为了吃到树梢上见阳多、个儿大黄爽的上品金桔，需要搬着长梯上树去摘，但即便架着长梯，往往还是远远够不着树梢，只得想方设法套上厚厚的长衣长裤，拿根长长的竹篙，小心翼翼地踩着梯子的顶端，一手轻抚着带刺的金桔树干，一手握着竹篙往树梢顶端的金桔一阵敲打，被打落的金桔纷纷滚到树下的草丛里，底下的小伙伴们见了，便发出一声声由衷的欢呼，争相捡起，迫不及待地往嘴里塞，咬一口，全是满满的幸福和喜悦。可是树上打金桔的人没少受到金桔树"血的教训"，稍不注意便会被长长的金桔树刺扎到手脚，疼得直想从树上跳下去，不蒙你，那疼可真是钻心的。蒋世财体会最深了。

馋嘴的玉刚和小伙伴们也曾深深领教过金桔刺的厉害。不过，比起金桔果的甜蜜诱惑，被树刺扎几下又算得了什么呢？

小伙伴们一有机会便会忘乎所以地贪吃，不晓得那油皮金桔的果皮含有大量的精油，吃多了也会"醉"人。

有一次放学后，玉刚和寨上的韦光辉、黄石砣结伴回家，途中拐到一片金桔林边。那时还是以水稻生产为主，作为农副产品的金桔还没有取得下田种植的资本，都是栽在山坡上。农历八月初的时候，金桔刚刚由青转黄，还未成熟，一口咬下去那真是要酸掉牙齿，青幽幽的金桔油皮又麻嘴又呛鼻，可小伙伴们都架不住嘴馋，一个个心里痒痒的，眼睛盯着满树的金桔果骨碌碌直转，再也挪不开脚步。

背着人摘金桔吃就是名副其实的小偷了，在要不要大饱一顿金桔果的思想斗争中，三个人以"剪刀锤子布"的划拳形式确定输赢，由最后的赢家来决定摘或不摘。要摘就三个人一起摘，回去就不怕有人告密，要不摘就大家忍着，一起干瞪眼吞口水。

玉刚使了个小花招就轻易地把话语权拿到了。他是坚定的主吃派，极力撺掇小伙伴们摘吃金桔的。

玉刚背过身，做出一副摇头晃脑的思考状，其实他是憋不住在偷笑呢。可又怕小伙伴们见了瞧不起自己是个馋嘴鬼。

"玉刚你背着身子做什么，到底摘还是不摘？"韦光辉和黄石砣两个早已馋得口水直流，都有点等不及了。

"我问你们两个想不想吃？"玉刚故意问。

"当然想了，难道你不想吗？"韦光辉和黄石砣性子直，没那么多的弯弯绕绕。

"那就听你们两个的，吃吧。"玉刚狡黠地说道，"我本来是不想吃的。"

玉刚卖了个乖。

韦光辉和黄石砣才不管玉刚是不是卖乖，只要三个人都同意，心里就踏实，可以放心吃了。

三个人便找来一根枯竹竿，对着金桔树枝头一阵猛打，青涩的金桔雨点般落下来，然后各个捡起地上的金桔放肆地嗨吃起来。也许是空腹的缘故，也许是吃过了量，终于吃到一个个"醉"卧在金桔林里不省人事，直到天黑都没能醒来。

按照往常，孩子们老早就应该到家了，可今天都天黑好一阵了人还不见人回来，各自的家长急得掉了魂似的相互打听。

"你家石砣回来了吗？"

"还没回。你家玉刚呢？"

"没呢。"

"我家光辉也没回来。"

谁家也没有消息，于是，三家的大人打着手电筒与火把分头到处找，寨子附近的浪溪河、池塘甚至水渠沟坎，凡能想到的与水有关的地方都找了个遍，可是连个人影子都没寻见。

大人们的担心不无道理，孩子们天性爱水，何况是生长在浪溪河边成天与水打交道的人，一天不在水里泡一泡就不舒坦。夏天游泳，春秋摸鱼抓虾，总有乐子可找。

没定力的家长们，一边沿水路山道声嘶力竭地呼喊着自家孩子的名字，一边就禁不住开始号啕起来。那喊声哭腔在黑漆的夜里，在流水幽暗的夜空，伴和着凄厉的夜蝉与蛐蛐，传得老远老远，空荡而尖厉，有些瘆人，有些人为制造的紧张与恐慌，有些无边蔓延的悲凄的气氛。

蒋世财到长安街卖篾箩回转，正巧走夜路从金桔林边经过，朦胧中见到几个影子横七竖八地躺在路边坡地里，先是吓了一大跳，以为遇到传说中的山鬼了，想上前又不敢向前，想后退又不敢退却，最后只得颤颤地立在路边，麻着胆子大吼一声：

"哪个在这里偷金桔？"

连是人是鬼都没法分清，更不知道这些影子在干什么，这样大声叫喊，无非是想给自己壮壮胆子。不料这一喊竟然有了回应，有人被喊醒了，以为是生产队的联防员来巡逻，要逮他们去审问呢，一惊之下便想挣扎着爬起来开溜，哪知道浑身无力，仿佛骨头都散架了，头重脚轻的根本起不来，被抓住了现行算倒霉，只好赖在地上一动不动，也不搭腔，一副死猪不怕开水烫的架势。

耳尖的玉刚听出了蒋世财的声音，弱弱地应了一声："大伯，是我们。没，没偷金桔呢。"

蒋世财捶捶胸，暗吁一口气，骂道："天都黑成这样了，你们几个鬼崽崽还躺在这里睡大觉，就不怕野狗把你们叼去吗？家里大人一定担心死你们了。还不赶快起来，都跟我回家去！"

可是玉刚他们几个都还起不了身走不动呢。

蒋世财怀疑孩子们是不是食物中毒了，便问他们吃错了什么东西没有。他们都摇头说没吃错东西，可又不敢如实交代是偷吃金桔"醉"蒙了。玉刚本想说实话，自己的大伯当然没什么好怕的，可眼见小伙伴们都很忌讳，刻意隐瞒，便也不敢吭声。

蒋世财就将玉刚从地上拖起来扛上肩膀，并指着地上另外两个，叮嘱道："你们两个听好，先老实待在这里，谁也不许乱动，我这就回去叫你们家的大人来接你们，也别害怕，大人很快就会到的，啊？"

"好吧。"两个小家伙有气无力地答应着。

没过多久，得到消息的家长们来到金桔坡，各自将自家的孩子背回家去，之前的恐慌总共算是虚惊一场。

没吃错东西，又一副失魂落魄神情恍惚的样子，大人们都深信不疑，孩子们八成是遇到什么鬼魅缠身失了魂了。

几家约好了似的，都到外面给自家孩子喊魂。

醉醒的玉刚躺在床上蒙着被子直想笑。

"喊什么魂哟，喊冤吧！"

玉刚冷笑一声，蒙在被窝里放了一串连响的金桔屁。

领着一家人喊魂回来的覃巧莲，刚伸手去抚摸儿子的额头，还来不及言语抚慰，便被玉刚反抓着双手，直唤道："妈妈，我要吃应子糖！"

"傻宝崽，屋里哪有应子糖嘛！"覃巧莲叹着气。

前些日子，妹妹覃小翠过来走亲，倒是带了一包金桔应子糖，都怪自己当时大意没收藏好，现在终于被儿子惦记上了。

覃小翠在长安福民凉果厂上班，厂里每年收购各乡各村的金桔果来加工做金桔应子糖、金桔罐头等，来玉刚家总不忘带包应子糖或罐头什么的。可玉刚不知道，这回的应子糖，母亲覃巧莲转手就拿去看望玉刚的姑奶奶了。姑奶奶就住在本寨王家，只隔了两座屋子。自打入秋以来，姑奶奶的身体就一直不太好，在外工作的表叔们又都住在长安城里，难得回来照顾，倒是娘家的两个侄子侄媳照顾得多些。

覃巧莲抚着儿子的脸，爱怜地说："傻（ha）宝崽，家里没有应子糖呢！"

玉刚当然不信，口里不住地喃喃着："我要吃应子糖，我要吃应子糖……"

覃巧莲以为儿子的魂还没有复原，便张罗着去隔壁章口寨请收惊师韦炳安。

结果又是好一番折腾。

转天，玉刚果然就与平素一样活蹦乱跳有说有笑。

没有请过收惊师的黄石砣和韦光辉也"好"利索了。

四、山歌少年

金桔树上的刺太厉害，常常成了人们唱山歌的比兴对象，回想起来真的挺有意思。玉刚清楚地记得，有次三月里，懵懂的他也跟着罗天一几个大仔，从上游跳石处跨过浪溪河，去对面的桐木寨撩妹仔。当然，自己只是个陪衬而已，那时的玉刚正好考到长安城的融州高中读书，放假回来无聊，被大他四岁的罗天一硬拉着去"玩耍"了一回。罗天一这点好，自己没读什么书，对读书人倒是很亲近。

撩妹仔得唱山歌，这是壮家的传统习惯，也是客家的风俗。与"饭养身歌养心"是一个意思。罗天一知道玉刚头脑活，有知识，眼界高，说话又好听，能哄得死人转来，还会一溜一溜地编歌词儿。

不一会儿，从桐木寨出来了几个打扮妖娆的漂亮姑娘，罗天一他们一见心里便痒痒起来，远远对着姑娘开口便唱："眼前一片金桔林，金桔结在树顶顶。怕是哥哥眼花了，一闪一闪亮晶晶！"

对方一听，也不含糊，当即便有人接唱："前面哥哥眼没花，花了肠子花了心。不是哪颗都对眼，小心眼中有个钉。"

罗天一他们一开口便遭到姑娘们一顿奚落，自知刚才太唐突，不该一见面就嘻哈人家，人家姑娘才刚刚出到寨门口呢，太毛躁了。于是立即转换口吻恭维起来："妹是树顶金桔果，又好吃来又好看。要是金桔摘到手，捧在手里心也甜。"

女方也不含糊，接口唱道："金桔生在树巅巅，生来不是为好看。要是哥哥有心意，爬到树顶来聊天。"

见对方态度缓和，罗天一他们赶紧又唱："心想和妹来聊天，树上有刺不敢攀。要是被刺扎对了，哪个为哥吮手指尖？"

女方回唱："以为哥心像太阳，能照妹心暖洋洋。哪个晓得也脓包，前怕虎来后怕狼。"

想撩姑娘的罗天一们反被姑娘们撩得无地自容，一个个没了台词，灰头土脸地败下阵来，对面的姑娘见势，发出一阵阵揶揄的欢笑："还对不对？"

"玉刚，编歌词编歌词，顶不住了。"带头起哄的罗天一抓头挠耳朵，再也蒙不出一句词来，便嚷嚷着让玉刚来给他们解围。

一直跟在后面不出声的玉刚，一边听着双方的对歌，一边也在揣摩，见罗天一他们接不下去，便灵机一动："天一哥，我有词了，我念你们来唱。"

"那还不赶紧念！"罗天一喜出望外，激动之下，顺手一个巴掌甩在玉刚的头上，不过只轻轻地一拂，并没有用力，那是对玉刚表现认可的一种赏识姿态。

玉刚在嘴里轻轻念道："树顶金桔黄又甜，树干有刺也不难，拿把斧头来砍树，颗颗都往衣兜捡。"

霸气，果然压住了阵脚。对方一听立刻花容失色，开口嗔骂："缺德鬼，哪有想吃金桔连树也砍的？没诚心，不和你们对了！"

见姑娘们甩手要走开，罗天一他们又急了，个个把气头撒到玉刚身上来："都怪你这个背时鬼，要砍什么金桔树咯！"

玉刚嘟哝道："砍了树又不是不种了。"

"种什么种，知道要种还硬说砍？猪脑壳！"罗天一也没有好声气，又是一耳刮子甩在玉刚头上，这次不像刚才，是用了狠劲了，一耳刮子过去，玉刚的头就晃荡起来，一阵嗡嗡作响。

玉刚捂着被甩得火烧火燎的头，很不服气："哪个说砍了树不能再种？把高树变成矮树，把多刺的树变成没刺的树不好嘛！"

还能整出这一招？这主意不错，对方肯定想不到。

"那你还不赶紧的，编编歌词，我们还回去，叫她们走不了。"罗天一是个直肠子，性子又急，扬起巴掌又要往玉刚头上甩。

玉刚见了，连忙闪身躲开，一边撇着嘴："就知道甩耳刮子！"

罗天一的耳刮子到底没有再甩过去，只是象征性地在空中划拉了一下，便悬空停住了。

玉刚的脑子转得真快，一下就把歌词想好了："砍了高树栽矮树，往后摘果不愁难。树干不再长尖刺，摸着好比妹的脸。"

"嘢嘿，这小兔崽子，想开油荤了！不过这想法倒是新鲜又实在。"几个小伙子都来了劲。

玉刚在后面哼鼻子："掀了天灵盖了，不会对歌还想撩拐，真是癞蛤蟆想吃天鹅肉,想得倒挺美,哼!"

罗天一按照玉刚编的词儿唱起来,还真是灵验,刚刚要走的姑娘们居然又折了回来,继续接唱道:"从来金桔自然高,你说要矮哪得矮?妹是嫩脸也光鲜,金桔当然带刺栽!"

玉刚有了自己的主见,他不唱山歌,也不想撩拐。虽然不与他们一道掺和,但他要把自己的突发奇想告诉这些谈情说爱抑或打情骂俏的青年男女。便扯起嗓门,大声说道:"怎么不能?通过科学栽培,优胜劣汰,改良品种,一定可以的。没听说过太空辣椒一斤多一个,又大又甜吗?其实从县里到市里到省里的农技部门,都在研究金桔矮化的问题呢,你们却一个个蒙在鼓里,什么都不知道,还种金桔呢!"

"看样子,这位小弟弟懂得恁多,讲得蛮有道理哦。二天长大了去读科技大学,专门研究金桔树变矮没刺。我们叫寨子里的小姑娘排起队等到你,哈哈哈。"随即响起一串串银铃般的笑声,这笑声有些大方的热情,又有些恣意的放浪,当然还带着几分善意的戏谑。

说笑玉刚的姑娘,人们都喊她细妹,是姑娘中长得好看也最能唱最爱说的,看起来也不过十五六岁,与玉刚倒更像同龄人,却一口一个小弟弟地叫着玉刚。玉刚观察到同来的大哥哥们,不光是罗天一,大家都特别喜欢和那位叫细妹的姑娘对歌聊天,她也来者不拒,和谁都接得上腔。

几个后生仔就开始窃窃议论,相互打趣。

"这个细妹容易撩,你上嘛。"

"你上你上,你会调侃。"

……

那天撩拐,似乎一个也没撩成,山歌对了几箩筐,没有哪个姑娘同意跟这帮仔去玩耍,几个人都白费了一番心思,空手而归,特别扫兴,便一同起哄回到罗天一家去喝米二(农家自酿的二锅头米酒),结果一个个喝得酩酊大醉。醉了还拿筷子狠敲着缺了口的碗边边，长吁短叹。

酒桌上的牢骚，醒了就忘了。

没有人预料到，其实罗天一的真命女王还是在桐木寨。

罗天一果然与桐木寨的王细妹好上了，不过已是两年之后的事情。两年里发生了多大的变化，真是没人能估量得出。当初玉刚在山歌里唱过，要把金桔砍了高树栽矮树，树干不再长尖刺，如今竟成了事实。寨上黄敢家的金桔早就由高变矮、由刺变光滑了，不少人正跟着一起改良呢。

来年十一月，罗天一与王细妹果然有情人终成眷属，他们选在双十一这天结婚的。

办婚酒这天，罗天一特意给在北京农大果木系读书的玉刚挂了个长途电话。

"阿刚，我今天请结婚酒，拢共请了十八桌，算是蛮热闹了。只可惜差了你这个保密局长。"罗天一的话是真心的，他对读名牌大学的玉刚现在是既感谢更崇拜。

"天一哥，恭喜你和嫂子，留坛金桔酒，等我放假回去喝吧。"玉刚在电话那头为他庆贺。

"没的说，等你回来，想喝什么喝什么，想吃什么吃什么，我保证让你嫂子整给你。"罗天一眉飞色舞地承诺着。

"没诚意，我让你整，谁说要嫂子整了？噢，一进门就成了你家使唤丫头啦？"玉刚也学会杠起人来了。

"好，我整，我整。让你嫂子陪你聊天陪你喝，总行了吧？"

"这还差不多，像我大哥。到时让我嫂子和我一边，与你猜码对喝，看谁先搞醉谁。"

五、骑楼调子

  王细妹曾经心心念念长安城，但长安城其实远不止覃应发说给王细妹的那点好。他能说出来哄王细妹开心的，不过是些人云亦云的皮毛。

  虽然与那个"长安一片月，万户捣衣声"的大唐皇都不可比拟，但这个因当年的豆腐作坊"长安铺子"而叫得叮当响的南方小镇，还是颇有些历史渊源的。据《融县志》记载，其实在明朝惠帝前，人们就开始在长安镇进行集市交易了。因为得天独厚的地理位置和便捷的水陆交通，以及丰富的物产，所以，数百年来，古镇长安一直是各地商贾云集谋生取利的风水宝地，湖南、广东、江西、福建、贵州等省的客商不远千里，源源到此安家落户寻觅生计。那时的长安，大街小巷各类店铺齐全，如服装店、饮食店、客栈、特产店、乐器店、珠宝店、铁匠铺等，还有芒蒿、刨竹青（加工竹子的一种工艺表演）等古老形式的表演，应有尽有。商号店铺林立，不仅运走了融州的金桔、茶油、桐油、杉木、竹子、香菇、黄片糖、药材、东纸乃至生猪、菜牛等土特产，更将大把的银圆以及各地的物产送到了融州。平时沿江两岸停泊的大小船只、木筏足有1000多只，能排起两华里的长龙，那真叫一个热闹壮观生意兴隆呢！

  自嘉庆至民国，以"四大天王"为首的600多家大小商号，越过岭南各地汇集长安，先后在太和街、升平街、兴隆街、兴仁街建起了一条条岭南特色浓郁、中西文化结合、建筑风格各异的骑楼街，这些骑楼建筑大多保存至今，成为桂北地区保存最好的民国建筑群之一。外来的客商为了同乡的利益，先后在长安建起了湖南会馆、江西会馆、福建会馆和粤东上、下会馆，其他地方来此营生的人们也建立了多处同乡会，相互关照，使骑楼街更具风采。

椿 颂

百年前长安商界"四大天王"之一的"广隆兴",曾特意在前厅待客角摆上热茶、果盘之类,而果盘中最令客人眼亮,口舌生津的就是当地特产——融州金桔,做生意与不做生意的人,都来这里坐堂啜果吃茶,品评商铺买卖,老少无欺。主动带头捐钱筹款修筑码头。每逢荒灾之季,还不时在店铺门口搭棚施粥。热心公益、扶困济贫、深购远销的经营之道,那是有口皆碑,至今堪为借鉴的榜样。当时便有歌谣传诵:"长安自古号商城,四大天王最有名,试问个中谁第一,人人都说广隆兴。"

而今,一个普通的街头卖酸菜小吃的老阿婆亦能以一副"英雄难过美人关,美人难过杨婆酸"的门联创造出轰动的市场效应,这种一脉传承的经商文化,恐怕也是长安人经营策略中的绝唱吧?

百业兴盛的长安吸引着三教九流蜂拥而来,茶楼酒馆、赌场妓院、歌堂戏台在骑楼街比比皆是,成为名噪八桂的风流繁华之地。旧时的长安,白天街上人流拥挤如潮,往来商客络绎不绝,市场繁华,晚上灯火齐明,戏院锣鼓叮咚作响,茶楼酒馆猜拳打码闹声阵阵。水上酒楼昼夜营业,小贩、游艇穿梭于船只、木筏之间,喝金桔酒、品金桔茶、啖金桔果、听小曲谈生意者通宵达旦。以戏曲、小唱为代表的各地俚俗文化在长安纷纷登场,而"长安文场"与"融州彩调"便借此幸运而生。逢元宵佳节,从初十至十六,各门悬一灯,选清秀孩童艳装女服,以携花篮唱彩茶歌或演故事、耍龙灯嬉戏为乐……城市有音乐会兼有戏园,乡村有秧歌兼民间彩茶。

彩茶就是彩调,又称山花、调子、耍牡丹、哪嗬嗨,融州调子戏虽然传入尚不足百年,但成绩斐然,鼎盛时期,拥有业余调子剧团近百个,乡、村都有自己的调子戏班,繁荣程度可见一斑。

而调子剧团与演员则大多出自东山乡,浪溪河沿岸更是名声在外的"彩调窝"。东山乡毗邻桂西,不少村落原本属于桂西管辖，直到新中国成立后才划归融州，从坡尾屯到桂西的寿城——如今的永福县城，走路步行也不过半晌的工夫。调子戏是桂西的地方戏，后来才扩散到其他地方。与桂西连山共界的东山乡，近水楼台，自然得了桂西调子戏的真传，并发扬光大了。那时的街圩、庙会，甚至村寨红白喜事，调子戏班争相出演，调子戏不断翻新，就是不进戏班的大人小孩，都能随口来上一段诙谐搞笑的"哪嗬嗨"。

正是因为融州调子戏《龙女与汉鹏》当年在北京怀仁堂演出获得好评如潮，轻快、幽默，洗却了"淫奔之风"的调子戏才终于被正式命名为"彩调"，开始"扬眉吐气"。八桂彩调的扛鼎人物以融州为最，彩调艺人傅锦华、杨爱民曾四进中南海为毛主席等中央领导献艺，电影《刘三姐》中三姐所唱的歌，就是傅锦华配唱的，凡听过的人就忘不了。当年大文豪郭沫若还曾专门为傅锦华题诗相赠："桃李三秀才，都是大书呆，遇见刘三姐，顿叫口不开。"这些可都是有史可查的典故。

随彩调文场进入中南海的，当然少不了上佳果品——融州金桔果。

亦商亦文的长安，在成就了八桂名镇的盛誉之后，历经数百年更迭，早已是另外一番羡人的景象。而今，那些苔痕斑驳、日渐式微的临街骑楼与残垣断壁的各式会馆、戏台，虽然早已风华不再，但青灰的砖瓦、斑驳的木门提示着长安悠久而丰富的生活，而那被磨得又光又亮的门槛则述说着往昔"白日里千人拱手，入夜后万盏明灯"的繁华，更加彰显出长安古城的风雨沧桑，印证了那远去的繁华历史，并成了新的繁华之下一个绝佳的怀旧景点。那时候，在长安融州高中读书的玉刚，常常迷醉在与学校隔道相望的骑楼街，对着那些曾经盛极一时，如今早已式微，断壁残垣苔痕斑驳的门店伙铺酒舍茶肆，无端地发着思古的幽思。冥想着哪一天能够让沉寂的骑楼古街再次焕发诱人的风采，甚至天真地憧憬，经过重新打造的骑楼新城，现代气息与古典风韵交融,四通八达、整洁的青石街道,踩在上面发出橐橐的脆响。踱出骑楼街,便是一排排鳞次栉比的高楼大厦,规模宏大、客商云集的批发大市场,足可与大城市广场媲美的长安广场,组合出长安新貌异彩纷呈的大手笔……"长安回望绣成堆",应该是未来融州城最真实最生动的写照、桂北明珠的新魅力。

玉刚是一个很有想法的青年,尽管此时的他只不过是一个普普通通的高中生,但他的眼界早已超出了常人。

凡事都有两面性,玉刚的想法在有些人看来,却成了不切实际的胡思乱想。

"真是不知天高地厚,不是妄想症,就是自大狂!"

"读书读得脑壳懵懂了!"

玉刚并不认为自己的想法不切实际。当年黄德坚从江西迁桂抑或考学省亲,带回几颗金桔果,在拉敢屯开创了融州金桔种植的历史,不也成就了后来的融州金桔名扬海内外的殊荣吗?

一颗金桔醉长安,一根杉木建骑楼,文场彩调哪嗬嗨,财源茂盛乐悠悠。哪一件哪一桩绕得过"巷深酒香"的西塘坳坡尾屯,撇得开浪溪河盘桓的东山乡?

是的,不独长安,东山乡在融州乃至整个桂北地区,那也是出了名的富庶。它的风头有时甚至盖过了声名显赫的长安城。长安是个货物经营的集散之地,东山乡是实实在在的出产地,从长安装船外运的各种土特产,大多源自物产丰饶的东山乡。即便不到长安上船,在浪溪河上同样就有商业繁忙可以通达四海三江的雅瑶街、板榄街、黄金街、龙妙街、大将街……坡尾屯就挨着曾经生意兴隆的雅瑶街,所有的出产可就近在龙妙街装船起航,一样上走云南、贵州、四川,下走柳州、梧州、广州。

当然是顺着浪溪河再入融江啰。

长安城好耍,但已然不是好耍的王细妹的长安城。

"儿呀,别犟了,你的命就落在对面的坡尾屯。"多病的娘亲说得没错。

"叫了一声女儿哟依哟,女儿你听从头哟依哟,手拿梳子两头勾,为娘与你来梳头。左边梳一个盘龙髻,右边梳一个插花鬃,依儿哟哪嗬呀儿哟,梳一个凤凰头哟依哟……"细妹的娘亲忍耐不住,竟自哼起调子戏《娘送女》来,声音哽咽,有些难舍难离的悲彻,"日头出来点点红,娘送女儿回家中,哟呀哟依哟,今日送儿婆家走,我儿一旁听从头,依儿哟哪嗬呀儿哟……"

六、上帝的水果

说起融州金桔的来历,它其实是个意外。据《融州县志》记载,清朝乾隆年间,拉敢屯农民黄德坚首次从江西吉安府龙泉县(现在的遂川县)堆钱子乡引种而来,这位从江西从迁居融州的客家老爷,原是个逸情雅兴、思乡情结又浓的人,一次回老家省亲,忍不住将寓意吉祥的"黄金果"苗带到了融州的府院,亲自将其移栽在屋后菜园,数年而得食,终以聊慰乡愁。

玉刚读大二那年,回家过年,正好碰上乡里组织彩调演出。演出在屯东头的小学操场上进行。玉刚本来对这种地方小戏不太在意,小时候看过很多,但后来总认为那些打情骂俏吸引观众的表演格调不高,甚至有些庸俗不堪的低级趣味。不过闲着也是闲着,大家都去操场看戏去了,一个人在家很是无聊,便只好漫不经心地去凑凑热闹。

没想到这一去,彻底改变了玉刚长期以来对调子戏的印象。

操场四周挤满了来看彩调戏的人们,不仅本屯本村的人,很多外村外屯的人也闻讯赶了过来。一听说有戏看,村村寨寨的男女老少就像当年搞对象一般来了精神。

操场一头是黄土垒就的现成舞台,台上一侧是司琴和锣鼓乐器伴奏,中央一群艳妆男女,正在表演新编彩调《桔林新歌》,

只听幕后朗声唱道:"融州是个好地方,遍地金桔闪金光。我摘一颗尝一尝,赛过蜜蜂酿的糖。"

接着一个俊俏姑娘提篮出场,一边打着手势招呼:"姐妹们,帮黄大哥摘果去!"腰身一转,几位姑娘一起挎篮而出,绕场一圈光彩照人,齐声答应:"好咧!"声似银铃,欢快悦耳。

姑娘们绕场两圈,然后列队停立在戏台中央。有位姑娘假装摘起一颗金桔在眼前一晃,表情夸张地赞叹:"姐妹们,黄大哥家的金桔果好靓哟!"

有人赶紧搭腔:"人家黄大哥,要经验有经验,要技术有技术,果子当然靓哟。"

有人开始催促:"我们快点摘吧,钱老板还等着要货呢!"

有人回应道:"那我们就摘起来。"

一阵锣鼓响后,操琴声起,众人齐唱:"姐妹摘果没得闲,满山金桔满田园。今年又是好收成,丰收歌声响满天。金桔果林片连片,金桔果子香又甜。姐妹摘果颗连颗,摘完这边过那边。"

姑娘们挑起箩筐唱着歌走下。一位男演员提着一个手提袋上,边走边说:"今天,我请村里的姑娘们来帮摘果,我给她们送点吃的去。"

接着唱起花子腔:"惠农政策下乡来,农民又上一台阶,有人养殖当老板,我种金桔也发财。"

大哥招呼着姑娘们吃东西:"姑娘们累了吧,过来吃点东西先。"

姑娘们一边吃着东西,当中有人趁便问道:"黄大哥,我听我婆讲起过,某国领导人来中国访问,曾经指名要吃我们这里的金桔果,是真的吗?"

被叫作黄大哥的男演员告诉姑娘:"这是千真万确的事,不过,那是20世纪60年代的事了。"

姑娘又问:"为什么,全世界那么多的果子,恁子他就指定要吃我们融州的金桔果?"

"就因为……"

男演员开口说起了浪里白来:"因为融州金桔好,历史悠久营养高。它含多种维生素,药用它也有妙招。它能化痰和止咳,理气和中又开胃,全果含糖它也高。"

姑娘再问:"黄大哥,为什么我们融州的金桔果声誉就这么高,连那外国领导人也晓得要吃我们的金桔果呢?"

"呵呵,"男演员拿起一颗金桔来亮一下,"因为我们的金桔历史悠久呗!"

"有几悠久呀?"

姑娘开口唱起了盘花腔:"叫声黄大哥,我问你来言。融州金桔果,最早谁种先?"

男演员接腔答唱:"叫声荣姑娘,你听我来言。才妙拉敢屯,前辈黄德坚。"

姑娘再唱:"又请黄大哥,你来做宣传。种的哪一朝,又是哪一年?"

男演员再答唱:"问种是哪年,你听我来言。清朝乾隆时,一七五八年。哪嗬咿嗬嗨。"

"恁子讲,我们融州金桔的历史有二百多年了啵,当真是悠久了,呵呵。"姑娘一边笑着一边望向台下观众,恰好与眉清目秀的玉刚对了个暧昧的眼神,刺得玉刚冷不丁打了个激灵。

男演员继续讲起了的金桔来历故事:《融州县志》里说,我们融州的金桔是拉敢屯农民黄德坚当年从江西引进的。据老辈们传言,黄德坚是才妙拉敢屯黄姓的老祖宗,当年赴京赶考回程到江西省亲,从吉安府的龙泉县堆钱子乡带回来五棵金桔苗,试种成功,后来才慢慢发展起来的。

"不过也有人说是王家的老祖宗当年从江西逃难到广西时,顺便带过来的,老祖宗是个逸情雅兴的客家汉子,避难迁居融州,仍然不忘自己的喜好,顺便将寓意吉祥的'黄金果'带到了融州的府院,吃果后随手丢弃在屋檐外的籽粒,竟有五颗发芽了,老祖宗见了,心中大喜,便亲自将其移栽在屋后的菜园里,悉心培植,数年而得食。背井离乡的老祖宗喜出望外,终以'黄金果'聊慰乡愁。"

"为什么就知道当年带回来的是五棵金桔呢?"姑娘继续问。

"因为,在拉敢屯的王家菜园里,至今还保存着五棵树龄超过二百六十年的老金桔树王。不信,你们可以去实地亲眼看一看嘛,现在还长得旺旺的呢。"

"呵呵,原来如此呀——黄大哥,你看今年你家的金桔果多靓呀,这么好的收成,是要好好总结一下经验呢。"

"金桔种植都差不多,我看你们一个个也都是在行里手,都来说说吧,说给台下的乡亲听一听。"

女:"好嘛,那我就向诸位献丑啦,细请各位听端详。"

女唱:"元月二月的时间,采果之树要休眠。修剪除病最重要,杜绝病虫要清园。"

一女接唱:"三四五月春梢前,防治瘿蚊和凤蝶。药杀蚜虫和蜘蛛,还有炭疽和煤烟。"

另一女唱:"六至八月的时期,春梢停长现蕾前。用药防治花蕾蛆,杀蟜壁虱和卷叶。"

又一女唱:"九月十月十一月,杀虫灭菌防果裂。同时防治蟜壁虱,红白蜘蛛和潜叶。"

姑娘们轮番唱过,便齐声问男员:"黄大哥,你看我们讲得对吗?"

"对对对,姑娘们讲得都对——不过,还有一点最重要的哟。"

"那是什么呀?"

男演员唱:"还有一点最重要,果农大家要记牢。"

浪口白:"一定要使用无公害、无副作用、无残留的植物源农药,让消费者吃上环保金桔,吃得放心,吃得欢笑,吃得健康。"

男演员话未说完，一妇女打扮的女演员上来，要扯男演员的耳朵，一边高声嘟囔着："你个鬼公佬，还有空闲在这里哪嗨嗨，钱老板叫你快点过去结账咯。"

男演员望着女演员，一边表情夸张地指指台下观众，一边应声说道："注意点影响，我晓得了，我还有首歌要唱完，你来得正是时候，你来配合我啊，就像我们两个小时候学《王三打鸟》。"

女演员顿了顿脚，面带羞赧："老皇历了，唱不过现时的姑娘们咯。"

"皇历老了人又没老，再说姜还是老的辣呢，来来来，我们两个嗨起来。"

众姑娘一齐起哄："大嫂大哥配一个，给我们开开眼界。"

"好，那就试试，献丑了。"

五把扇男女二重唱嗓子亮起："融州金桔的故乡，金桔果子甜又靓。欢迎八方好朋友，前来采购与观光。哪嗨咿嗨嗨。"

唱罢，男演员拉着女演员的手，奔向后台："走起来，我们见钱老板去，别让他等得太久了！"

男演员一退场，领队的姑娘便双手做成喇叭筒，对着台下喊："乡亲们，你们知道，这位大哥是哪个吗？"

台下一阵哄闹："荣妹子，你说嘛！"

台上众姑娘一齐回答："他呀，就是远近闻名的金桔大王，我们村的黄敢支书呢！"

玉刚对"金桔大王"黄敢早就很佩服，但对于融州金桔的"祖师爷"却不甚了了。吃着金桔长大的他，又读了大学的果木专业，直到今天，才从老家的调子戏里得知，原来融州金桔的前世今生居然就这么偶然地结缘于那个叫黄德坚或王德坚的客家汉子。

关于融州金桔的来历，后来在进行金桔田间调查时，同是从江西客家移民拉敢屯的王姓人家不答应了，说这是他们的老祖宗从江西引种过来的。理由是，现存的五棵老金桔王，就生长在王姓人家的私家菜园里，而不是黄姓人的菜园。他们言之凿凿，这便是当年老祖宗引种的五棵金桔树，是活生生的证据。

究竟是黄德坚还是王德坚，或者是别的什么人物，已经成了一桩难以判断的公案。拉敢屯留存下来，经过检测，树龄超过二百六十年的金桔"老祖宗"，其实并非只有王家菜园那五棵，而是多达十九棵。不管是姓王还是姓黄，都是老祖宗带给我们的福分呢！在王黄二姓口口相传的家族迁移史里，当初，黄姓人家的祖宗却是跟随王姓人家迁徙而来，原本依附于王姓的。说到底，王黄二姓本来就是血脉相连的一家人。

关于融州金桔的传奇故事，不仅仅是调子里唱的那个国外领导人指定要吃融州金桔，美国人司徒雷登也赞它为"上帝的水果"。

玉刚是偶然从一本叫《桂系演义》的书中得知的。

这天，闲来无事的玉刚就顺手拿本厚厚的《桂系演义》来消磨时光。本来就心不在焉，走马观花地随意翻阅，当翻到某个章节时，眼睛不禁一亮，书中所记录的故事居然与融州金桔有着直接的关联，便聚精会神地细细品读起来。原来，融州金桔早在风云叱咤的民国时期，还曾传奇般促成过一场云谲波诡的政治格局。

那是1947年底发生的故事。

桂系军阀李宗仁，国民党内曾经不可一世的风云人物，在抗日战争结束后的内部派系斗争中，却渐渐失去了势力。这位暂处弱势的广西王被蒋介石发配到了北平，担任国民政府军事委员会北平行营（后改称国民政府北平行辕）主任。

来到北平的李宗仁痛定思痛，为了改变自己被权力中心继续边缘化的窘困境地，刻意藏其锋芒，开始以儒将的面目在北平文化领域和工商界广泛笼络人心，在这方面也是绞尽脑汁，不是亲临慰问就是摆席宴请，设宴或慰问时，会让夫人特意准备些广西特产作为招待，态度极为虔诚，一心努力改变自己在世人心目中粗鄙的军阀形象。而来年的民国政府改组选举又令他胸怀雄心，暗中意欲谋求竞选南京政府副总统，意欲重新打回权力核心，东山再起。但身在北平的他，在南京的根基早已被老蒋尽数瓦解，就连过去的黄金搭档小诸葛白崇禧，人虽在南京任职国防部长，但也被晾在半空，上不着天，下不着地，自身难保，没有实权自然也帮不上忙，弄不好还会惹火烧身。这样的情势下，老冤家蒋介石是断然不会让他坐上副总统宝座的，蒋介石心中早已有了明确的人选——呼声甚高的孙科。其实让孙科当选，无论在国民党内部，还是在社会各界，也算是众望所归，加之老蒋的着力推举，当选副总统似乎已成定局。李宗仁要想翻盘上位，除非有美国出面支持，否则绝无可能。

可是，美国一直是老蒋的台柱子，与自己并无瓜葛，想靠上去也没有门路啊！

彷徨之际，正好原燕京大学校长、新任美国驻华大使司徒雷登回到北平。司徒雷登是个"中国通"，李宗仁虽然不知道他这次回北平的具体目的，但北平至少表面上是自己的地盘，美国大使此行多少应与自己有点关系。于是便精心准备，决定先从这个"中国通"打通关节，如果能得到他的帮助，就会有希望重返南京。

中南海会客厅，谦恭的李宗仁把司徒雷登请到上座，宾主落座之后，夫人郭德洁亲自沏上上等的广西桂平西山茶，又送上几个容县沙田柚、一篮桂林马蹄，最后端出一盘金灿灿的融州金桔，亲手捏起一颗，笑意盈盈地递给司徒雷登："大使先生，请尝尝这个。"言语柔中带蜜。

说起融州金桔，也是时令就人，当时正值秋冬季节，恰逢融州金桔成熟上市之际，但北方极少能见到这个稀罕物。李宗仁平常就会通过心腹从广西搜罗各地特产进北平，以为交际之用，他在柳州主持军政之时，就特别喜爱融州金桔这种小小的"黄金果"了，此种情势之下，更有意把它当作和平使者推介给北平。司徒雷登来得恰是时候，秋冬之际正好是金桔上市的季节。于是几大箱特选的融州金桔、容县沙田柚、桂林马蹄等时令水果，通过军用飞机运到了北平，并装进精致的果盘，呈现在贵客司徒雷登的面前。

　　长期生活在中国的司徒雷登，虽然号称"中国通"，却是第一次吃到融州金桔这样味道鲜美的广西水果，他一边嚼着香味四溢的金桔果，一边由衷地感叹道："这样好的水果，怕是上帝也很难吃到哩！"

　　"大使先生您过奖了，您便是活着的上帝啊！"李夫人是何等聪慧的女子，这话可说到司徒雷登的心坎上了。

　　这位钩鼻子的美国佬，需要的就是这样一种被仰视被崇拜的感觉与认知，他所代表的美利坚，就是要成为中国的上帝、中国的救世主。

　　李夫人的话一出口，立刻引得司徒雷登开怀大笑起来："夫人真会说话，太谢谢了！"

　　接下来与李宗仁的时局谈话，司徒雷登似乎是故意放烟幕弹，居然当着这位北平行营主任，口无遮拦，大骂起国民党政府的无能和军队在战场上节节败退的颓势，尽管神情间依然保持着惯常的温文尔雅。

　　"你们的国民政府是怎么了，并没有力挽狂澜的能耐啊？你看看各地的战报，真见鬼！"一副恨铁不成钢的神态。

　　李宗仁揣摸不透这位美国大使的用意，为何要在这种场合，对并未曾有过交际的他说出这番话来，是要试探他对于现政府内心的态度吗？唯有敏感的李夫人似乎心有灵犀，洞察知音，只听李夫人轻轻地叹了口气，一双动情的眼睛望着大啖融州金桔的司徒雷登，朱唇轻启：

　　"大使先生，您现在就是我们老李家的上帝。无论如何请您一定助德邻（李宗仁字德邻）一臂之力，也只有您能够帮助他了,恳请大使先生回到南京之后,向蒋委员长美言,放我们回广西吧,德邻愿携一家老小解甲归田!"

"啊?"司徒雷登不解地看着眼前这位善于交际的李夫人。李夫人的恳求完全出乎他的意料,她又是意欲何为呢?

直到夫人话毕,李宗仁才明白过来,连忙将自己的处境和盘相告,一面诉说坐困北平终非了局,一旦东北失守华北必遭共军合围,而自己孤驻北平,其实早已是被架空了的光杆司令,下属将领都是暗中受制于他人,根本没人把他这个行营主任当回事,到时共军一来,一定会各自逃命,谁也不会听他的指挥,此种局势下,莫非真要让自己开城投降吗?

"既然李某人困居北平也无补于时艰,无力挽大厦于将倾,那何不趁早洁身而退,免得到时污了自己一世清名。还望大使先生舍力成全,李某当不胜感激,肝脑涂地。"说到动情处,浑然不觉间已双眼潮红。

对面而坐的司徒大使似乎被李宗仁泪眼蒙眬的陈情感染了。

其时,国共战事已经打得一塌糊涂,国民党的后台柱子美国政府对蒋介石的作为,已经表现出相当的失望,也想通过即将到来的政府改组寻找合适的替换者,至少不能让蒋介石一人继续独裁把持政坛。通过多方观察,李宗仁在北平名声还算不错,不失为相对合适的人选。司徒雷登此次北平之行的主要目的,实际上就是要对李宗仁做进一步的考察。通过考察,李宗仁果然给了美国政府一丝投资的"信心和希望"。

就这样,在夫人郭德洁的巧妙周旋下,李宗仁终于赢得了司徒雷登及美国政府的公开支持。随即,李宗仁电告南京政府,正式宣布竞选国民政府副总统。

得到美国政府支持的李宗仁,意气风发,冲破蒋介石的重重阻挠,终于成功竞选副总统,继而成为代总统,想来那盘金灿灿的融州金桔也有一份不可抹杀的功劳吧?

而那位司徒雷登大使一声由衷的赞叹,更使融州金桔获得了空前的赞誉，从此声名远播。

上帝的水果！

原来，融州金桔还有这么一段辉煌的际遇！

八十多年前，司徒雷登就为融州金桔做了一个免费的天价广告，订制了一张无与伦比的国际名片，比金子还珍贵万倍。真是先见之明啊！

作为果木系的高才生，玉刚抚着厚厚的《桂系演义》，心里禁不住涌起阵阵难言的激越。

而此时，融州金桔早已发展到了优选系的第N代，远非当年"上帝的水果"所能比。而且，没有油泡、肉质细嫩、口感纯甜的全新品种滑皮金桔，在雅仕村四季冲曾家后山菜园被发现后，经桂中地区农科所专家精心培育，开始进入技术推广阶段了。

从油皮到滑皮，从酸甜到纯粹清甜，是金桔种植史上一次脱胎换骨的革命。在玉刚心里，也逐渐理出了清晰的脉络：近三百年来融州金桔代代传递不断优选，造化孕育，终成镇县之宝，成为名副其实的"上帝的水果"。

南迁的客家人黄德坚一定不会想到，当初自己一腔乡愁的寄托，数百年后，竟会给东山乡给融州人带来如此巨大的福祉。

七、金桔大王

西塘坳村因聚集了黄德坚不少后人，近三百年间出过不少种桔能手，那就像满天的星星，数也数不过来。

黄敢就是远近有名的"金桔大王"。

金桔原本是个茶余饭后消遣的闲适水果，自黄德坚引种以来，乡亲们也不过随意在房前屋后或山畔岭脚种上三五棵十来株，多供自家尝鲜或馈赠亲朋好友，那是一种闲情逸致的享乐。

后来，有人作为副业收入，自发在山脚岭底开拓荒地，多种上一些，一小片一小片的，倒也不觉得难侍候。

再后来作为一种经济产业，特别是改革开放之后，为发展地方特色经济，县上乡里相继出台政策，要求大力种植，人们反而提不起太多的精神头来。真正种出点名堂的大户也就屈指可数了。

如今五十多岁的黄敢是西塘坳村名副其实的一号人物——一干就是十六年的村支书。这位置可不是他自己"抢得来的"，党员选举，群众拥护，推都推不掉呢。

"当了这么多年的支书，真的很累，好想有个人接班呢。"黄敢说这话时脸上是一副勉为其难的无奈表情。其实，明眼人也听得出来，这话里包藏了多少踌躇满志傲视群雄的自负。

能耐呗！

黄敢这铁打的村支书，离不开他一身的绝活——种金桔。

十多年里，最让黄敢自豪的，便是村里的金桔由"传统"到嫁接，由酸甜油桔到清甜滑皮桔，由零星种植到规模发展。这是他个人的发家史，也是西塘坳村脱贫致富的创业史。无人替代得了。

多年前，西塘坳村的金桔还是以实生苗（即传统桔苗）为主。那时，融州金桔虽然已逐渐发展成东山乡农业产业之一，但规模还不是很大，也没有形成过硬的拳头产品，金桔品种改良已成当务之急，嫁接金桔替代原生金桔，成为必然趋势。相对嫁接金桔来说，传统的实生金桔不但生长比较缓慢，而且挂果量少，单果小，品相较差，口感也远比不上嫁接金桔，还有一个致命的问题，便是植株高而带刺，采摘困难，采摘的果品损伤率非常高，市场价格没法同嫁接金桔相比，经济效益很不理想。

那时，广西的嫁接金桔改良已经在融州试点成功，但研究成果的推广力度并不到位，金桔种植户不懂得什么嫁接不嫁接，没几个愿意接受，反正原生金桔种了几百年，就这样一代代种过来了，要怎么改？即便是当时的自治区主席来融州视察，现场指示要"加快搞好金桔矮化改良工作"，可现场的指示也是"水过鸭背"，进展依然难尽人意。

只有一个人对金桔嫁接改良动了真心，就是桐木寨的金桔能人黄敢。在西塘坳村搞金桔嫁接，黄敢是第一个"吃螃蟹的人"。

黄敢种植金桔已有多年，一直为金桔树干高而多刺、产量太低费了不少心思，也曾通过主干截枝对金桔矮化起到一定的抑制作用，但效果并不理想，还是阻拦不了噌噌上蹿的势头，树干上的尖刺不少反多。后来听说桂西那边的嫁接金桔矮化优化效果好，便一个人自费到桂西去学习金桔嫁接技术。

本来，黄敢对桂西的金桔嫁接技术也是半信半疑，他是抱着去"看看"的心态，原来只在报纸上看过新闻报道，未得亲眼相见，心里并没有底嘛。

晚上睡觉的时候，黄敢冷不丁对老婆说："明天我去桂西边一些日子，家里的金桔园你多操心点，该施肥抓紧施肥。"

"你去外面看风景，留我在家帮你管桔园？你个没心肝的！"老婆立时黑了脸。

"我打算去看看人家是怎么种嫁接金桔的，你没见报纸上说的，吹得可神了，产量翻几番呢。"黄敢想想也觉得有些不妥当，不把事情和老婆说开，老婆难免想不通。

"我哪见什么报纸？你就糊弄老娘呗。"

黄敢这才意识到自己说了句废话，老婆是个准文盲，自然从来不看报纸，再说家里也没有报纸可看，他还是在村委会办公室里，偶尔从报纸上看到过这个消息。

其实，前段时间，乡政府曾根据县农科所的安排，免费组织过一批人去参观。但参观学习的效果并不理想，这些人回来后并没有按照县里的要求积极响应，金桔"嫁接改良"工作推动力度似乎不够大。

一门心思琢磨金桔改良的黄敢，却没能得到免费参观学习的机会。听说当时村里也曾接到过组织参观的通知，但因为不是硬性规定，接收通知的人就不太在意，给忽略了，等到别村的人参观回来了，西塘坳村却一个人也不晓得。

黄敢就在心里骂着村干部的娘，骂他们不作为，占着茅坑不拉屎，光想着自己的小九九，不为全村的老百姓着想。

"总有一天得被赶下台！"黄敢说的可不是气话，虽然他说这话时的确带着满腔的怨气。

其实也怨不得村里，村支书年岁大了，思想也比较守旧，加上那时乡里对金桔种植宣传也不到位，村里更加不上心，种罗汉果才是村里确定的大政方针，都说种罗汉果来钱快，也确实有人种罗汉果发了的。种罗汉果政府还有政策补贴，金桔补贴听是听说过，却一直不见落实，也不知是真还是假。

黄敢不理老婆的反对，决意自费去桂西看个究竟。老婆赌气不为他准备出门的行头，他也不愠火，自个胡乱拣了几件换洗衣服便出了门。

黄敢在桂西一待就是五六天，前前后后去了几个规模较大的金桔园，还专程到最有名的金桔种植大户赖玉梅的果园请教。那时的赖玉梅已经在桂西红火得不得了，报纸、电视到处宣传她带领村民种金桔共同致富的事迹，她是村上的党支部书记，名副其实的农村致富带头人。

那时候，金桔种植的总体规模并不算大，改良嫁接的油皮新品种还处于供不应求的起步阶段，用赖玉梅的话说是"发展前景一片光明"。赖玉梅不仅自己种植改良的油皮金桔，同时也经营改良金桔的嫁接苗木，她自家种植的改良嫁接金桔，全部出自自家苗圃，长势喜人，结果量与坐果率都特别高，相对传统实生苗果园，嫁接树果型漂亮，颗粒巨大饱满，果实口感更佳，卖相自不在话下。赖玉梅家的改良金桔根本不愁销路，市场价格由她说了算，购买方基本上没有话语权，想调整价格必须与赖玉梅商量，否则根本买不到。一旁的村民都看着赖玉梅的果园开园上市呢。

黄敢心里感慨：这才叫种金桔呢，有底气才能硬气！

黄敢一般是不佩服人的，他自己就是个十分好胜的人，在村里种金桔，也没哪个有他这般的眼光和魄力。但他很佩服这个叫赖玉梅的桂西女人，而且佩服得五体投地。

金桔嫁接与其他果树嫁接大致相同，基本分为两种：一种是低位嫁接，以刚种两年的枳棵小苗或传统实生苗作为母本，从根部剪截进行植株嫁接，这是专门为新栽培的种植园提供嫁接树苗，也是改良嫁接金桔栽培的主要方法；另一种就是高位嫁接，主要是针对已经长大并结果投产的成树或老树，先将已经产果的金桔树拦腰锯断，只留下约三尺高的树墩，然后在树墩上切开口子进行改良新植株嫁接。后一种嫁接方法比前一种的技术难度大得多，嫁接的成活率也大打折扣，弄不好，树墩子或新苗就死了，几年甚至上十年的老金桔树就得报销。本来，金桔树早已产果多年，一下子把它拦腰锯了，又得好几年没收成，嫁接成功了还好，要是没接上，岂不暴殄天物？那损失实在不敢想象。所以但凡有人说要对金桔树进行高位嫁接改良，八成会受到人们的"同仇敌忾"，一致口诛。"吃饱了撑的""神经病""鬼迷心窍"便是给胆敢如此实践的人的公开评价，背地里还有更难听的。这也是当时县里推广受阻的重要原因。

种了多年金桔的黄敢算是长了见识，原来金桔还可以这样种。桂西金桔本来是从融州传过去的，并没多少年历史，现在反倒让人家走在了前头，不仅早已把金桔矮化的问题解决了，金桔的品质和产量也提升了一大截，眼见为实，黄敢的心窍一下子全打开了。

参观结束，黄敢便从桂西带回嫁接枝，开始在自家的老桔林里亲自进行嫁接改良。

听说黄敢把一棵棵结果多年的金桔拦腰锯了，搞什么嫁接，村上的人便一帮帮地跑到黄敢的桔园来看稀奇把戏——其实很多人就是来看笑话的。黄敢心知肚明,这些年来自己一心种金桔,在村上可算是出够风头,也挣够了票子,好多人眼红着呢。

黄敢在心里嗤之以鼻:你们就等着看老子再来个"鹞子翻身"吧!

黄敢对这次的改良嫁接抱有十足的把握。他是出了大价钱请嫁接师傅为自己的桔园改良作全程技术指导,并与对方签订了改良嫁接技术合同的。对方既然敢担责,自己又亲眼看见过人家改良成功的桔园,还有什么可顾虑的呢?俗话说,不亲口吃过螃蟹,哪知道螃蟹的香!

黄敢带着儿子小强,跟着指导师傅在金桔地里忙得热火朝天。只听得那油锯嗡嗡一响,枝青叶茂的金桔树,像个被腰斩的死刑犯,咔嚓一声,整个树冠便轰然倾倒。然后在锯口处再用砍刀破开一个口子,小心翼翼地把嫁接枝插上,对好树枝的纹理,再用塑料带子囫囵包扎绑紧,施上营养液。

小强在学校学习不好,常常考试八门课程考不到200分,但人长得五大三粗的,劳动倒是把好手。初中毕业,黄敢本来还想让他读个高中或技校搏一搏,可小强自己怎么都不肯读了,说是读书比吃鸡屎还要难,要他继续上学读书还不如让他吃鸡屎!

"也好,不读书就同老子下地干活!"黄敢没有好声气,但也不强人所难,知道儿子不是读书的料,强迫不来。就这样,小强被黄敢撵下了地,跟他一起种金桔。小强起初想到广东去打工,但年龄还差点,黄敢也不同意他去,在家里跟着他种金桔更实在,他心里有个宏大的计划,小强不再上学,对黄敢来说客观上多了个理想的帮手。小强也就这点好,只要不逼着他再去学校上那个比吃鸡屎还难受的学,他宁愿听从黄敢的使唤。

只是,在砍金桔树再嫁接的问题上,小强与他那文盲娘老子是站在同一条阵线的,都态度明确地表示:不同意!

不同意也没有用啊。

黄敢的决策不需要任何人同意,他是一家之主,当然由他说了算，本来家里的金桔园就是他一个人打理出来的，他才不理小强的娘寻死觅活地反对呢。实在听腻烦了便大手板一挥舞，大声骂道："女人婆，头发长见识短，一天号什么丧，你懂得个啥嘛。"照样扯着小强往桔园走。

成败都是自己一个人扛着，黄敢必须按自己的计划办，即使弄砸了，大不了从头再来，这些年卖金桔，家里也存有些底子，总归还是挺得过去的。可万一成功了呢？自己将是整个东山乡金桔改良第一人，没人能超得过。到时候融州的金桔要怎么种怎么卖，还不是他黄敢一句话？

黄敢的金桔园已是光秃秃一片，就像鬼子进村扫荡过一样，那景象真是惨不忍睹。前来观看的外人见了"陈尸桔园"的金桔树冠，除了那些心怀不端者，大多有些揪心不舍，感叹"可惜了"。

"黄敢，十里八寨的，这些年没哪个的金桔种得比你好了。这么好的金桔树，怎么还要把它们砍了？"看的人眼睛瞪成个桐子壳，硬是想不通。他们知道黄敢是个头脑活络有想法又能脚踏实地做事情的人。可这回的举动实在出人意料，太玄乎了，分明就像个十足的疯子。

"嗨，我这嫁接新品种嘛。"黄敢正在给刚刚嫁接好的新枝苗施营养液，也不停手，他得抢时间，没空与这些吃饱了撑的的人磨嘴皮子。你们爱信不信！

于是便有人唏嘘："聪明反被聪明误，这黄敢只怕是猪脑子进尿水了。结着果的金桔树好端端的，被他全砍了头斩了腰，还活得成吗？就算侥幸有几棵活下来，要到什么年月才有果结？再说了，那新嫁接的苗苗，未必就比这老金桔好。鬼魂上身，折腾不死啊这是！"

黄敢当然不会与这帮眼睛瞅着鼻子的乡邻一般见识。要是都像他这样有头脑有想法敢作敢为，那还不都成了金桔能手，不，金桔大王、金桔万元户了！

七、金桔大王

唯有小强的顾虑让胸有成竹的黄敢在心里打了个激灵。

"老爸,我也不是不相信你。你就不能摸着石头过河吗?你实在要搞改良嫁接,可以先搞少半,再留大半看看效果,真好的话再一起弄不行吗?妈妈和我都是担心,怕弄不好会血本无归,还惹人笑话,你在村里的名声就扫地了。"

儿子能这么想倒是超出了黄敢的意料,但黄敢打心里欢喜。这小子,不像平常那么傻不拉叽,肚子里还是可以装点货的嘛,看来应该还是随了老子的,不像他那脑壳不会打转转的傻(ha)宝娘。

这事关系到他老黄家的香火传承,可比金桔嫁接改良的事重要多了。黄敢从此不用担心儿子将来成不了器,他也鬼着呢。

但金桔嫁接改良的决策不容动摇。

"老子自有分寸,不用你操这空头心。人家桂西那边技术早已很成熟了的,我只是按那边的经验和技术照学照搬,何况还有桂西的老师傅指导着呢,出不了岔子。"

说黄敢一点不担心,那是屁话。

正当丰产的金桔园全部锯了搞高位改良嫁接,毕竟是破天荒第一回。虽说桂西的经验和技术是成功的,但回到融州,回到东山乡,回到西塘坳桐木寨,谁也不敢打这个包票。

刚嫁接完那段时间,黄敢有事无事就蹲在金桔园里,望着齐刷刷没了头的金桔树墩出神,恨不得睡到桔园里去,一刻不离地守护着。见到哪一棵嫁接的枝条冒芽尖长叶子了,他立马喜得眉毛往上翘。还好,亏得老天爷照应,待到秋季嫁接苗生长基本稳定下来,一清点统计,呲嘿,成活率出人意料地高,达到了88%以上。这在当时的条件下,已经算是个奇迹了。敢情是这金桔回归故土,也懂得知恩图报吧?

黄敢的金桔园恢复得比预期的还要快。金桔园的嫁接改良,见证了自己的眼光和技术,一传十,十传百,不光叫响了西塘坳村的十里八寨,好多外村甚至外乡的人也慕名前来向他取经。黄敢也是来者不拒，不分村里乡外，一概热情接待，悉心传授，除了技术没的说，更落得个慷慨大方的好名声。

"黄老板，这几年你的金桔园换成嫁接新品种，一直没得收成，损失一定不少吧？"来参观的人还是免不了问出心中的疑惑。如果不搞嫁接，他这片金桔园每年至少可以收入一万元，几年下来也是可观的。

"嘿嘿，我不和你这样算账的。"黄敢给疑问者递上一支烟，自己也吧嗒起来。

"那你是怎么个算法，难道你这些地里还有别的收入不成？"

"那倒没有。"

"没有别的收入，你这账是怎么算赢的？"

"你们也看见了，我这嫁接金桔今年已经开始挂果，最多到大后年就会进入丰产期，一棵树比原来的老树产量起码翻两倍到三倍，甚至更多，结的果又大个，味道也比实生苗的果好得多，市场上一斤能多卖出几毛钱，还是供不应求的抢手货。你再帮算算看。"

问的人就掰着手指头一样一样地扒拉。不算不知道，一算吓一跳。哎呀——照这样说来，这嫁接金桔当真改得十分划算呢！

西塘坳村的黄敢大规模嫁接金桔新品成功的消息很快传到了县里，县农业局农业技术推广站的专家听说后，也来到西塘坳村实地考察，当场纷纷竖起大拇指称赞，连说："想不到，你黄敢都走到县里的前面了。"然后郑重地宣称：黄敢的做法很值得在整个东山乡推广，就是融州其他乡镇，也大可借鉴。

借鉴不借鉴的，他黄敢倒没认真想过，反正来向他讨经验的人，他从来都是竹筒倒豆子——毫不保留，谁也不拒绝，从不讲价钱。

老桔树嫁接搞完了，黄敢再一合计，不行，现在儿子小强跟着自己，得多开点地出来，桔园的面积必须扩大，过几年儿子娶老婆肯定得花一大笔钱，翻修房子也是大头，还得买辆运

七、金桔大王

输车……

黄敢每天拉着儿子小强到自家的自留山去找空地刨。小强老大不情愿,扛着锄头跟在后面,出工不出力,时不时还碎哝一句:"一天就想当暴发户,累不死你累死你儿子!"

黄敢听了,转过身来瞅了儿子一眼,也不愠火也不发怒。放在以往,早就一锄头把撂过去了。

"你个不成器的卵仔,老子就想当暴发户,这有什么错?手里没几个钱,做得成哪样!"

黄敢停下手中的活,干脆找块石头墩子坐下来,从衣服口袋里掏出那包抽了几天还没抽完的"甲天下",这是牌子里最低档的那款。实话说,他并不喜欢这款"甲天下",倒是想抽新出的那个"真龙",那个牌子他偶尔也抽过,比"甲天下"劲道。但是他舍不得。至少眼下还舍不得。

"小子,你累不累?"黄敢朝小强咕噜一声,也不看他。

"废话——我骨头都快要散架了!"小强连回话的力气都快没了,正窝着一肚子的无名火。

"累了就过来歇一下先,老子跟你聊点天。"黄敢一边点烟一边对小强说道。

小强不想跟这个想当暴发户的犟老鬼聊天,他也找不到聊天的共同语言。他们之间明显是有代沟的,而且很深。是的,小强的确不是读书那块料,但也不致当个农民非得一天到晚像条狗一样,在地里累死累活没完没了地折腾。完全是被这个犟老鬼整的!天下哪有这样当爷老子的,自己的独崽一点都不知怜惜疼爱,到底什么心肠!也没见哪个像他这样,一天到晚谋算这谋算那的,所有的熟地都种上了金桔,还要烧荒开地来扩张,真是个不知满足的贪财佬。

小强不想跟黄敢聊天,但休息还是很想的,小半晌下来,他的手磨出了几个大大的脓血泡,稍一用劲便疼得钻心。

小强将手中的锄头往地上一撂,一边张开泥渍与汗渍混合的手板，在上面吐口唾沫，用双手的手指相互轻轻摩挲着掌上鼓起来的血泡，拣个离黄敢不远不近的石墩坐下，顺势伸伸发胀的腰，长时间的劳作弓得腰也快直不起来了。

"你也抽一支吧，解解困。"黄敢又从烟盒里抽出一支烟来，递向小强。

小强不接，淡淡地答道："我不抽，呛死人了。"

"那就眯一会儿眼睛吧。"黄敢瞥了一下狼狈的小强，侧过身子，伸手抚摩一下他的头，心中涌起隐隐的爱怜。

黄敢看一眼半躺在地上的儿子，满怀憧憬地自言自语："臭小子，别不服你爸，你爸能耐着呢，再过两年，保准这一片荒坡地就是一把一把的人民币啰！"

后来，小强也渐渐迷上了抽烟，不过，他比自己的老子有魄力，他从不买那些两三元钱一包的劣质烟来伤肺，一开始就爱上了烟中新贵"真龙"，尤其是能给人长脸的"蓝龙"，至少也得是硬壳的芙蓉王或软玉溪，牌子很讲究。当然，这得从黄敢的胀鼓的荷包里去抠，代价是跟着他侍弄金桔得尽心尽力点，黄敢是开了小强"工钱"的，和请别人做活路一样的工价，价钱上并没有亏待他，当然，要求肯定比请别人高多了，工时也比请的临工长得多。反正黄敢自己一天到黑在金桔地里熬着耗着，小强也得跟着他老子同出同归。否则工钱就得打不小的折扣。

小强虽说不像父亲黄敢那样，一天到晚"想当暴发户"，但年轻人也有年轻人的用钱处，口袋里总不能空着瘪着。别的不说，单单那长脸的"蓝龙"，一包就要一张青蛙皮来兑换呢。一张青蛙皮就是五十块！在老头子眼皮底下做活路，盯得紧呢，耍不得半点花枪，不下功夫还真不行。

小强见寨上的小伙子们一个一个成天到处逗姑娘，他除了和父亲侍弄地里的金桔，闲下来的时候无所事事，心里痒痒的，便寻思着也想找机会出去，和那帮狗牯恩一起撩撩拐解解闷，偷偷看过几回三级片的小小少年，不安分的心也开始蠢蠢欲动了。

七、金桔大王

小强生性嘴笨，不会逗姑娘们开心，有时反被同去玩耍的小伙子们嘲笑甚至捉弄。唯一的长处就是身上的口袋总是鼓鼓的，左边是装有人民币的钱包，右边是时尚的真龙或芙蓉王香烟。这两样东西倒是给他添了不小的派头，聚了不少的人气。

"小强，给支真龙来倒倒瘾。"寨上的小伙子见了小强，八九不离十，第一句话准是向他讨香烟。

"不给。老是问人家要烟，自己不晓得买去！"小强有些不情愿，下意识地捂了捂装烟的口袋，这些狗牯崽都是敲竹杠的家伙。

"晚上我们去西古坡，你想不想去？"被拒绝者便开始吊起小强的胃口来，还故意说起哪个姑娘如何靓……

小强一听他们要去撩妹仔，眼珠子便从眶眶里直冒了出来，连忙将口袋里藏得紧紧的宝贝真龙烟掏出来，屈着中指头在烟盒上轻轻一扣，啪啪的脆响之后，抖出两支蓝色的过滤嘴，先分一支给对方，自己再点上一支，吐一个烟圈，哈巴着脸恳求道：

"彪哥，到时候记得来喊我，我也和你们去耍哈。"

"行，你先在家待着，等我们约好了就来通知你，保准玩得嗨。"被小强喊作"彪哥"的韦彪，吐着烟圈，满意地走了。这个只会讨烟抽的韦彪，烟圈倒比小强吐得潇洒，一个接着一个，溜溜的像在河面上打着水漂漂。

小强嘴虽然笨，头脑却并不比别人差。这回去西古坡玩，他多了个心眼，早早在口袋里揣了两包绿箭口香糖、一包五香瓜子。他下午特意瞅空跑去雅瑶街买的。

看在蓝龙烟的分上，"彪哥"果然没有食言，老早就来约小强了。

小强跟着韦彪刚到门口，就碰上从外面回来的黄敢，便有些紧张，平素总是背着他爸偷偷摸摸去玩的。黄敢见两个小子神神道道的，便瞪眼吼一声："你们要去哪里？"

小强先是被老头子的气势怔住了，僵在那里不敢吱声。韦彪是个油嘴子，混得很，嘿嘿一声着叫"阿叔好"，说西古坡今晚搞演出，是县文工团来的，在三月三大舞台。白天要做活路没得空去看，晚上收工了去瞧瞧热闹。

"西古坡搞演出，还是县文工团的来？现在又不是三月三。他们来演的哪样？"黄敢对韦彪的话半信半疑。

不过也不是没可能，山清水秀的西古坡，作为典型的民族村寨，远近闻名的长寿村，寨子上韦家百年老屋的门头上有块"惟仁者寿"的清代古牌匾，听说是块无价之宝，比中国长寿之乡巴马县的那块"惟仁者寿"古匾还要在前呢。这个匾黄敢曾经仔细研究过，匾额长约1.9米，宽约0.6米，正中是斗大的"惟仁者寿"鎏金榜书，右侧的上首题款刻着"钦命广西提督学政、兼京察一等、记名道府、掌京畿道监察御史、随带加一级冯为"等32个小字，左侧的下首题款处则有"光绪丁酉年"和"宠锡登仕郎、耆民韦贵文"等字样，来头可大了。据说匾的主人韦贵文当时活到了107岁，而西古坡现在健在的超过90岁的老人，大有人在。其时西古坡壮寨正在参加全市十大"美丽乡村"评选，同时申报长寿特色旅游村，县里拨了款子，不久前在寨头的浪溪河修了一道宽宽的拦河坝，弄了几条挂满红灯笼的竹排当游船系在坝里，又在坝首开了一条引渠，引渠绕着弯弯穿过一片偌大的竹林，再在竹林的尽头，装上大水车和供游客体验的水碾房，渠水带动水车之后，复回到奔腾的浪溪河中，继续歌唱着哗哗向前。在坝首下方，壁出一块几百平方米的坪地来，筑了个排场十足的三月三大舞台，两边立着一人多高的大铜鼓，很是气派。挨着坝首，搭了几间竹木房子，作为接待游客室，准备开发农家乐旅游呢。

不过，现在的西古坡，名声还没有打开，来这里游玩的人并不多，而且是白天来这里打一个转，与"惟仁者寿"古牌匾照几张合影，沾沾仁寿之气，再在河边竹林里搞搞烧烤，或租上一只竹排游船来回划拉着吹吹河风，至多在坝首处打打水仗，赶上有演出活动就趁便看上一场免费的演出，晚上再回到融州去夜宿，寨子里基本没有过夜的客人，除非是特意组织安排来的。

西古坡农家乐还有一个游玩项目，就是逛果园、摘水果。这个项目眼底下没法实现。寨子里的规划一直出不来，零零星星地种了些杂七杂八的果树，不成规模，也没有明显的地方特色。曾有人提出统一种上融州金桔，却不被通过，原因很简单，地是各家管各家的，各人打着各人的小算盘，反正归不拢，还是保持着乱种乱收的局面，所以很难吸引游客的目光，引不起游人的兴致。

韦彪说去西古坡是没错，看演出则是编出来蒙黄敢的瞎话，免得他不肯放小强出门，不然就没得真龙烟来"过瘾"。县文工团白天的确来演出过，但下午早早就撤回融州去了，也不全算是撒谎。

韦彪与小强几个来到西古坡寨门口，早有寨上的几个姑娘等在大舞台那边。韦彪极力鼓吹的那个靓水的姑娘也在其中。

"只要比别人强出那么一丢丢，你就可能大获全胜取得成功。"这也成了黄小强日后立家创业的指路明灯。

走了桃花大运的黄小强自然也不敢独自啃瑟，那包价格不菲的蓝真龙烟，就全部报销，无私地与小伙伴们分享了。那可是他在金桔地里挥汗如雨一整天，手上起了几层血泡才得来的劳动报酬啊，平素少说也得支撑四天。他本来没有烟瘾，一天抽多抽少倒无所谓，也不影响精神，多半是为了显摆。

小强爱真龙，黄敢并不反对，这烟嘛，还是抽点上档次的对身体害处少些，也能显出一个人的身份档次和品位来。儿子将来是要做金桔老板的，当然不能太掉价，得培养出个范儿来。至于自己，虽然也还抽着廉价的"甲天下"，但久不久口袋里也能摸出一包"真龙"来了，尽管价格不菲的蓝龙还是难得一现。

新种的金桔地与高位嫁接不同，可以直接买嫁接苗来栽种，这样倒省事。那时整个东山乡想种嫁接金桔的人，基本上是去购买现成的金桔苗回来栽种,但黄敢有自己的想法,并不直接买嫁接苗来栽种,而是根据学来的知识,在自家的桔林里亲手进行嫁接苗育苗试验。最终,黄敢家新开出的五亩多金桔地,全部栽上了他和儿子小强精心培育的改良嫁接苗。经过多次试验,黄敢终于摸出一些嫁接金桔的门道来,发现通过实生苗进行嫁接的桔苗根扎得深、耐旱,更适合在山岭上栽种;而通过桔壳苗嫁接的则根系发达,更容易结出大果。慢慢地,黄敢成了东山乡首屈一指的金桔改良种植土专家,不仅是种植金桔的大户,还建立了全乡第一个改良金桔嫁接苗选育基地,对外批量供应优质的嫁接金桔苗。

黄敢拉着小强把能修整的自家坡地都修整完了,还是没能多出几亩地的规模来。

黄敢又打起了家里水稻田的主意来。

晚上睡觉,黄敢又启动了他的扩张计划。

"要不,把我们家河沿旁那两块水田拿来种金桔算了。"黄敢侧了侧身子,轻轻搂着老婆的香颈,小心试探着。

"你说什么?"老婆好似没听明白,偏着头问。

"我说把沿河那两块水田整出来栽种金桔算了。"黄敢对着老婆的耳朵重复道。

"什么?把水田改种金桔?脑壳发烧了?你没吃错药吧!"老婆被黄敢的想法惊了一跳,连忙坐起来,像看陌生人一样看着黄敢。

"从古到今,还没听见哪个讲,要拿种稻子的上等水田来种金桔的。水稻是活命的粮食,金桔是什么?那是茶余饭后的消遣,当不得饭吃!水田栽了金桔,拿什么种谷子?一家人吃什么?吃金桔吗?——老娘坚决不同意!"向来对他言听计从的老婆,当初黄敢执意要砍树嫁接改良油桔,曾经反对过一回,现在再一次表明了自己的反对立场。她是一个容易满足却又充满家庭忧患意识的农家妇女,不管什么年头,民以食为天,吃饭总是头等大事。这些年黄敢摆弄金桔，也赚了一些钱，但搞什么改良嫁接新品种，折腾来折腾去，还不是填了小坑挖大坑？一家人到现在还蜗居在这老旧的木房里，你黄棒子不是早就夸过海口要起新房，起全寨第一座漂亮的红砖楼房，在哪里？什么时候让我们娘儿俩能住得上？脑袋一歪一个馊主意，一歪一个馊主意，就不怕把人折腾死！"

"我也没说把全部水田改种金桔，不是另外还有两亩多可以继续种稻子嘛，应该够吃了。"黄敢尽力解释道，他得打消老婆的后顾之忧。

"那不够吃的，家里还要养猪养鸡鸭——这些年水田里没种金桔，你看看又剩下几多余粮？"老婆不依不饶。

"就算自家打的粮食不够吃，不是还可以去市场买米籴谷吗，这年头哪里还会饿得到人呢？你这个呆婆娘呀，想太多了。你又不是没看见，现在好多人早都在街上买米吃，日子不照样过得好好的，也没见哪个饿了肚子。"

"别人是别人，我家是我家，反正谷仓里空着，我心里就慌，闹饥荒那些年你不记得了？"

"傻（ha）宝卵，现在不是那个年代了，本地米没够有外地米进来，外地米还不够，有外国米进来。只要你有钱，什么米买不到？担空头心呢你。"

"要是外国米也不够了呢，个个像你一样不种稻子，米从哪里来？再说了，水田泥巴都是水汪汪的，一脚踩下去没了大腿根，拔都拔不出来，你怎么种金桔，栽在水里呀？"老婆似乎又找到了反对的理由。这金桔地最怕积水，一积水树就黄，掉叶落果很厉害，全西塘坳，不，全东山乡全融州县，这多年来金桔都是种在坡地里，没见哪个热脑壳在水田里种金桔。

老婆实是不知道，其实好多地方已经有很多人在原来的水稻田里种上连片的果树了，而且比坡地的还要好管理，最大的好处就是浇水方便，有现成的排灌系统。黄敢是亲眼见过，也仔细了解过的。况且这也符合"金桔经过选种、嫁接不断试验,生产从山上到山下,从坡地到平地,同时矮化成林快,结果快,产量成倍增长"的产业发展要求,说不定还会有政府政策奖励呢。黄敢的算盘打得一桥归一桥的,清清楚楚从来就没有闷过桥,这次当然也不会。

"猪脑壳,那不会挖排水沟嘛,得先把田里的水排干净,泥巴晾干,再碎土挖坑,才能定植栽种。"黄敢以为这个问题解决了,老婆就会点头首肯。

"那我也不同意。你种旱地我不拦你,烧山开荒我都不管了。要种水田我就是一句话:不答应。"哪知习惯了逆来顺受的老婆还是油盐不进,一根筋到底。

夫妻两个磨合了大半夜,到底没能把意见统一起来,结果不欢而眠。

但黄敢是铁了心要在水田里种金桔的。在这个家里,只要他认定的事情,没人能够阻拦。

没过几天,黄敢家沿河的那两块水稻田先是被彻底放干了水,连田埂也挖开了几道深深的大口子——种水稻的人家这时候正在修理田塍,加固田基,做好贮水准备,等待立春之后开犁耙田,撒谷种秧呢。接下来黄敢又在田里铲开了好几道二尺多宽的排水沟,田的四周都挖开了连贯相通的沟壑,开始彻底晒畈。

等消息传到老婆耳朵里,她火急火燎地赶到田边一看,好端端的上等水田早已面目全非,不仅田里没见到半滴水的影子,连泥巴也晒得发白,表面已经干透。

这回,为了避免节外生枝,黄敢干脆连小强都没叫,一个人背着他们娘俩把事做落妥了。刚好小强要出去玩耍几天,在家待腻了,想到外面去散散心,黄敢眼都没眨就答应了,还主动多给了小强二百块零花钱,嘱咐他去长安姑姑家里"多玩几天",不着急的,玩尽兴了再回来,反正这段时间家里也没什么事情要做,离施春梢肥还早着呢。

老婆看着原来汪滔滔的活水田被整成了一垅一垅不存半滴水星子的小土丘，气就不打一处来，也顾不得形象，一屁股坐在田埂上，指着埋头做活路的黄敢，大声骂道：

"好你个鬼打天杀的黄棒子，我说怎么这些天你早出晚归一天不着家的，把儿子也打发到长安去了，原来还是背着我们娘儿俩把家里吃饭的水田给糟蹋了。"骂声带着哭腔，鼻涕口水河螺线线般滚滚而下，几绺头发也披散到眉脸上，一副伤心欲绝的样子。

黄敢就笑呵呵地跟老婆说："问了你，你又不同意，那我只好自作主张了。你看看，这大沟一开，排水透气还真不赖呢！"

"不赖你个大头鬼啊！你毁了一家的水田种什么鬼金桔，要让我们娘儿俩跟着喝风去吗？"老婆不接黄敢的话头，一边哭一边狠狠地质问黄敢。

"早说过了，饿不死你，你这个不开窍的女人婆，跟你讲过几多万遍，脑筋还是转不过弯来。老子一亩金桔，够你买几年的粮食了，知道不知道？"黄敢也不耐烦起来，自忖着，怎么做点事情就这么难呢，儿子儿子唱反调，老婆老婆不支持，还要横加阻挠，真他娘蠢子泼妇占全了！

与嫁接金桔一样，在水稻田里种植金桔，黄敢依然是整个西塘坳村"金桔下山进田"运动第一个"吃螃蟹"的人。估计东山乡也难找出第二个人来。

老婆哭归哭，闹归闹，到底也没能拗过黄敢的决心。浪溪河边第一块改种金桔的上等水稻田，在万物复苏的阳春里，如期披上了金桔苗青悠的绿装。

金桔种植是个苦力活，更是个技术活，尤其是嫁接改良的新品种。每年三月上旬春寒料峭时，就到了施肥剪枝的关键阶段。然后排水除草、杀虫除病、保花坐果壮果，一点儿也不能敷衍。十月之后，金桔逐渐成熟，挂果一直可以到来年清明前，这期间还要用塑料薄膜将桔树一棵棵罩上，防止雨淋霜打，不像从前的自然实生苗，任随自生自长。难种难管，市场还不稳定，远不如外出打工来钱容易，自然就没有多少人响应。黄敢却很乐意，领着初中毕业的儿子，不仅把家中几亩坡地全部种上自己嫁接的金桔新品种，现在又开发了水田。

不出两年，黄敢家的水田全部种上了自己嫁接的新品金桔。

"金桔是老祖宗留下的宝，不种，那真是可惜了。种得比别的地方落后，那更丢人！"黄敢这话，粗听起来有些冠冕堂皇的自吹自擂，但掰开来细思，也是句句实在，没人反驳得了。毕竟，他家的金桔地妥妥地亮在那里，生长蓬勃而且势不可当。

一些大胆又不怕吃苦的村民，便也心痒痒地学着黄敢，开始尝试着在水田里种起金桔来，反正种水稻一年也打不下几多稻子，没值几个钱。

嫁接金桔三年挂果，收成初见。那几年金桔种植虽然喊得凶，但也是雷声大雨点小，没成气候，种植的人家并不普遍，金桔产量少，个儿大色亮的直接卖到水果市场，大部分卖到县里的福民凉果加工金桔应子糖，价钱不贵但还算卖得出，种金桔的人尝到小甜头，心里自然欢喜。

从那时起，"金桔大王"的名声便在西塘坳村、在东山乡叫得呱呱响，甚至响到了融州其他的乡镇，慕名而至的人开始络绎不绝。

"金桔大王"成了黄敢事业上的最得意最顺风顺水的名片和招牌。把实生苗传统金桔改良为嫁接新品金桔的第二年，黄敢成了村上近年来唯一发展的新党员。起先，村支书和乡组委找到他，动员他申请入党。眼下，农村很多地方已经出现了党员队伍年龄老化严重，党员人数不断减少，甚至处于青黄不接的尴尬状态。西塘坳村情况也差不多，形势不容乐观，一直是乡党委工作的一道小坎。可那时，村里头不论年长的年轻的，凡抛得下家里的，几乎都奔广东、福建、浙江、上海打工挣钱去了，在家留守的多是些老弱病残，再不就是不思进取的油条仔，像黄敢这样一门心思搞金桔、发展农业产业的人，真的是凤毛麟角，是新形势下农村新党员发展十分难得的理想对象。不发展这样的新型农民进入党组织，充实农村党员队伍，还发展什么样的人呢？

黄敢起先还有些别扭，说自己思想不够先进，也没为村里的发展做出过什么贡献，不符合入党条件。其实，他就是对入党不够热心，甚至对村上的党组织还有些不满。他说的不过是些搪塞组织和领导的光面话而已。

可乡组委不这样认为，说黄敢太谦虚了，黄敢自费学习嫁接技术，第一个在西塘坳村乃至东山乡成功实现金桔嫁接栽培品种改良，对整个东山乡的金桔发展意义重大，起到了典型的榜样和示范作用，并且热心指导帮助其他村民种植新品种，思想不保守，行动更可嘉，完全符合一个共产党员的基本条件。够格，非常够格！

就这样，西塘坳村党员队伍很快便增添了黄敢这份新鲜血液。入党宣誓的那天，乡组委还别出心裁地把宣誓的地点选在了黄敢亲手创建的嫁接金桔园，引来了不少围观的群众，还上了融州电视台的新闻，一时震动不小。乡组委过后说，我们的农村党组织和党务工作就是需要这样脚踏实地的精神，当然也需要这样形式新颖的宣传效果。

水稻田改种嫁接金桔，从黄敢之后便开始成为一种发展趋向。黄敢的桔园地就是全村乃至全乡的样板。黄敢也成了金桔种植户们有口皆碑的灵魂人物。

村党支部换届选举，黄敢顺理成章地成为老支书的接班人。有老支书的主动让贤推举，有乡组委的鼎力支持，有村上金桔种植户们的真心拥护，黄敢开始走上了带领西塘坳村脱贫致富的支书之路，这一路走来，不觉已是十六年光景。

十六年里，西塘坳村的人们投桃报李，每次村"两委"换届选举，村支书的位子从来没有旁落过，黄敢一直坐得稳稳妥妥，也顺顺当当。

十六年不败的竞选纪录,也难怪黄敢心里如此底气十足——西塘坳村到底是离不开他这个甘于奉献的致富带头人呢。

大概就是人们常说的"高处不胜寒"吧?这么多年无人竞争,难免偶尔也会生出一丝英雄孤寂的失落。但即便这样,他那"想找人接班"的感叹也不过是一句言不由衷的光面话而已,当不得真。

做什么事情,只要你肯一心投入,都有一种说不清的瘾。对于黄敢来说,当村支书也是如此,时间长了习惯了就上了瘾。说得明白些,是一种难以割舍的工作情结、一种持续不断的奉献情怀。

这些年来,西塘坳村在整个东山乡的发展排名,从垫底排后一步一步逐渐上升到靠前的地位,老实说,黄敢的领导是功不可没的,其中金桔种植经济份额的不断提升起到了重要的推动作用。在黄敢的带领下,全村的金桔种植已经跨越了600亩大关,并不断呈上升趋势。黄敢当村支书,有着一呼百应的效果,他的金桔园,一直以来是全村的一块金字招牌。

真不当支书了,还能有现在这样一言九鼎的身价与威信?还能像现在这样放胆为村里搞事情、谋福利?

有一点黄敢说得倒没错,这些年村支书一路当下来,那是真的累。

自家的金桔园虽然名义上交给了儿子小强打理,但十多亩地小强和儿媳妇两个人哪管得过来,自己也不能当甩手掌柜,还得时时照看着,出不得岔子,那可是全家指望的金库呢。也不是不相信小强,而是心里委实放不下。最要紧的是"金桔大王"这块牌子不能倒,一旦倒了就像地震一样,会波及全村的金桔种植。

还有,但凡村上的大事小情,哪一件都得他这个村支书拿主意做决策。谁叫你是村里的一把手呢,不累你累谁?

最闹心的要算这帮跟着自己种金桔的村民了,各人打着各人的小九九,无论如何得好心好意地拢着,手捧泥鳅般小心翼翼地侍候,尽了心力帮衬他们还得处处迁就,西塘坳村的金桔产业刚刚有点起色,自己可是他们的主心骨,个个眼睁睁地巴望着呢,万万不能让他们觉得自己被冷落被小瞧被忽悠,起了罢手的念头。

前年秋天,就因为一种新的红蛛虫害没能及时发现和消杀,好多种植户的金桔园严重受损,几乎白白辛苦一年。

这天,黄敢正在办公室埋头填写着村里的扶贫材料。砰的一声门被推开了。黄喜六一脚蹿进办公室,上气不接下气地汇报说:"不好了书记,我家的金桔好像发瘟了!"

黄敢一脸惊愕:"什么情况?"

黄喜六:"满园的金桔,昨夜间掉落了一地。"

黄敢从座位上站起来,一边扬着手示意往外:"走走走,去看看!"

旷野上,天空灰蒙蒙的,道路上一片泥泞。前面不远就是黄喜六家的金桔地。黄敢一边走一边问:"你是几时发现果子掉地的?"

黄喜六:"今早上。"

黄敢:"之前发现有什么问题吗?"

黄喜六:"其实吧,在春天的时候,果树有些掉叶子,都是灰白灰白的,小果子有些淡绿色的斑点。那时也没在意。果子照样长着嘛,只是皮面越长越难看,品相差点。"

黄敢:"最近呢?"

黄喜六:"最近也没什么——这段时间忙别的事,快半个月没去打理了,直到今早才发现掉果子。"

黄敢:"八成是红蜘蛛惹的祸!"

来到桔园,黄敢蹲下身子,从地上捡起一颗掉落的金桔果,仔细观察着。

黄敢站起来,用手捋开果树的叶子,观察果树的情况。但见大部分的叶子明显失去了光泽,叶子的背面布满灰尘状的蜕皮壳。

树上的果子和掉在地里的差不多，果皮表面现出一圈一圈淡黄色的斑点。

黄敢："狗日的，真是红蜘蛛！"

黄喜六："书记，这果子还有救吗？"

黄敢："来不及了，虫害已经全面暴发，严重影响到果子与果蒂的密合了，果子的氧分供不上，已无法继续生长，只能脱落。"

喜六抱着头蹲在地上，大放悲声："我的天哪，一年的工夫，就白费了！"

一年工夫白费的，不只是黄喜六家，村里好多种植户都中了红蜘蛛的招！他们可都是黄敢撺掇起来才种的金桔，也是黄敢手把手教出来的。

现在，一年的辛苦全打了水漂不算，说好的政府补贴也迟迟不见到位。几个耐不住性子的村民，开始嚷嚷着种金桔太不牢靠，要砍了金桔树改种别的作物。

黄敢召集这些村民，苦口婆心地劝慰，道理讲了几箩筐，但红黑说不通。

乡亲们的说法也很实在：我们跟着你种金桔，就是想多赚几个，你的荷包倒是鼓起来了，却害得我们两手空空，有什么奔头？

最后，黄敢一咬牙，自己拿出8000元来垫付了金桔种植的补贴，才勉强留住闹退种的村民。

后来，这事传到县水果生产技术指导站，技术指导员玉刚将其当成了不察果情不讲科学管理的反面教材，多次在培训会总结会上点名警示。搞得"金桔大王"黄敢很没面子，对这个"不知天高地厚"的同村后生颇有微词："黄毛小孩，你到底几斤几两啊，老子自创金桔嫁接术的时候，你胎毛还没脱呢！"

讲自创是夸张了点，但第一个在东山乡试验成功那是千真万确。

没错,黄敢以"金桔大王"名冠乡里的时候,玉刚连农大果树系的门都还没有进,但这并不影响日后的他将"红蛛虫害"事件当成技术培训的反面教材,事实明摆着。黄毛小孩又怎样,不痛快又如何,说到底人家并没有乱扣帽子冤枉人啊!

但毕竟,传誉了多年的"金桔大王"的名声,到底在玉刚反复的批判下,涂上了难以抹去的污点,尽管这污点依旧不能影响黄敢在村里的"光辉形象",依旧不能撼动黄敢在村里的"崇高地位",黄敢依旧是村里不折不扣的"金桔大王"。

八、辞职高才生

西塘坳村不仅物产丰富,也出人才,当得起"地灵人杰"的美誉。桐木寨的"金桔大王"黄敢是号人物,坡尾屯的后起之秀玉刚当然更算得上了。

相传很久很久以前,有个得道的地理先生,受主家之托,长年在外看风水,一路从湖南的武冈、城步到广西龙胜、三江、融州地界寻找龙脉,后来沿浪溪河溯流而上,当探寻到融州与应尽福交界的东山乡西塘坳狮子岭山脚时,突遇狂风大作,一时云集雨泼,山洪咆哮。地理先生抬头端详,但见黑云遮天,四围山势全往狮子岭聚拢而来。从此,地理先生云游他乡不知所终,东山乡西塘坳的龙脉却成了人们茶余饭后津津乐道的神秘谈资。

地灵人杰的东山乡西塘坳村,倒是真出过进士武举的。而这个人中龙凤的及第进士,就是玉刚的祖上,当年皇帝御赐的"进士"牌匾,至今仍高挂在祖屋的家堂之上,显赫耀目。多少年来,一门书香的蒋家,人才辈出,在东山乡那是享尽了乡党尊荣,提起西塘坳坡尾屯蒋家,没有人不竖起大拇指。延至玉刚这一辈，那也是人才济济，光名牌大学生就出了好几个——玉刚便是北京农大果木学系的高才生呢。

农大果木系毕业的玉刚，原本可以顺顺当当地进入首府农科院搞科研的，人往高处走，水往低处流，他倒好，居然头脑发热主动要求回到融州，在县水果生产技术推广指导站当了一名技术指导员。很多人想不通，凤凰不栖梧桐树，却自愿落到刺蓬里来，太不值当了，得拣着高枝才好飞呀！

不过回来也有回来的优势，玉刚专业高才生的特长很快便显山露水了，几年下来，他主持的金桔保花坐果技术研究，经过多次试验验证，取得了突破性的进展，一直困扰的"金桔落花落果"难题得到攻克，玉刚申请的国家专利也顺利获得批准。为此，玉刚曾受到县委、县政府的特别表彰，个人档案还进了可以重点培养提拔的青年科技人才库，也算前程似锦了。要是当初直接进了首府南宁，只怕没这么快出成果。

然而，不按常规出牌的玉刚，接下来的决定更让人大跌眼镜：他要辞职！

晚上，夫妻俩亲热之后，妻子秀梅惬意地躺在玉刚结实的臂弯里，眯着眼回味刚才的幸福激情，还带着尚未平息的娇喘。

玉刚挪挪身子，贴着秀梅的耳朵说："秀，跟你商量个事。"

"什么事，这么神神秘秘的，非要这个时候说啊？"秀梅翻了个身，面对着玉刚，一边伸手摩挲着玉刚结实的腰背，继续女人的小温存。

"我想了蛮久了，可一直想不妥帖，到现在才想好嘛。"

"现在想好了是吗？"秀梅把嘴贴到玉刚的下巴底，黏黏的语气细得像游丝。

"嗯，想好了。"

"想好了还不说！"秀梅催促道，双手继续在玉刚的腰背间摩挲着。

"我打算辞职回老家去种金桔。"玉刚嗫嚅着。

八、辞职高才生

"什么？你再说一遍，我没听清楚。"秀梅依旧半闭着眼睛，头往玉刚的怀里拱了拱。或许她听清了，或许真没听清。

"我想辞职回老家去种金桔——"玉刚加大了音量，一字一顿地重复道。

"啊？你要辞职回老家种金桔，为什么？你不是在逗我玩吧？"秀梅仰起脸，定定地看着玉刚的眼睛，似乎想从他游离的眼神中找出一丝说谎的破绽来，印象中，玉刚从来没有对自己说过谎，她很想分辨一下，玉刚这回说话有什么不同的地方。很遗憾，玉刚的语气和表情与往常一样，没有任何反常。

秀梅伸出手来，在玉刚的额头上轻轻拂拭着：也没见发烧呀！

"真的，我就是想出来自己创业。在单位待腻了，就想换种自在活法。"玉刚变得平静起来。

"是不是遇到什么烦心事，在单位待不下去啦？"秀梅扳着玉刚粗壮的肩膀，这个问题太出乎意料了，她一下子无法适应。

明确玉刚不是在开玩笑，秀梅的第一反应是玉刚在单位受到了什么不公平的待遇，或者是别的什么难以承受的刺激。

那也不致要以辞职作代价呀，不是才进了县里重点培养提拔的人才库吗？

难道领导食言故意给他穿小鞋？就算这样也很正常，哪有那么多一帆风顺万事如意伴着你呢。谁还没有个三起三落的，关键是自己要有定力，要挺得住，要坚持到底，笑到最后才算笑得最好。现在还年轻，路还长得很，失去的还可以再赢得回来，谁找你的碴儿，就跟他们磕着耗着，怕什么，你是凭本事吃饭又不需拍马溜须。

秀梅在替玉刚想这些的时候，自己也不由得乱了方寸。

"哎呀，说了不是就不是嘛，我在单位干得好好的，真没人为难我，也没有人能够为难我。我就是自己想出来闯一闯。"玉刚赶忙解释。

不是有人为难，做得也很顺当，都说"前程似锦"，自己也盼着玉刚步步高升，客观上对自己的事业也起着帮衬作用，这没道理嘛！

秀梅正在做电商，尚属起步摸索阶段，玉刚现有很多资源是可以间接帮助她的，如果玉刚辞职了，没有相关的资源帮衬，搞不好她的电商业务又将陷于过去的困境。

"给个十足的理由。"秀梅是相信玉刚的，没想好的事情他不会轻易做决定。何况这种人生大事，大好的前程说没了就没了，再也捞不回来的。

"你也知道，在融州，金桔种植这块，我也算得上是个技术专家了。目前正是金桔发展的最好时机，政府有政策扶持，我有技术，你又能找市场，这叫万事俱备只欠东风，这个东风就是我的辞职决定。我想了好久，就想放手搏一搏，可一直犹豫不决。"

"你犹豫什么？你平素做事不是一直很果断的吗？"秀梅追问道。

玉刚轻轻搂了搂秀梅的肩膀："因为我怕你不同意，怕伤了你这个海归妹妹的心。"

秀梅噘着嘴："现在不怕了？"

玉刚在秀梅的额头上吻了一下："不怕了，想明白了。你一个海归妹当初不留在大城市上班，却敢回老家去卖金桔，我学你的样儿呢！"

玉刚继续给秀梅分析，以他目前的发展趋势，他们本可以生活得从容体面，将来生个儿子，当然女儿也一样，玉刚努力工作，秀梅做着电商，一边相夫教子，一家人肯定能过着衣食无忧其乐融融的小日子。或许还可以在仕途与事业上辉煌一把也未可知。可这一辞职，已有的一切都将归零，又得从头再来，还得回到老家农村去辛苦打拼，去过日出而作日入而息的吃苦日子。玉刚自己倒不打紧，自己走的路再怎么也走得下去，只是要苦了心高气傲的秀梅，她吃不吃得消，受不受得了，这才是玉刚最担心的。至于家里，玉刚的父母肯定一万个反对，他们含辛茹苦送玉刚上大学，为的就是将来有一天，能够混个一官半职，或者干出一番事业来，好替他们光耀门庭，也为他们脸上争光。玉刚当初考上名牌大学，已经为他们争了一回光，让他们在村里扬眉吐气了一把，现在这样回去，那就是当着父老乡亲的面打他们的脸，尤其在父亲蒋世杰看来，就是让先人蒙羞，就是不肖，就是十恶不赦、不可饶恕的忤逆。

玉刚把一切可能都分析到了，最后得出结论："但我还是决定，辞职回乡创业种金桔。"

秀梅疑惑地问："你回家种金桔，那我的电商平台呢，怎么办？"

"回家一样做——肯定得一起做好呀！"玉刚满怀信心地回应道。

"你都分析得这么透，考虑得这么周到了，那我还有什么可说的。"秀梅到底是个善解人意的女子。

"我敢保证，不出几年，我们就可以干出一番事情来。你信不？"玉刚用力搂着秀梅。

秀梅盯着玉刚的眼睛，审视良久，最后轻轻地点点头："我信，你做什么都成，我不拖你后腿，只要你想好了不反悔。"她向来都听男人的，因为他是自己挑中的白马王子，符合自己的偶像标准，她打心底里对自己的男人充满了尊重和信任。

秀梅的表态倒让玉刚感到意外与吃惊，没想到秀梅这么开通和干脆，自己都还犹豫了好几个月才下的决心呢。她倒好，一辈子何去何从的人生大事，十分钟不到就统统答应了。

秀梅的支持，使玉刚心里踏实而感动，他情不自禁地捧起秀梅好看的脸庞，又亲一口："老天爷，你怎么这么贤德，赐了个这么好的女人给我来做老婆呢，下辈子都做不够啊！"

秀梅就娇嗔着玉刚"老油嘴"，心里却涌起甜甜的幸福和美好向往，像嚼着熟透的金桔头果。

秀梅的支持让玉刚吃下了定心丸。

第二天一上班，玉刚便揣着早就写好的辞职书，来到主任韦明非的办公室。

见玉刚手里揣着纸条，韦主任以为玉刚又有什么新点子或者新发现要向他汇报。玉刚随时都会给主任递纸条，这已经成为他的工作常态。他是一个态度严谨但又性急的人，只要他一揣着纸条进了主任的办公室，保准过不了多久，主任就会宣布一项重大信息甚至新的决策方案。所以，玉刚的举动往往成了水果办未来行动的风向标。

韦明非对玉刚是非常赏识的，人尽其才，把合适的人放在合适的位置，做着合适的事情，这是做领导的强项。要不，以玉刚过于严苛的性格，就算他取得再多的技术成果，恐怕也很难这么快就顺利进入了全县"可以重点培养提拔的青年科技人才库"。不光是对玉刚这样的人才器重，韦明非在整个水果办的上下级关系都处理得十分融洽，没有人觉得主任偏心眼，自己有被边缘化的危机，相反个个都很信服、尊重他，每次上级来考核，韦明非得的都是满分，几乎是全票拥护支持，这是人心所向啊。

"玉刚，坐坐坐。"韦明非伸手指了指对面的椅子，热情招呼道，一边起身要为玉刚倒水。

"主任，我……"玉刚欲言又止，依旧站在韦明非的办公桌前，没有落座。

"怎么啦，碰到什么困难了，对我也不好说吗？扭扭捏捏的，不想说，还是说不清？那就回去想好了再过来说。"韦明非觉得今天的玉刚有些怪怪的，不像平常那个直截了当作风干脆的心腹部下。

"不是，主任。我、我是来交辞职书的。"玉刚有些手足无措，舌头打着结。

"噢，你要辞职？怎么早没听你说起呢？"大好前程等在前面，主任韦明非最器重的左膀右臂，在单位谁不羡慕眼红？怎么找得出辞职的理由来嘛!做主任的不由得心里一咯噔,是什么原因令仕途顺畅的玉刚,做出这么决绝的选择,而且事先毫无征兆?

"早没想好,现在想好了,才来向您交报告的。"玉刚如实相告。

"你还没告诉我,为什么要辞职呢?"韦明非把倒好水的杯子递到玉刚手上,并没有顺手去接玉刚的辞职报告。

"我就是想回老家去自己创业种金桔。"玉刚很坦然地回答。

"就这么简单?"主任盯着玉刚,有些不太相信。

"真的没有别的原因,主任。"玉刚避开韦主任犀利的目光。

"单位亏待了你吗,还是我个人有对不起你的地方?如果你觉得受了委屈,你可以堂堂正正和我说,用不着拿辞职来对付啊。"

语重心长的韦明非还是不肯相信玉刚辞职的原因如此简单,他开始在头脑里反思着,作为玉刚的领导、顶头上司,是不是在哪方面忽略了玉刚的诉求,导致玉刚心生去意。说实在的,单位现在很需要玉刚这样有才华有能力又能干的技术人才,这关系到全县水果生产,特别是金桔发展的大计。关键时刻不能掉链子。

"没有,真的没有,我很感谢单位,也很感谢主任您对我的关心和培养。但我真的决定要辞职回乡去种金桔。"

"你真认为,你的事业就在未来的金桔园?"

"是的,主任。"

"你就不能考虑收回你的辞职报告?如果你嫌目前的职务低,我可以亲自为你打报告给有关部门,申请特殊人才特殊使用。"韦明非不想放玉刚走,除了单位确实需要这样的技术人才,更是怕玉刚一步走错,没有回头路,大好前程就此自毁了,那真是可惜。韦明非是个爱才又惜才的领导。

"不用了主任,我又不是被迫的,是主动辞职。"

"那我要是不批准呢?"韦明非做着最后的争取。

"那我也得辞职。你不批准，我就去找县长。县长不批我就自动离职。"玉刚的话不再为自己留半点余地。

"那你爱人知道你要辞职吗，你有没有和她商量过？"见玉刚去意已决，韦明非只好从家庭的角度关心地问他。

玉刚是有备而来的，得了老婆秀梅的许可，他才心安理得地来递交这辞职报告。

挽留无用，韦明非只好惋惜地摇着头，在玉刚的辞职书上沉重地签上"同意辞职"四个字，并署上自己的名字。然后将辞职书递给玉刚，让他去办理离职手续。

"那我只好祝你心想事成了。回去之后，但凡有什么需要帮助的，不管哪时，不管我还在不在单位，一定尽力帮你。"

"谢谢主任，我记着呢！"

有韦主任的关照，玉刚的离职手续不到三天就办清楚了，交接完毕，玉刚便打电话让秀梅准备收拾房子，一边直奔宿舍楼，他想趁早把所有的家当都整理打包，随时拉去车站托运，或者直接请辆搬家车拉回老家去，反正是越快越好——这会儿他已经"归心似箭"了。

玉刚还没到家，韦明非的电话就打过来了，问他打算什么时候回老家去。

"明天上午吧，除了晚上睡的床铺，其余的家当，今晚得全部整理打包呢。放心吧主任，明天早上就可以将宿舍退还单位了。"玉刚以为主任是来询问他退还宿舍的事，他的宿舍一直是单位出钱租的，作为吸纳优秀人才的优惠条件，这也是玉刚当年毕业不留在南宁而回了融州的一大原因。他明白，现在人要走了，房子当然得及时退还，不可能再赖着。再说了，继续赖着也没有用，自己是要回乡下去，又不是继续留在融州县城。

"不是问你退房的事，是问你打算怎么回去。本来晚上还想请你和你爱人吃个饭，因为县里面有个重要会议放在晚上开，估计没空请你们了，只好算了。"

"主任的盛情我们心领了,但真的没必要。您忙您的吧。"

"这样吧,明天早上,叫两辆车子送你们回家去,代表单位欢送一下,司机我已经交代好了,明早上班就开车去你宿舍那边等你们。你不用另外去找车子。"

"不用麻烦的主任,我自己找车子拉回去就行了,反正也没多少家当。"听韦明非要派单位的车送他们回老家去,玉刚心里一阵感激,但他还是客气地回绝着。他不想欠单位,尤其是欠主任的人情。

韦明非说,不管怎样,玉刚是单位的功臣,就算回农村去创业,也不能走得这么寒碜,即便不是衣锦还乡,也应该走得风风光光,这也关系到单位的形象,一定得派车妥妥地欢送他们。

九、海归女

玉刚在思忖辞职时是抱了一个"伟大"的理想和计划,但他却一时忽略了,老婆秀梅更是一个很有想法的女人,玉刚的理想与她的想法其实是不谋而合了。要不然,任凭你有三寸不烂之舌,十分钟的时间,就能做通老婆的思想了?恐怕全世界也没有这么轻而易举的事情。

说起来也有点凑巧,玉刚与秀梅的结合就属于歪打正着,仿佛冥冥之中上天自有安排。

秀梅是在县里举办的培训班上听玉刚的讲座时认识他的。

那次的培训课程,并不是玉刚擅长的金桔栽培和田间管理技术,而是以金桔为主的南方水果市场营销策略。营销培训原本不在水果办的培训计划之内,是应县上的要求临时举办的,有为召开金桔节应卯的意思,准备本来就不充分。一时请不到合适的老师讲课,筹备人员就拉来平常讲金桔栽培技术的玉刚充数,完全是赶鸭子上架，玉刚又不好推脱，在单位这算是政治任务，只得硬着头皮答应下来。

果木系的高才生来讲水果营销，本来有点勉为其难，好在平时也涉猎一些市场营销之类的书籍，"产销一条龙服务"也是提得比较响亮的营销口号。于是麻着胆子，把金桔的特性元素融合到营销策略之中现炒现卖，居然也收到不错的效果，听讲座的人大多很以为是。玉刚自己都很吃惊，他竟然还有这个瞎侃胡吹的能耐。

课间互动环节的提问，有个女孩特别活跃，整个培训班就数她问题多，还难缠，甚至有些刁钻古怪，时不时善意捉弄一下老师或同学。当然人长得水灵乖巧，玉刚自然不厌其烦。

可接下来的提问，却实实让玉刚颜面尽失，几乎下不来台。

"老师，请问南方水果销售与其他土特产有什么不同？"女学员站起来，向玉刚深深鞠了一躬，再次发问。

"水果讲求保鲜时效，越新鲜越受市场青睐，其他土特产相对没有水果的保鲜时效要求严格吧。"玉刚没有多想，随口答了一句。这堂课是讲水果销售，不讲其他土特产，学员们的关注点是以金桔为主的南方水果，尤其是融州金桔。

玉刚显然是想当然了。

果然，玉刚话音未落，立即遭到了女学员的反驳："老师，我认为你说得不全面。比如我们东山乡的特产，'金衣白玉，蔬中一绝'的冬笋，它的保鲜时效恐怕比水果还要严格。市场上卖的冬笋，据经验介绍，最佳食用时间是在采挖后两个小时内，时间一长，笋子的口感就会大打折扣。俗话说的，笋子挖来就得煮，要想好吃不过午。老师你不记得了吗？"

女学员说完冲玉刚扮了个可爱的表情，随即引起哄堂大笑。

这哪里是提问，分明像拆台，一时弄得玉刚十分狼狈。他何止不记得，连听都没听说过呢。印象中的冬笋也并没有像女学员说的"好吃不过午"啊，这说法有没有什么依据，是不是在故意

九、海归女

讪人呢？

还好，这种临时的培训讲座并没有课堂之外的深入交流，相互了解就更谈不上了。那时玉刚的工作也确实够忙，正在承担着《金桔坐果率有效提升可行性研究》课题，田间调查、试验都已完成，需要加班加点赶写材料，因此勉强上完一堂课就继续捣鼓他的《金桔坐果率有效提升可行性研究》课题去了，对于女学员的背景自然一无所知，也无心关注。

玉刚并不知道，培训课上刁钻古怪的女学员王秀梅，其实是个并不简单的海归女。

后来，玉刚下乡扶贫驻村蹲点，有段时间住在东山乡富乐村，没想到王秀梅家就在村北的王家屯。

那天中午，玉刚去王家屯查看新桔园金桔打花的情况。刚栽两年之内的金桔幼树，按照科学种植的要求，为了促进果树快速成长，前两年开的花必须打掉，不能让它坐果，要全力以赴长枝干。

玉刚是去找屯长的，之前和屯长电话预约过，屯长得和他一起去各家的金桔地现场查看。可去到屯里，却不知屯长住在哪一家。屯长说了，到了屯里随便问哪个都晓得的。玉刚本来想让屯长到屯口来接一下自己的，话到嘴边还是咽回去了，他怕人家误会自己耍官老爷的派头，自己又明明不是个"官"。

玉刚正在屯口逡巡，迎面一个面容俊美的姑娘，戴着时髦的太阳帽款款而至。

"你好阿妹，请问屯长家怎么走？"玉刚上前礼貌地问路。

"哇，这不是蒋老师吗？哪阵风把你给吹来了？"眼前的阿妹没有回答玉刚的问题，却大声惊呼着，张开双臂差点扑了上来，一副喜出望外的夸张表情。

"请问你是？"玉刚有些蒙了，在这个刚刚踏足的乡下小屯，也有人开口就喊自己"老师"，居然还能叫得出自己的姓氏来。

"老师你不记得了？你给我们上过水果营销的培训课呢。"姑娘提示玉刚。

可玉刚还是没能回忆起眼前这位姑娘是谁,他无法对号入座。

"我当时还向你请教过水果销售与其他土特产有什么不同的问题。"姑娘继续提示玉刚。

玉刚搔搔脑袋,还是没有印象。

"笋子挖来就得煮,要想好吃不过午。我还跟你说过冬笋的最佳保鲜时效呢。"姑娘进一步提供记忆线索。

噢——终于想起来了,原来是这个刁蛮公主!

"是你啊——叫什么来着?"玉刚眯着眼,在脑海里过电影。

"王秀梅。"姑娘自报家门,显然有些迫不及待了。

"对对对,王秀梅——秀梅。"玉刚一拍脑门,恍然大悟的样子。其实他还是没有想起姑娘的名字,就那么草草一堂课,上完就拜拜,作业都没有,当时就没记名字,过后哪里还记得。但此情此境,他得装出想起来了,否则岂不尴尬?

"亏了老师还记得大闹课堂的我,不记恨我吧?"率性的王秀梅自是欢喜,她也没去琢磨这位蒋老师是真记得还是假记得。

"怎么,你是住在这个屯,还是来这里走亲戚?"玉刚望着王秀梅有些唐突地问道。

"我就是这个屯的呀。"秀梅侧过脸来,水汪汪的大眼睛忽闪着,一眨一眨仿佛天上的小星星,"对了老师,你是怎么来我们屯的?"

"我来你们村蹲点呢。今天到你们屯查看金桔打花情况。"玉刚为一到蹲点地就能遇见过去的学生感到欣慰。课堂上那些难堪的情景也变成了美好的回忆。

"那我代表屯里欢迎专家老师前来指导,传经送宝到我屯哈!"王秀梅故意严肃地说道,又开始显露出嬉皮的面目来。

"秀梅,麻烦你先带我去屯长家吧,我和他约好了的。"玉刚请秀梅陪自己去找屯长,秀梅高兴地在前面带路。

九、海归女

"老师,中午到我家吃饭吧,我煮冬笋炒腊肉给你吃。"在去屯长家的路上,秀梅热情地邀请玉刚去她家做客,无论如何,她这个"一堂课学生",一定要尽地主之谊。

半个晌午,王秀梅一直陪着玉刚和屯长在金桔地里转悠。

玉刚的伙食定在村委会,但偶遇女学员,又是这么盛情难却,恭敬不如从命了,和屯长一道查看完桔园打花情况后,便跟着王秀梅回她家去吃冬笋炒肉,捎带着把屯长也拉了过去。

吃饭的时候,秀梅主动为玉刚夹了一块腊肉和一夹笋子,再次提起冬笋的保鲜时效来,并强调这些理论都是她妈妈说给她听的,还特别问一旁的妈妈,是不是有笋子"好吃不过午"的讲法。

秀梅的妈妈是个腼腆的女人,一边拿筷子戳着饭碗,一边细声细气地回答:"是有这个讲法。我们山里人家,想吃笋子了,才扛把锄头到竹山去挖,屋里架着锅头等起,现挖现煮,带着刚从泥巴里钻出来的味道,鲜嫩得很。笋子挖回来,放的时间一长,那个鲜气就跑没了。"

一根不起眼的冬笋,竟有这么苛刻的讲究,看来以前吃的冬笋都是白糟蹋了!

秀梅证明了自己当初"闹"课堂,真的不是无中生有。

秀梅有个哥哥叫王子林,是种金桔的一把好手,富乐村就数他最够力。王子林虽然没有在村上和屯里担任什么职务,却是个很有权威的实力派人物。在种金桔这个事情上的做派,和西塘坳村的黄敢真有得比。自打滑皮金桔被正式推广种,他就牢牢盯上了这个当初并未被大多数人看好的金桔新贵,一边引种一边自己琢磨继续优化,虽然不得要领,多少也曾摸出过一些道道来。

王子林和玉刚很投缘,有点相见恨晚的感觉。两个人一谈起金桔就没完没了,饭桌立马变成了金桔课题圆桌会。

"我几年前就开始种滑皮了,但因为技术问题没解决,品种没有经过彻底改良,种出的金桔果实又小又皱巴,基本没人愿意收购，好多人都笑我癫仔。"王子林端起酒杯伸向玉刚。

玉刚举杯相碰："你这就癫对了，滑皮今后肯定是趋势。至于品种优化，我来帮你想办法解决。"

玉刚和水果办技术推广部门正在对滑皮金桔的品质与产量提升进行改良试验，已经取得了突破性的进展。试验成果很快就会发布。

"一言为定？"王子林脖子一仰，一杯酒全下了肚，把空杯倒扣在半空，看着玉刚。

"你放心，这事包在我身上！"玉刚跟着一饮而尽。

自此，王子林与玉刚拜上了把子，成了无话不谈的好兄弟，有事没事两人经常一起喝酒聊天，不是在玉刚借住的村委会，就是在王子林家里。到了王子林家里，当然少不得"一堂课学生"王秀梅在一旁温酒热菜相陪左右。甚至在村委会的小厨房里，也经常伴着秀梅清脆的欢笑声。

这天，兄弟俩正喝得高兴，王子林看着妹妹进了厨房，不禁感叹道："嗨，别看我这妹妹现在窝在家里头，愣头巴脑的，她其实也是大学毕业的，不瞒你说，还是个留学生呢！"

原来，秀梅曾在东南亚一个著名的旅游国家留学两年，学的便是国际贸易与物流专业。毕业回国后，本来在南宁的一家大公司里做到了市场部经理，工资上万块钱一个月，属于真正的白领阶层。

"可是，我妹妹的心大得很，就是这个金桔梦早已种在她的心里，月薪一万多的市场部经理才做不到一年就辞职回来了。"

"我们家种金桔有十多年了，也有了一些积蓄。全家就这一个女妹仔出息，她想出国留学，又争气考得起，也圆了我的大学梦，一家人都欢天喜地地支持，毕业回来得个海归的名头，也容易找到个好工作不是？"

酒一多，王子林就开始喋喋不休起来。

"哪个晓得，这鬼妹仔到外国浪了一圈儿，还是回到了生她养她的胞衣地，来啃这块烂泥巴！我倒是无所谓，我爸我妈可差点没被她气死。"

据王子林透露，秀梅留学回国后，在南宁工作没多久，突然有一天，扛着行李回到了王家屯，说声"游子归来"就不再出去了。

起先，大家都以为她在南宁碰到了什么过不去的烦难事，可她嘻嘻一笑，说："你们想多了，我就恋这个家。"

家里人就寻思着，既然是这样，那就想办法帮她在县上谋份差事，嫌南宁离家太远，在县城总算近了吧？

王子林有个同学在县人社局当了个小领导，王子林便在国际大饭店摆了一桌，请老同学帮忙给秀梅在县里找个体面的工作。县里其实也正需要像秀梅这样的海归人才，为招揽人才落户融州，甚至还专门出台了配套的优惠政策，比如提供免费住房、破格提拔、工资上调，等等。于是一拍即合，不久就在经贸局帮她找了个位置。不料被秀梅一口回绝，还说如果为了找份工作，她干吗不老实待在南宁。也是，南宁离家也不远，不过一餐饭的工夫。看来，着急的家人和帮忙的领导，都成了狗咬耗子多管闲事了。

不肯到政府去上班的秀梅，在家也并没有闲着，平时就帮家里打理金桔园，成天在桔园里日晒雨淋的，倒是从不叫苦喊累，有时王子林看着心疼，就劝她，实在累了就回家休息去，这么多年她在外上学工作，一家人还不是都管过来了，不少她一个。秀梅并不领哥哥的情，她说她不是在帮家里做这点死活路，她知道家里人都不靠自己做这点活路，她这是在为自己金桔电商的计划做跟踪研究呢，她必须掌握田间种植的第一手资料，才好进行今后的电商布局。瞧瞧，这死妹仔，鬼精咩？

"我老妹她一门心思想做金桔电商呢，老说以后是互联网加什么的时代，电商迟早要占领市场的半壁江山，听得我耳朵都起了茧子。你信不信？"王子林掰着玉刚的肩膀，目光有些游离。

他现在对这个高智商的妹妹是有些爱恨交加了。

那时候，就是在大城市里，电商都还是一个相当陌生的行当，淘宝曾因假货风波更不被顾客待见，如今红火的京东还名不见经传。实体店里样样有，看得见摸得着，还可当面谈质论价，中意了掏钱，不中意拍屁股出门，再换一家继续逛继续砍。

水果电商的概念，在闭塞的农村，那更是闻所未闻，鬼老二都不相信呢。

村民们的金桔销售无非两条路，一是卖给本地炒果的九八佬，这是主要的路子，省时省力，但价格往往由九八佬说了算，要不要你的货还不一定。

还有一种路子，就是自己挑着金桔到长安市场去卖。一般来说，挑到长安市场直接卖给收金桔的老板，肯定比卖给下寨进屯炒果的九八佬合算得多。

但是也有风险。

王家屯离长安城有四十里路程，从长安到东山乡政府门口，每天有几趟班车往返，途中有十几个停靠点，供沿途的乡亲们上下。果农们每天天不亮就得起床，打着手电筒，挑着前一天夜里就准备好的金桔箩筐，走四五里的山路，才能到公路边，去赶清早第一趟到长安的班车，金桔老板都是在早上收购果农的零散金桔，然后分级拣装运走，去晚了人家老板都不一定收购了。要是自己挑去汽车站、火车站大街边这些人多的地方摆摊零卖，价钱是更贵些，但三斤两斤地零售，到晚也销不得多少，耗去一天的工夫不说，弄不好卖剩下的还要挑回家去，要不，上好的头果就得三毛两毛一斤地贱卖给人家。

秀梅想在乡下做金桔电商，用流行的时髦话，叫作"理想很丰满现实很骨感"，即使其他问题都摆平了，但这物流如何搞？连公路都不通的山旮旯，金桔电商怎么做得起来？这不天方夜谭嘛！

"要想富，先修路。"全中国从南到北、从西到东都是这么宣

九、海归女

传的。

秀梅去鼓动村干部,想办法尽快修条公路进村委会,这样屯里的路也顺便解决了。

从大公路进到村委会,得先从王家屯经过呢。

修路当然是个好主意。可老支书两手一摊:"秀妹仔,修路哪个不想,得不到指标呢。"

秀梅就掰手指头跟村领导数:"我们村属于县里的金桔原产地范围,在产业发展上应该得到扶持,现在连公路都不通,种出来的金桔拉出去都困难。每年收果季,全村老老少少哪个不是半夜起来挑着两个箩筐走几里山路去大路边等待开往长安的早班车,或者是等九八佬的收果车?道路不通连个车子都进不来,还想脱贫致富啊?哄自己开心呢。"

村支书和村主任被这个海归妹子说得一脸的不自在。

"谁说不是呢,可政策轮不到我们村,能有什么办法,只有喊天,慢慢等吧,等所有的村都修好了,总该轮到我们村。"村主任的话里尽是些丧气与无奈。

"村村通公路"的口号,政府已经喊了很久,也不是雷声大雨点小的问题,周围不少村都修起来了,但总是轮不到偏远落后的富乐村,说是还有大把比富乐村更需要通公路的村子,排着队等上级的政策呢。没有几板斧的村干部,要拿到这个修路的指标,那就得耐着性子盼星星盼月亮咯。

"要不这样,我来出个主意,看看可不可以?"秀梅毛遂自荐道。

"你有什么好办法,只要能把路修起来,那敢情好。"村支书也觉得这个海归妹子肚子里应该有些货,先听听再说。

"万事开头难,我们可以想办法,先把这个头开起来嘛。"秀梅倒是一脸轻松。

"说得轻巧,这个头如何开?钱从哪里来?"村主任耸耸肩膀,这不是小孩子过家家,讲起风就是雨。

秀梅就跟两位村领导讲起她的思路来："先在村里开会动员，要让村民们个个晓得，修好进村公路，今后再也不用半夜起来打起手电筒、灯笼挑着箩筐辛苦走山路，家门口就可以把金桔卖了。当然不仅仅是这点方便，好处多着呢，进进出出，不管多远，去到哪里都是一抬腿的事。但修路得靠自己，没有天上掉馅饼的好事。贵州一个大石山村，人家二十多年都在坚持自己开石修路，就是为了将来方便，结果上了电视，感动了政府，路也终于修成了。我们现在要自筹修路，先得定个筹款标准，每个村民先自筹 500 元，再向在外工作的公职人员、做生意办厂子的老板动员募捐，这些人很希望家乡能通公路，也一定愿意出更多钱的。看看他们每年回来过年呀做清明呀什么的，连个车子都没法开回家去，有的隔着家几公里，远远地停在大公路边，然后再肩挑手提踩着泥巴小道往家步行，既不方便又不安全。找他们募捐修路，一定很乐意。再说了，这些年村里在外发达的老板不在少数，有好多都成了大老板，给家乡捐款修路也是扬名立万的好机会。谁不想在家乡立个好名声！然后再动员全村的人每个成年人出多少个劳动力，自己动手修路基，出不了劳力的可以折算成工钱请别人做。当然光靠这些肯定还不行，我们同时可以打报告给乡里、县里甚至市里的有关部门，请求立项审批，争取政府的补贴支持，当然这个得有耐心，必须慢慢磨——只要功夫深，铁杵还能磨成针呢。

"事情动起来以后，我们还得找到市里的电视台、报社来实地采访报道，也可以上网宣传，得把舆论声势造起来，促使县、市领导引起重视。这样项目审批起来会更有把握，时间也更快些。"

说到向在外面当领导、当老板的人筹款，秀梅提议不能光发个倡议书这么简单，村里得拿出最大的诚意来，村干部们一定得不怕辛苦和麻烦，必须一个一个亲自上门去找到本人，跟他们交心，求得他们的理解和支持，这样筹款的数额一定会大得多，面

九、海归女

子嘛。

秀梅说得一套一套的，终于把两位村领导的心说动了。

"到时可以搞个开工仪式，不请上面的领导，就你们几个村干部，既是指挥员又是战斗员。电视、报纸的报道我可以去想办法联系，网上宣传我自己搞定。"秀梅在国内读大学时的一个男同学在市电视台工作，通过他帮忙联系电视台和报社采访报道，应该没有问题。况且这本来就是一个极好的新闻题材，打着灯笼也难找呢。

富乐村的修路工程就这样在秀梅的鼓动下初步确定下来。

村民筹款基本没有问题，辛苦了几辈子，做梦都盼着有条公路能通到自己的家门口。

也有个别想"抗旨"不交的人。林子大了什么鸟都，这也是预料之中的事。

"不交？好，从今往后，你们家一切大事小情都不要来找村里，你自个掂量着办吧！"村支书双目圆睁，当面点着"抗旨"者的鼻子，警告道。

"抗旨"者像过街的老鼠，被支书一批，在众目睽睽之下，羞得无地自容，最后左思右想，掂量来掂量去，到底还是乖乖把钱交上了——这辈子还得在村上过活呀，不为自己，也得为子孙后代考虑，为几百块钱，让全村人一辈子指背皮，做不得。

向外筹款更是顺利，特别是那些做生意开厂子的老板，听说村里要修路，出钱积极大方到出乎村干部们的意料。

在柳州开木板厂的几个老板，见村领导大老远来筹款修路，都受了感动，他们在饭店里宴请村领导，搞得村干部都不知怎么面对。到后来老板之间也相互攀比起来，你出两万元我就出三万元，你出三万我就出五万元。

在深圳开公司的王仁芳和韦春，更是豪爽，一个捐现款十八万元，一个捐钩机一台，款直接打到柳工财务处，一切手续办理妥当，只管叫人回去提现货。

开工那天，市电视台、报社都派了记者来采访，报道出来后，县委书记、县长都震惊了，赶紧找来有关部门的领导询问此事，人家一个村自发集资修路，怎么一个部门都没有人知道？连乡里也不知道吗？这时才有人怯怯汇报，富乐村早前也打过修路报告，但一直排着队，还没有审批到。

"赶快审批，我们不能让群众寒了心。他们为了修路，自己筹钱自己出工，我们政府都不管不顾，传出去什么影响，你们知道吗？"书记的话里满带着责备。

本来不抱指望的修路报告，终于柳暗花明，很快得到了批准。工程由自发集资转为政府支持投资。筹款的启动资金成了通向各个屯子的辅助工程款。

不出半年，一条四公里长的村级主公路终于修到了富乐村委会。周边的几个屯也有支路通到了屯里。竣工通车仪式那天，县交通局、农业局、民政局和乡政府的领导都来了，村支书在致辞中，特别提到了秀梅，十分动情地说，如果没有秀梅的建议，没有秀梅帮着出点子拿主意，也许这条路到现在还不知在哪张纸上躺着打瞌睡呢。

路修好了，秀梅的金桔电商也开始运作起来。不过开局却出人意料地惨，根本不是她想象的结果。

一条通村公路，她都可以鼓动得出来，做金桔电商却遭遇了惨烈的滑铁卢！

刚开始，除了她哥王子林，几乎没人支持秀梅。

最让秀梅难堪的是，人家根本就当她是个"小癫婆""神经病"，他们从没见过这样坐在家里拿个电脑就满世界做生意的，以为她是回来搞传销的呢，没几家愿意把金桔卖给她。特别是那些上门收购的九八佬来"抢生意"的时候。

有次秀梅被渠道上游的不良合作方恶意拖欠，未能及时结清果农的金桔款，结果一帮人闹到乡政府，状告她的金桔电商营销部是"传销窝点"。幸亏工商部门及时调查核实，秀梅也多方筹资支付了乡亲们的金桔款，才洗脱了"传销"的嫌疑。

村路虽然修通了，但多数村屯的网络依然没有畅通。秀梅就在电脑上安装了移动网卡，那时的信号又差，还经常断网，不像现在一部手机就可轻松搞定。有时一笔业务正谈到关键处，突然网络断了，前面的工作基本白费，人家还以为她放了自己的鸽子呢。好多生意就这样不明不白地黄了。被网络多次"坑"苦的秀梅后来学乖了，便扛着电脑专门跑到村委会去蹭全村唯一的网络。

"秀妹仔，你是不是当上大学生村官了，跑村委会这么勤呀？"见的人就笑着问秀梅。实则是嘲讽她一个女孩子瞎闹腾，白读了那么多书，留了学把原本灵醒的人也留傻了。

"老妹啊，你真是一朵奇葩，放着好好的城里高薪工作不做，硬是要回来瞎折腾，卖什么金桔，这回知道粑粑是米做的了吧？"

开局受挫一度让秀梅陷入了低谷，但是开弓没有回头箭，再难也得往前走。

秀梅想起了那个"丰收"年，由于市场不好，成片的金桔果没人来收，生生烂在地里，最后只得做了沤肥。

秀梅暗下决心，她一定要通过电商联盟来创立自己的品牌，彻底改变这种"听天由命"靠碰运气的经营状况。她在心里盘算着，总有一天，她要在金桔的世界里闯出一片属于自己的天地！

不过，经验教训让她认识到，这表皮脆弱的油皮金桔在采摘、包装、运输过程中，比较容易受到损伤，似乎不太合适作为电商产品大力推广。倒是眼下并不太受市场追捧的滑皮金桔很有这个发展潜力。

秀梅就劝父母和哥哥，把家里的金桔园改种滑皮，说不久的将来，滑皮金桔一定会赶超油皮金桔，并取而代之。

"哥，你听我的保证没错。"父母劝说不动，秀梅就全力游说哥哥王子林。

王子林也早看到了滑皮的潜在优势，但换品种是个艰难的抉择。不过还是采纳了秀梅的提议。桔园基本上是王子林在支撑着，父母的反对实际上也没多大作用。

听完王子林对他妹妹的介绍，玉刚就对秀梅更加另眼相看了，这姑娘有远见有魄力，敢担当，谁这辈子娶了她，那一定是娶了个聚宝盆。

玉刚知道陕西有个女大学生，毕业后放弃了待遇优厚的银行工作，回家乡做猕猴桃生意，结果没几年就做成了陕西的猕猴桃皇后，整个大西北的猕猴桃市场都被她牢牢掌控着，每年到了采收季，只要她不开价入市，没人敢提前出价收购。

要是秀梅哪天也做成融州的"金桔皇后"，会是个什么样子呢？玉刚就开始想入非非动了心思。

王子林看得出来，玉刚有时见了秀梅，眼睛就发直，就晓得这小子心里不安分了。他觉得玉刚是个有能耐有前途能担当的小伙子，也应该是个理想的小妹夫。

王子林有意撮合玉刚和秀梅。

王子林用手指轻轻戳下玉刚，试探着问："看什么呢，这样入神！"

玉刚羞红了脸，虽不好隐瞒，却又言不由衷："窈窕淑女，君子好逑。子林哥，秀梅妹妹真是可爱。"

"可爱什么？一天就知道疯疯癫癫地捣鼓她的互联网加什么鬼，一年能给我们家捣鼓掉五六万呢，真是个实打实的赔钱货。哪天把她嫁出去了，就像相声里说的——去害别个啰。"王子林话里有话。

"这么好的姑娘，简直是个宝，哪个娶了，都是他这辈子的福气。"玉刚继续感叹着。

"要不，干脆你把她娶过去算了？我们家保证不要一分彩礼。"王子林冷不丁丢出这么一句，看着玉刚，眼色暧昧。

"真的？那我谢谢哥玉成了。就怕秀梅看不上我，人家可是喝过洋墨水的海归呢！"玉刚表面自谦着，心里自是掩饰不住地欢喜。

"还海归，鬼丫头片子，害人精，就一游不出泥巴滩的笨头龟。"王子林语气里充满着爱怜，"哎，你要真不嫌弃，哥立马为你保媒。"

"那我等哥的好消息。"玉刚满脸虔诚地期待。

一会儿，王子林便给玉刚带来了好消息：吃完夜饭，秀梅要约他到屯子口的老榕树下"谈一谈"。

玉刚按约来到屯口的老榕树下，他心里有点怯，抬眼四顾，除了老榕树黑黢黢的影子，什么也看不见。溪流潺潺的山村显得格外清幽，透出一种难以捉摸的静谧。

玉刚睁大眼睛，在静谧中努力搜寻着，却久久寻不到秀梅的身影。

玉刚压着喉咙轻轻地叫了一声："秀梅，你在吗？"

没人回答，只有透过夜空的啾啾虫鸣，发出毫无关联的应和。

玉刚走近老榕树，并绕着老榕树转了一圈，也没见秀梅的人影子。

老榕树有个好浪漫的名字：情侣榕。只是玉刚并不知道，没人跟他讲起过。老榕树实际上是由两棵相邻的树连接起来的，它们一大一小互相纠缠在一处，最粗的树干五六个人都合抱不过来，起码有几百年的树龄了。这情侣榕是整个王家屯的风水树，寨子的保护神呢——每个寨子都把寨中的大树视为树神，顶礼膜拜。

玉刚又轻轻唤了一声"秀梅"，有些隐隐的做贼心虚的怯懦。

还是没有回答。

玉刚在黑暗中踱着踌躇的碎步，以抵消心中的纷扰，足足等了五分钟，秀梅依然没有出现。

玉刚没有了定力，在心里嘀咕着，是不是秀梅的玩劲上来了，又在耍他，故意放他的鸽子了？她在课堂上都敢当面捉弄素昧平生的老师呢，何况眼下已如此熟络。

玉刚想说一句"你再不出来我就回去了"，可是不敢，只好忐忑地干熬着。

"秀梅，你待着不出来，我给你唱首歌吧。"玉刚突发奇想。

玉刚清了清嗓子，轻轻哼唱起来："美丽的夜色多沉静，草原上只留下我的琴声，想给远方的姑娘写封信，可惜没有邮递员来传情……"

歌是老歌，但很抒情，也符合此刻玉刚的心思。玉刚唱得声情并茂，唱着唱着融入歌里面去了，声音也不由得提高了八度。

玉刚唱完第一段，还没开声唱第二段，便有人接了过去。

"等到千里冰雪消融，等到草原上送来春风，可克达拉改变了模样，姑娘就会来伴我的琴声。"歌声清脆甜美，悠扬婉转，标准的女中音。

"来来来来来，来来来来来，来来来……"最后演绎成了浓情脉脉的男女声二重唱。循着歌声，两个身影越走越近，最后会合定格。

"秀梅，你个鬼精灵，躲在哪个旮旯里去了，黑里嘛駿的，害我等半天。"玉刚喜不自胜。

"怎么，几分钟就等得不耐烦了？还想撩盆人家呢，有口没心的人，哼！"秀梅噘着嘴，她心里知道，玉刚不是不耐烦，而是怕自己没有真心实意。

"没有的事，怎么会不耐烦呢？你就是一夜不来，我也会在这里等到天亮的，你信不信？"玉刚禁不住，趁机捉住了秀梅的双手，"呀，怎么这么凉，我帮你搓揉搓揉。"

秀梅下意识地想抽回自己的双手，但已被玉刚握得紧紧的，便不再挣，任由玉刚摩挲着有些发僵的小手背，噫，居然有种痒酥酥的奇怪的感觉。

"我当然信，一匹饿狼在狩猎一只无辜的小山羊，目标明确，充满自信！"秀梅的回答有些受宠若惊地顽皮，渐渐急促的呼吸

九、海归女

透着些难以抑止的青春躁动,头不由自主地靠在了玉刚宽大的胸膛,满天的星星开始在头顶旋转起来。

其实,秀梅早就暗暗喜欢上玉刚了,只是玉刚不主动,她一个女孩家家,没有摸清玉刚的心思,不敢贸然出手。今天听哥哥王子林牵线点破,正合了自己的心意,好事自然便顺顺当当地成了。

两个相爱的人背靠着老榕树,继续青春的温存。

秀梅歪过头问玉刚:"知道为什么让你到这里来相见吗?"

"大树底下好乘凉呗!"玉刚不假思索,但话一出口,又觉得自己太唐突了,秀梅的意思肯定没这么简单。

"呆瓜!知道这树叫什么名字吗?"

"不知道。你又没告诉过我。"

"我们寨子里都叫它情侣榕。"

"这么浪漫的名字啊?"玉刚现在明白秀梅为什么要约他来这里了。

"这情侣榕可不简单,还有个美丽的传说呢,你要不要听?"秀梅故意卖着关子。

当然要听了。不管是真是假,只要是秀梅说的,玉刚都想听。

于是,秀梅眯缝着双眼,给玉刚讲起了那个凄美的传说。

"很久以前,两小无猜的青年妲妮和汉鹏相爱,并私订了终身。妲妮的母亲嫌汉鹏家穷,不同意这桩婚事,逼着妲妮嫁给了家境富裕的表哥汉布。妲妮思念着远在他乡的情人,夜夜以泪洗面,常常背着丈夫,一个人偷偷来到寨脚的坝坪上苦苦等候,这里是当初送别汉鹏出门的地方。在一个月光朗照的夜晚,妲妮终于等到了朝思暮想的情人汉鹏,两人手拉手肩靠肩互诉衷肠,困了便相互依偎着睡了。寨子里的人见到这对痴心爱人,都很同情,不忍心叫醒他们,两个苦命的情人就这样一睡几百年,化作根连枝绕,相伴相依的大榕树。

"如今，寨上的人都要到树下烧香祭拜，祈求树神保佑爱情美满、家庭幸福呢。"

"原来，这老榕树还有这般传奇的故事啊！"玉刚感叹着，他被凄美的爱情传说深深地感染了。

玉刚拉起秀梅，面对着大榕树纳头作揖起来："情侣榕老树神，保佑我与秀梅天地同心、百年永好吧！"

"妲妮和汉鹏的身体变成了榕树，他们的灵魂却化作一对全身通透的银鱼，逆着清澈的河水，躲到寨子上头的石门岩里去了，成了仙湖中的神灵。"秀梅继续讲述着妲妮和汉鹏的绝恋传奇，"对了，改天我带你去石门仙湖会一会妲妮和汉鹏，怎么样？"

"好啊，我早就想去石门了，听说那里曾经是太平天国翼王石达开的屯兵处，有躲兵天桥、摩崖石刻，还有下天桥、南峰书院。"玉刚饶有兴趣地望着秀梅的眼眸。

"哎呀，看你就是个书呆子，那我就给你学一段文辞吧：石门仙湖既有高峡出平湖，又有暗河水幽美；那里有满眼天坑的自然奇趣，也能目睹太平天国翼王的名将豪气；那里有如珍如宝的透明银鱼几千年来在地下溶洞流水里静影沉璧，也有摩崖石刻书院遗址的南国书香从历史的天空冉冉飘来……"秀梅双眼微闭，摇头晃脑，口吐莲花，像个女先生。

"那就明天去吧，正好明天是周末，我就不回长安了，干脆我们去石门仙湖浪一天。"

第二天一大早，秀梅就骑着电动车来村委会接人了。敲了老久，玉刚才惺忪着双眼出来开门。昨晚第一次约会太兴奋，回来睡得又晚，早上居然睡过了头。

"这么早啊？"玉刚揉揉眼睛，衣服都有没穿齐整。

"你心大啊，日头晒屁股了还赖床。今天去不去石门仙湖了？"秀梅的伶俐劲儿又出来了。

"当然去啊，现在就走吗？"

九、海归女

"先到镇定上吃碗牛杂粉,镇定上的新鲜牛杂粉很有名的,别的地方可是吃不到。上车吧。"秀梅朝车子后座努努嘴,示意玉刚坐后面。

"还是我来开吧?"玉刚犹豫着没上车,一个大男人,第一次和人家小姑娘去玩,让姑娘家开车搭着自己,面子上过不去,便上前去拉车把手。

"别磨叽啦,这边的路我比你熟悉,后面去坐稳吧,不丢你的面子。"秀梅没松手。

玉刚只好坐到后座上去。

"绑好来。"秀梅一边说一边启动电门,车子便长了翅膀一般飞跑起来。

玉刚身体往后一仰,双手本能地抱住了秀梅的腰。刚开始还触电一般很不自在。秀梅又在前面数落一声:"叫你绑好来,跌下车我可不管你哟!"

"绑好来"的意思就是抱紧了别松手。

石门仙湖果然名不虚传。在景区人员的指点下,两人来到山前,一眼望去,沿着石阶山路便是一个大天坑,四周山林耸立,翠绿养眼,那道传说中的迎宾石门,向上仰望恰似一道几百米高的拱门,而门的两侧各有一面平整的山壁,向两边敞开,看着就觉得:这门开得……刚刚好!

秀梅告诉玉刚,这就是石门村名字的由来。

再一抬眼,一条时髦的玻璃栈道从半空直达门扇。

"怎么样,走玻璃桥噢,怕不怕?"玉刚征求秀梅的意见。

"不是有你在嘛,我怕什么?大不了你背我过去。你可别腿软,我背不动你噢!"

秀梅也是第一次走这么高的玻璃栈道,原本就恐高,心里不免有点悬,特别是周围密密层层的峭壁,透明玻璃底下深不见底,仿佛再看一眼就要掉下去了。但她就是想牵着玉刚体验一把心跳的感觉。

"那就上玻璃栈道吧，我牵着你。"玉刚拉着秀梅的手就往玻璃栈道上走过去。

其实，过了心理恐慌的坎儿也就适应了。两人手牵着手走到一半，轻轻立于栈道，背靠凌空绝壁，放眼凝目，耸立峥嵘的群峰，奇葩高阔的溶洞，深邃秀美的峡谷，让人惊心动魄，既震撼又心醉。

景区内最神奇的莫过于它的洞洞相连，从地下暗河直至山峰顶部的三个天坑岩洞，名为一水穿三坑，藏匿在山谷深处，山中、地底、峰顶都得到了天地的偏爱，开出了天作地合连枝连根的三朵天地奇葩，变幻莫测，清凉宜人。

秀梅继续当起导游，一路侃侃而谈：

"这上洞虽然不是最大的洞，但你看，洞内平坦似厅堂，洞口直通天际，洞下瀑布倾泻而出，最神奇的是那些石刻的书法笔力多遒劲，似乎还在响起石錾叮当的回声呢。这石门洞里共有清朝咸丰、同治年间的碑文三千多字，上洞石刻是最多的。"

玉刚认真地欣赏着这些前人的摩崖石刻，爱好书法的他平时也会找些拓片欣赏，心想要是能把这些石刻拓下来，潜心研究，一定会有很多心得呢，可惜太高了，人根本够不着。不知道路前人们是怎样把它们刻上去的，莫非真有神助？

"这个中洞宽敞明亮，这块平地比羽毛球场还大吧。能容几百人开大会了，相传，当年翼王石达开就是在这个洞里和太平天国的将领们开会，决定下一步的行军路线的。"

玉刚隐约记起在哪本书里读到过，当年的翼王石达开就是在这里决定上贵州入四川的，可惜时运不济，最后兵败大渡河，落得个全军覆没凌迟而死，让人唏嘘。

下洞以河闻名，地下暗河的溶洞石壁装饰了亮丽的七彩灯，移舟换影，似一场地底梦幻行，还可品味两个篮球场大小的"小天池"的仙境神韵。连通三坑的地下暗河叫"卧龙河"，一条深不可测的阴河，幽静清澈，碧波微漾，真正的潜龙，荡舟其间，举头嶙峋的溶洞和奇特的钟乳石,低头是碧波粼粼、清澈幽深的湖水。见人来到水边,便有小船拢过来,玉刚向船上的主人招招手,便拉着秀梅跳上小船,开始了幽深的天坑暗河仙湖穿梭之旅。

"看,有银鱼。"船行不久,秀梅用手中的电筒照着暗波荡漾的水面,惊呼起来。

"哇,通体透明的,真漂亮。"玉刚就要伸手去捞,比手指头还短的小银鱼受到了惊扰,一下子潜入水中,到别处悠游去了。玉刚科普过,对水质要求极高的银鱼,为中国四大名鱼之一,可珍贵了,在全广西也就两个地方有产出,这石门仙湖便是其中之一,何其了得。

"妲妮、汉鹏,回来吧,我是你们家亲戚,大老远从王家屯来看你们呢。"玉刚没忘记昨晚秀梅讲的故事。

当真有好些小银鱼又从水里游了过来,玉刚在秀梅的脸上亲一口,得意地说:"瞧,小银鱼认亲呢,我一声召唤就回来了,心有灵犀,他们真的是妲妮、汉鹏啊。"

"美得你,他们是认我的亲,与你有什么关系啊?"幽暗中,秀梅剜了玉刚一眼。

"那我们就做现世的妲妮与汉鹏。"玉刚涎着脸,在秀梅的脸上又亲了一口。

小船载着玉刚和秀梅在暗河内绕行了约莫二里,赏够了千奇百怪的石钟乳图景,便到了暗河的出口,河面变得宽敞起来,暗河的水汇入石门水库,石门仙湖的仙气从此溢出。小船悠然地漂到洞外,便见蓝天碧云,一时豁然开朗,阳光下的石门仙湖,仿佛一片飘旋的落叶,安静地匍匐在小船之下,啾啾鸣叫的山鸟轻轻地从头顶飞过,放眼四望凝翠叠嶂,山光水色美不胜收,俨然世外桃花源一般,令人心旷神怡。

玉刚长吁一口气,凑近秀梅的脸,不禁感叹起来:"到了如此仙境,不当神仙也枉来。嘿嘿,妲妮、汉鹏与我们一样,选择是对的。"

"石门仙湖十八景，山景带水，水景带山，山水带洞，够你浪了。"秀梅伸出手指，在玉刚的脸上轻轻地点了一下，脸上透着掩藏不住的幸福。

自此之后，玉刚俨然以"大姑爷"的身份在王家屯与秀梅出双入对，不再避人耳目。

玉刚下村蹲点，没出三个月，居然蹲出个神仙姐姐般的海归女朋友来，可把单位的男同事们羡慕死了。

结婚请酒的时候，同事们去闹洞房，个个当着新人调侃说："早知有这样的艳遇，下乡蹲点的差使就得大家轮流着，每人去两天，岂能便宜了你小子一个人！"

结婚后，在玉刚的帮助下，秀梅的电商平台逐步搭建起来，她在县城建立了电商分销点，并与物流、快递公司结成合作联盟，开始进入常规运作，她主要寻找一些种得好的滑皮金桔来推广，虽然不成规模，但也渐渐集聚到一些人气，生意有了很大的转机。

"没看出来，你还蛮有旺妻相的嘛！"

一天，与电商客户在网上聊完生意的秀梅，美美地盯着守在身旁的玉刚，突然冒出这么一句半真半玩笑的话来。

……

可是现在，秀梅的电商平台刚刚有了点起色，这边玉刚就要辞职回老家去种金桔了。她相信玉刚决定要走的路一定是正确的，但前路漫漫哪会没有坎坷，不碰钉子，绝不可能一帆风顺。她得跟着玉刚一起苦乐相伴，要不然还算什么恩爱夫妻？好在玉刚的老家坡尾屯挨着雅瑶街没多远，交通和网络通信倒是方便，融州通往桂西的县道正好从屯前经过。

秀梅认真忖着，把自己的电商平台从长安搬西塘坳村甚至坡尾屯家里，应该是个不错的选择。按说，这才是真正意义上的农村电商，最接地气。

只是目前整个东山乡还是以油皮金桔大统江山，适合电商的滑皮金桔并不多见，主要是品质和产量都上不去。再说要砍了正当盛产、效益看得见的油皮换种滑皮，从眼前的经济现实来说，也不是很合算。

秀梅心里明白，玉刚不是一个简单的人，能耐大着呢，他就是奔着改良滑皮金桔和新品种开发回去的。她相信，玉刚决定辞职回老家种金桔，绝不是头脑发热一时冲动。

夫妻同心，其利断金！

不过，此时此刻，坐在水果办主任特派的车子上，秀梅还是有些彷徨，她不是担心玉刚回来做不出什么事业，而是担心怎样过得了他父母的责难关，怎样过得了乡亲们的舆论关。当年自己留学回国，在南宁的大公司，月薪上万元的市场部经理当得好好的，一下回到王家屯卖金桔，也是经历了家人失落旁人奚落的煎熬——至今都还有人拿她当笑料扯闲话呢！

十、还乡不衣锦

欢送的车子一前一后，嘎的一声，停在了坡尾屯蒋世杰屋山头的地坪里。这便是玉刚的老家，从现在起，秀梅将与心爱的玉刚在这里重新开启他们的创业之路。

前边车头盖上贴着一张红纸，上面写着"有为青年回乡创业"八个大字，醒目而张扬。这是玉刚的老上司韦明非主任的意思，作为融州县"可以重点培养提拔的青年科技人才"，玉刚绝不能走得灰头土脸。

玉刚在城里的仕途上风风光光兜了一圈，又一身轻松地回到了出生的地方——西塘坳村坡尾屯蒋家老屋。

跟着玉刚回来的还有结婚不到一年的妻子——海归女孩王

秀梅。

司机跳下车门，从后备厢里掏出一卷大大的浏阳炮来，在屋门前唰地拉开，扯成一条红艳艳的滚地龙，然后拿烟点炮。

玉刚开头没注意，等到他看见时，浏阳炮已经打开在地坪上了。

玉刚一愣："你们这是做什么吗？"

玉刚本想叫司机把浏阳炮收起来，让他们开车送自己回来，还要在家门口放炮仗，这是玉刚万万想不到的。又不是办什么喜事，让乡亲们听见了，还不知要怎样说道自己呢。

司机可不管这么多，他是遵照领导的嘱咐行事，临出发之前，主任亲口交代的，说玉刚回家乡是光荣创业，值得庆贺的壮举。单位是支持、欢送他回家创业，态度很明确，不能不声不响送人回来就了事，得用这种喜庆的形式向家乡的父老乡亲做个宣告，否则的话，不知道缘由的人，还以为他是在单位受了处分，被遣送回来了呢。

浏阳炮啪啦一响，不用跟谁解释，一切全都明白了。

玉刚哭笑不得，只能任由司机点起那卷"滚地龙"。

"噼里啪啦"，整个山村顿时响起热烈的鞭炮声。

"哟，是哪个家又办喜事啦，怎么没听说起呀？"

在乡下，这屯那寨的，但凡哪个家有什么好事，一般会提前知会亲朋好友，大家相互传递消息，很快就连不相干的人也都懂得了。鞭炮一响，标志着主家的好事进入了实质性的欢庆时刻，该随礼的赶紧前去随礼，看闹热的去看闹热。

这冷不丁的一阵鞭炮，让没有心理准备的乡亲们一时起了疑惑。人们闻声出门，想看看瞒着乡亲们办喜事的到底是哪个家。

"好像是蒋老二家响的炮呢。"

蒋老二就是玉刚的父亲蒋世杰，他在自家兄弟中排行第二。在乡下，人们往往习惯于称呼一家男性平辈的排行，而不直接叫名字，倒显得既率性随意又不失亲昵。

十、还乡不衣锦

远远看去，浓浓的鞭炮烟雾中，有人不断从车上搬取物件，多是家什之类的。这蒋老二家的出息儿子，听说去年就在长安城里结了婚了，只是还没有回老家来办过喜酒，莫非这次是生小孩了，要回来请一次满月酒吗？那也该提前跟亲友乡党们吱一声，大家也好凑个份子随个人情，怎么就瞒得这么紧，怕乡亲们肚子大吃空了他家呀！

平常寨子里哪家有好事请客，蒋老二总是礼性随人到堂，连桐木寨的人情都跟得一个不落。在西塘坳村，他的人缘那是好得没的说，哪怕被玉刚扫过面子的村支书黄敢，见了蒋老二面都还是老兄弟一般亲亲热热的，并没有什么隔阂。

今天这景况，人们就弄不清楚了，乡里乡亲的，难道这蒋老二打了拐子主意，要故意瞒着，撇开乡亲们了？这样还不如干脆不回来弄，免得大家心里头起疙瘩。

可是看来看去，蒋老二家进进出出就那么两三个人在忙活，除了刚才那卷"滚地龙"响得突兀，鞭炮响后并没有预想中的热闹场景，甚至连蒋老二两口子都没见出来打照面。

这就奇了怪了，什么板路嘛。

原来，蒋世杰与老伴儿覃巧莲并没在家，整个前半晌，他们一直在雅瑶街赶街来着。

老伴儿覃巧莲昨天在山沟边采了两箩筐的水蕨菜，今天是雅瑶的街日子，趁便拿去街上摆摊卖，两箩筐水蕨菜要卖到上百块钱呢。覃巧莲让老伴儿帮她挑到街上去，蒋世杰也想顺便去街上买点肥料回来，给自家那两亩多金桔地做储备，等过了年，施春梢肥的时间很快便要到了。

也怪玉刚，回来之前没有和家里打个招呼。他心里有点怵，不敢提前把这事告诉父母，说了肯定会遭到父亲训斥，令母亲伤心，回来同样不知怎样面对，尴尬也是难免的。那还不如干脆一声不响，一切等回到家当了面再说，该怎么过这个坎儿，就麻起胆子一次过了，免得重复难受。

老两口不知道儿子、媳妇今天都要回来。当欢送儿子的车子开到屋山头，并在地坪上点起那卷响彻山寨的"滚地龙"时，家中依然是铁将军把门，哪有人出来迎接。

　　好在玉刚自己有钥匙，才不致带着媳妇进不了家。

　　雅瑶街上，赶街的人们熙熙攘攘。有人在街上的生资门市看到蒋世杰，正将买好的复合肥料往搭载客货的三轮车上装，便跑过去大声喊道：

　　"老二哥，你家玉刚开着两部车子，拉了好多东西回来，还放了大卷滚地龙，你们家今天到底办什么好事？"

　　蒋世杰回望一眼传话的人，也不停手，只嘿嘿一声憨笑：

　　"忠良，你个大嘴巴，一天到处吹牛掰放大炮，莫要撩盆我了，有力气搭把手，帮我装了这几袋肥料。"

　　韦忠良是西塘坳有名的大炮筒，天上的事他知道一半，地上的事他全知道，甚至有人调侃他是"韦天师"。不过他为人爽快，除了爱多嘴多舌，人倒是个热心肠。

　　但今天这件事，他却没有半点添油加醋，因为不用加工就够传奇的。他倒是想搞清楚蒋老二家，今天究竟有些什么喜庆。

　　"我蒙你做什么嘛老二哥，我就是想问问你，落实一下，还要不要我们去凑个份子，也好有个准备不是？"韦忠良这回说的可全是真实话。

　　可大炮吹多了，真实话反而没人相信。

　　"去去去，不肯搭手就过边，别再拿我个老鬼寻开心，留点口水积点嘴德吧。"蒋世杰继续哼哧着装他的肥料。

　　蒋世杰不把韦忠良的话当回事，可很快又有人过来向他通报"玉刚带着媳妇回家放'滚地龙'"的消息了。这回报信的是屯东头的老单身牯贺老水。

　　蒋世杰才终于将信将疑，三步两步转到菜市口去寻覃巧莲。

　　覃巧莲坐在几块碎砖叠成的墩子上，仰着脸，在她面前的篾箩里，还剩着三四把没卖完的水蕨菜。

有个买菜女人正立在摊位前和覃巧莲讨价还价。

　　买菜女人从篾箩里拿起一把水蕨菜来，掂了掂分量。

　　"阿婶，多少钱一把？"

　　"五块一把。"覃巧莲伸出右手摊开整个巴掌。

　　"四元一把卖吗？"买菜女人还价道。

　　"不行，五元一把。"覃巧莲的口气似乎没有商量的余地。

　　"你卖得太贵了吧，别个摊才卖四元呢。"买菜女人继续讨价还价。

　　"要不你给十六元，这四把一起要去得了。"覃巧莲做了让步，但条件开得有点高。

　　"四把一起，我又不是喂猪。"买菜女人还是不肯接受。

　　"一餐吃不完可以拿水盆里养起的，放在阴凉处，一两天也蔫不了。"覃巧莲教买菜女人保鲜的储藏方法。

　　可人家就只想买一把，吃餐新鲜而已。

　　"我只要一把，你卖还是不卖吧。不卖的话我去看别家的了。"买菜女人做出准备离开的架势，其实全街也就两三个卖水蕨菜的大娘，她都有已经问了个遍。但覃巧莲的水蕨菜就是嫩鲜，每一把的分量也比其他摊位的足实。买菜女人做出离开的样子，无非是想让覃巧莲再让个步，四元钱卖她一把。

　　覃巧莲犹豫着卖还是不卖，毕竟一大筐都卖得差不多了，现在时间还早得很，远远没到散街甩尾货的时候，货好不怕买家挑，兴许再等等，几把水蕨就全部脱手了。

　　蒋世杰走过来，从筐里拎起一把水蕨，给买菜女人递了过去。

　　"喏喏喏，大妹子，便宜卖你一把，几鲜嫩的水蕨，全街找不出第二摊。"

　　"四元吗？"买菜女人做着回身状。

　　"四元四元！"蒋世杰答得爽脆。

　　买菜女人接过水蕨菜，从坤包里一张一张往外拎钱，一共拎出四张一元票子来,却不知递给男卖家好呢还是该递给女卖主。

"钱给她。"蒋世杰将嘴巴朝老伴儿那边努努。

覃巧莲勉强收下女人递上的钱,再一张一张地数过,没错,四张一元票子,比她的预算少了整整一元。这么便宜卖了,她的确有些不太情愿,一边将钱往花布口兜里塞,一边不满地碎哝:

"你个老不死的八卦嘴,生生被你喊蚀了一块钱。半包盐巴不见了。"完了白一眼忽然而至的老伴儿,脸拉得老长老长。

"眼睛瞅到鼻子底下的女人婆,还不快点收拾筐子回家,剩的这两把拿回去自己吃了。"

看着这一对拌嘴的老伴儿,买菜女人突然觉得有点意思,临走决定还是再补给覃巧莲一元钱。她从坤包里再抽出一张一元票子甩手抛进覃巧莲的筐子里,一边巧笑道:

"婶子,还是按你卖的价给你补上吧,免得回家去扭阿叔的耳朵。"

女人掂量过,与别个摊摊卖的水蕨比起来,覃巧莲的分量确实要足实一些,而且鲜嫩多了,不像另外几摊的,割禾秆草一般,买回去还得重新掐掉小半才吃得。

"看看,老婆子,让人笑话了不是?还半包盐巴,半张老脸都丢去了。"老伴儿向来比较细气。蒋世杰其实也是半开着玩笑,本来这一元钱也不是多收,是他为了催促老伴儿快点回家招待儿子儿媳妇,硬充的大头菜,胡乱当下的烂价儿,给是对方应该,不给是他替老伴儿强耍大方。

待买菜女人离去,覃巧莲便不耐烦地数落起老伴儿来:"你不去搞你的肥料,来我这摊摊上扯哪样气嘛!"

"我刚听人讲,你儿子带了媳妇回来,在家门口放'滚地龙'呢,不知他们唱的哪一曲?"蒋世杰凑近老伴。

"什么,我儿子带媳妇回家来了?"覃巧莲立马绽出一脸的兴奋。自打儿子儿媳妇结婚,快一年了,拢共没见他们成双成对地回来过几次。

莫非今天是回来给两个大人送年货的？可是放'滚地龙'又是为哪样呢？这过年又还未曾到。

"我也不知道是真是假。刚才在街口听人家顺嘴说的。不过你儿子就是这德性，来来去去都随性，从来不兴打个招呼什么的。"

"那还不快点去肉摊割一方肉回去，看看还有没有好点的五花或腰方肉。我这就收拾筐子。"一听说儿子媳妇回来，刚才还想守摊到散街的覃巧莲便归心似箭了，催促老伴儿赶紧去买肉，她要做儿子最爱吃的红烧肉，还有芋头扣肉。

当蒋世杰与覃巧莲屁颠屁颠从街上赶回家的时候，屋里正升起袅袅的炊烟。

玉刚与秀梅在灶房做饭，他们得招待送他们回来的两位司机大哥。菜是他们在长安街上早已买好的，人家这么有情，自己不能没义呀。虽然两位司机大哥都推说时间紧，要早点赶回单位去，怕有别的任务等他们。但玉刚不肯答应，既然承蒙这么看得起，专车送自己回来，那就是最大的情义，无论如何这饭必须吃，总不能空着肚子往回赶，要不然他心里这道坎铁定是过不去的。

既然说到这个份上，两位司机大哥也不好再坚持，那就留下来吃饭吧，回去晚就晚点，主任问起，再跟他解释，玉刚一家礼性太好实在是盛情难却。

蒋世杰望一眼屋前地坪上停着的车，一见前面那辆的车头盖上"有为青年回乡创业"的大红条幅，红光焕发的脸膛立即变黑了，进屋的脚步不由得迟缓下来。

堂屋的大门开着，玉刚拉回来的家什，因为一时不好安置，大部分堆凑在堂屋的一角。两位司机正坐在木头沙发上，一个拿着遥控翻看电视，一个捧着手机玩游戏。

"阿叔好，阿婶好。"蒋世杰与覃巧莲刚出现在门口，两位司机便异口同声地打着招呼，并起身争先给蒋世杰敬烟，热情得有点像这个家的主人，仿佛进来的老两口才是串门的客人。

"同志好，同志好。"蒋世杰接过烟，一边回着礼。

"哎呀，这礼性倒过来了，该是我敬你们才对。喏，我这抽的老旱烟呢，你们抽得惯吗？"蒋世杰摸出腰上挂的旱烟袋来，问两位司机抽不抽。一个摇着头，说旱烟劲儿太大，不是老烟杆抽不起的。另一个却主动上前讨要，说是来一口试试。

蒋世杰给另一个司机卷了一支喇叭筒，递了过去，又给他点火。并试探着问道："请问两位是？"

以前玉刚回来总是自己搭车回自己搭车去，哪有过什么司机接送。何况这一来还是两部车子。尤其见到堂屋里那一堆什物，再联想起车前盖上"有为青年回乡创业"的大红条幅，心里更是开不了窍。

不抽旱烟的司机抢先回答："阿叔，我们和玉刚都是一个单位的。今天特意送他回来……"

话还没完，猛然意识到说漏嘴了，便连忙打住。后面的话得由玉刚自己跟他爷老子去解释，他们局外人，一是说不妥帖，二是说出来的话也没分量，又不是什么领导，弄不好还伤感情。要是主任亲自送来，那意义才不一般呢。

抽旱烟的司机吧嗒两口就直喊"来劲"，呛得脸红脖子粗的。

蒋世杰又从门角找出一个长竹蔸做的水烟筒来，装好烟，然后再递过去：

"来，再试试这个，抽不惯喇叭筒，这个水烟筒要醇和得多了。不过也要点技巧的噢，不会抽也呛人的。"

司机表示不会，却又禁不住好奇，要请蒋世杰先示范两口。

蒋世杰转拿回水烟筒来，将烟筒蹾在地上，一手扶着烟筒，一手刮燃火机，将火苗凑向装烟的烟锅处，嘴巴紧对着烟筒嘴猛吸几口，烟筒里顿时响起一阵带着巨大回声的咕噜声，一部分烟顺着嘴腔滑入了喉咙，在肚子里打个转转后，哧溜着钻出了鼻孔。还有一部分，虽然透过了烟筒里的水，却依旧留在烟筒里盘桓,并借机溢出敞开的烟嘴口,那态相像极了子弹出膛后,从枪口缓缓冒出的那一缕莫名的微蓝。

覃巧莲奔到灶房。灶房里早已是热火朝天,因为家里烧的是老式的柴火灶,烟火大,在里面忙乎的玉刚和秀梅都成了花脸猫。用覃巧莲的形容,那就是两个灶王菩萨。

覃巧莲见媳妇忙成那样,便去夺秀梅手中的锅铲:"秀,你看你,回来一下就进了灶房,弄的这一身,赶紧出堂屋歇着。玉刚,你也是,去陪陪两个客人,别怠慢了人家。你爸没见过世面,说话不知道下数的。"

秀梅不肯撒手:"妈,没事,这点活累不着呢。"

玉刚也应和说:"你让她做,她能行。客人有我爸陪着,踏实。他们都爱抽烟,与我爸兴趣相投,抽烟聊天最合适。"

结果灶房里成了娘儿仨的锅碗瓢盆大联欢。外边两位司机,由蒋世杰陪着扯聊天,越聊越来劲,一支水烟筒的话题就侃得没完没了。

吃饭的时候,蒋世杰让儿子去橱柜里取酒,说两位司机大老远来一趟不容易,总得喝两杯。

"阿叔,我们还要开车,不能喝酒。"两个司机忙回答。

"又不让你们喝醉,意思意思。"蒋世杰还要坚持。

"爸,现在有规定,喝酒不能开车。"玉刚没有起身去拿酒。

"现在这么严啦,喝口提神酒就不能开车了?"蒋世杰表示很不理解。

"不是严不严的问题,主要是自己的安全得自己把握,阿叔。"司机解释道。

"那就在家里住一夜,明早再回?家里虽然寒酸点,床铺被窝还是干净的。"蒋世杰看着两位司机,总觉得礼性不够到位,心里有些抱愧。

"不了,谢谢阿叔盛情,我们还得赶回单位去,明天还有明天的事呢。"司机已经端起秀梅递过来的装饭的碗。

"实在不能喝，那就不勉强了，你们有你们的规矩。来来来，吃饭吃饭。"

桌上再无别的闲话，除了不断的劝菜声。

司机很快吃完饭，因为记挂着要赶时间返回长安，未等撤席，便提前起身告辞。

一家人都跟着起身，送出门口，送到车边，等两位司机上了车，踩响油门，一直出了院子口，才折回到堂屋的餐桌上。

蒋世杰仍叫玉刚去厨柜拿酒。

"客人都走了，还拿什么酒？"玉刚感觉到父亲有些不太对劲。

"叫你去拿你就去拿，啰什么唆。"蒋世杰的脸色有些难看。

玉刚只好去拿酒。秀梅抢着把酒开了，先小心翼翼地给家公斟上，再为玉刚倒好，缩着手回到座位坐下。

蒋世杰端起酒杯，一仰脖子，一杯酒下了肚。

父子俩对饮，这第一杯看起来喝得有点急。秀梅及时给家公的空杯续上，然后怯怯地给玉刚递了个眼色：老爷子果然有情绪！

"来，爸，我敬你一杯。"玉刚端起酒杯。

"客人在这里，喊你拿酒，是客气。现在喊你喝酒，是憋气！你懂得吗？"蒋世杰的火气终于迸了出来。

玉刚辞职的事，刚才两位司机在聊天中，已经透露出个大概，虽然满口都是溢美之词，但即便这样，在他们的语气里，也始终隐藏不住对这事的费解。

"你现在这样人不人鬼不鬼地回来，叫我和你娘这张老脸往哪里搁？你当年去上大学，亲友们都还来凑份子随人情礼性，给你攒学费，都看好你有个可奔的前程。现在倒好，一不做，二不休，你现成的饭碗也不要，拍屁股就回来了。你到底图个什么，往后怎么在村上活人，你说？"

蒋世杰的恼火不是没有道理。

十、还乡不衣锦

"还有,前些时你在县上把村支书黄敢给描得那么黑,让人家一个几十年老经验的'金桔大王',硬生生当了你个乳臭未干的蠢小子的反面教材。你那时在县里带着职务,高高在上,唐突了人家也没奈何你,家里头老子也可着老脸帮你修补。不看僧面看佛面,毕竟人家是识大体的老支书了,不与你个浑崽计较,说不定今后村上办事,还有个什么要相求到你门上,自然不会把路堵得太死。反正那事也没有真正影响到支书的个人利益,得过且过了。现在不同了,你这样冒冒失失地回来,完全落在人家的手板心里,还是自投罗网,即便人家不故意找你的碴儿,难道还会给你好果子吃,让你在村上舒坦过日子吗?这人,要说一点儿报复心没有,那是打死也讲不过去的。放在自己身上也一样,不是不报,机会未到,机会一到,统统得报!单就黄敢这一关,将来指定够你喝一壶的!"

这些玉刚倒是没细思过,他想得比较单纯,回来就是回来,哪有那么复杂?车到山前必有路,顾左顾右放不开手脚,那不是干事情的料子。

"爸,之前没和你与娘通气商量,是我的不对。我也知道,你和娘从我小时候起,付出的心血就不少。为了送我上大学,更是费尽了辛劳。这些我都不敢忘记。可是人各有志,我觉得在单位最终实现不了我的抱负,我的理想很大,真的,爸。我是带着理想回来的,我相信,不出几年,你儿子会再给你争把脸回来。"玉刚每一句话都赔着小心。

"你媳妇在这里,话我就不多说了。你明天出门到屯里走一圈,就知道你的脸面有多宽了!"蒋世杰把酒杯往桌上重重一蹾。

秀梅以为家公还要酒,又拿着酒瓶过去侍候。蒋世杰把手一摆,示意不要了。他憔悴的眼眶,分明有些潮红。

秀梅知趣,忙叫玉刚:"给爸敬烟。"

玉刚把准备的蓝真龙烟递上去:"爸,抽支这个。"

"我抽不习惯,也抽不起这个,孝敬你自己吧!"蒋世杰没有接玉刚递上的蓝真龙烟。

玉刚就找来堂屋角的水烟筒,小心地把蓝龙的过滤嘴掐掉,然后拆开包装纸,将烟丝装到水烟筒的烟锅里,恭恭敬敬地递到蒋世杰的手上。

为了不拂儿媳妇的好意,蒋世杰还是勉强接过水烟筒,也不要玉刚点火,自己跛到灶膛拿火钳夹个火炭子点上,对着烟嘴狠劲地吧嗒起来,每一口吧嗒,都吞吐着对这个不肖的儿子的不满和无奈:真是崽大爷难为啊!

书香门第的名校高才生、前途无量的科技人才蒋玉刚,自断大好前程,带着老婆回家来戳黄泥巴巴,这消息一出,不仅在坡尾屯、在西塘坳村炸开了锅,更轰动了整个东山乡,让人唏嘘不已:如今的年轻人啊,真是摸不透!

蒋世杰说得没错,村里人没有哪个认为玉刚辞职回来是明智的。说不好听,他就是个报应崽,扶不上墙的稀牛粪!

屯子里相遇,玉刚主动打着招呼:"喜六叔早,光辉哥好。"

"是玉刚啊,我当是哪个呢。"黄喜六哼哈回应。

玉刚给他们敬烟。

韦光辉接过烟,掏出打火机自己点上,吐出一道连环圈,然后乜斜着眼睛,哼哼唧唧问玉刚:"听说你要回来种金桔,是真的吗?"

玉刚恳切地回答:"嗯哪。"

黄喜六立马露出不解的神色来:"放着好好的皇粮不吃,偏要跑回来啃泥巴,到底图个什么吗?"

玉刚就憨憨地笑笑:"图自在呢,家里山好水好空气好。"

"自在?"黄喜六脸上便现出一种难以掩饰的嘲讽,心里打着冷笑,"分明是找不自在呢!看来老蒋家这回真是祖坟通风出气了,只怕得到狮子岭脚下把你那祖坟好好刮一刮,修补修补喽!"

看着玉刚走过的背影,韦光辉也对儿时的小伙伴嗤之以鼻:"哼哼,什么高才生,我当有几卵神呢,原来也是个傻(ha)脓包啊——喊,回来种金桔,金桔种你还差不多!"

玉刚不以为然,只要妻子秀梅理解支持就行,别人的闲言碎语只当耳边风,丝毫消磨不了他的决心和意志,这拉开了的弓早就没有回头的箭了。

秀梅当然听玉刚的,用现在的流行话,她就是玉刚的粉丝,心里崇拜着呢。

他们的心里明镜似的亮堂得很。

十一、屠园记

敢辞了公职回家种金桔的玉刚,既不傻又不癫,不管怎么说,肯定也是有三板斧的。

人们就睁大了眼睛,等着看玉刚的三板斧。

可万万没想到,玉刚的第一板斧却是砍金桔树,与当年的黄敢如出一辙。

真是逆了天了!

早几年,蒋世杰禁不住黄敢的撺掇,种了两亩多的油皮金桔,大前年就挂果了。当初栽树苗的时候,他在县里到处招摇,既不回来帮忙操弄,也没带回半句屁,任由父母两个在家折腾。去年开春前,玉刚到桔园瞭了一眼,进门就跟父亲嚷嚷,说自家园里的金桔树间隔太密了,需要及早间伐,株距得有一丈到丈二才合现代桔园的栽培标准,否则影响成树后来的生长和挂果,更加对果品的质量不利。或者把间伐的树墩子高位嫁接现在时兴的滑皮金桔,等过两三年,嫁接的滑皮金桔长出来了,再把剩下的另一半油皮金桔树砍掉。这样就不耽搁,捎带把品种也改良提升了。

油皮金桔带酸味,表皮那层油泡有刺激性;而滑皮金桔属于纯甜的新品种，表皮光滑，无任何刺激，口感特别好，而且储藏运输也比油皮更不容易损伤。

玉刚告诉父亲，油皮金桔的市场远没有滑皮发展前景好，滑皮金桔肯定是将来发展的大趋势，要不了多久，滑皮金桔很快就会取代油皮金桔，成为市场的主导产品。

之前玉刚也一直建议父亲种滑皮金桔的，只是当时爷儿俩意见不合，玉刚又不在家，说话也只能是水过鸭背，具体种什么还得在家操持的蒋世杰自己做主决定，普通的油皮金桔正当卖得火，滑皮金桔在市场还没有名声，村支书都动员自己种普通油皮金桔，说这个保险。

确实也是。十多年前，邻村四季冲的曾四喜，偶然在自家屋后的菜园里，发现种的几排普通油皮金桔中，有一株和其他树结的果明显不同，表皮很光滑，味道也是甜的，不像一般的油皮金桔带酸味。曾四喜把这个发现报告了当时的乡农技站，后来县农科所和地区农科所都来实地考察过，取了枝条回去做研究。经过农科所多年的研究培育，不断优选，虽然取得了喜人的成果，达到了推广的条件，但有个关键问题长期解决不好，就是推广出来的果苗，种植到果园之后，结出来的果个头儿都比较小，而且不规则，还有不少麻点疙瘩。产量低、品相不好、口感差强人意的滑皮金桔，一直以来不被果农们看重，连大名鼎鼎的"金桔大王"黄敢的法眼都没曾入得。种滑皮金桔，哪个敢去冒这种险？油皮金桔本来就是传统金桔的改良提升，是个相对成熟的品种，而且产量高，又正处在市场宣传的顶峰阶段，来村里收购金桔的老板，基本上也是以油皮金桔为主。种油皮金桔政府还有补贴，年份正常的话，一年算下来，怎么也有点赚头，果农们都认可，种得成规模。看得见的效益，父亲刻意坚持，玉刚便不好反对。

现在的局势已经完全变了，这些年玉刚参与了滑皮金桔的优选研究团队，而且是团队的骨干，通过不断摸索，反复实践，新品种滑皮金桔的大部分缺陷都得到了解决。试点推广的滑皮金桔园，各项指标已经很稳定，达到了品种改良的既定目标。县里及外县很多地方，新增的种植面积基本上换成了品质优良的滑皮金桔，就连政府的扶持政策也开始从油皮金桔向滑皮金桔倾斜了。

"不信，再过几年，保准是滑皮金桔远比油皮金桔走俏捉卖。"玉刚还在开导父亲。

蒋世杰一听就脑门火起，眼珠子一横，破口大骂："外面瞎混几天就人五人六回来教训老子了。种金桔老子不比你懂，还用得着你来指手画脚？"

也是啊，从生产队起，父亲就和金桔打交道了，虽说不比"金桔大王"黄敢厉害，但也算得上经验丰富的老里手。栽下四年的金桔树，挂果挂得好好的，马上就到盛产期，那可全是收成，满树哗哗响的票子呢，岂能凭你黄口白牙一句话说砍就砍？

父亲又不聋又不瞎，当然晓得玉刚在县上风光，有人吹着捧着，将来前程远大，自己脸上也跟着有光。但一码归一码，你在外面公事公干，怎么整都可以，你端的是公家的碗，做的是公家的事情，成与不成都有公家替你兜着。可回来跟老子摆臭谱瞎掰扯，把在公家那一套做派弄到家里来，天花乱坠没遮挡，那行不通。老子就靠这点地来问收成，得摸着石头过河。

一句话：别一回来就无事生非，"祸害"老子的金桔园！

这么多年了，哪家不是按这个疏密标准栽的树苗？父亲果园的金桔树已经投产两年，目前挂果也没见什么影响，每一棵金桔树都结着现成的钞票呢。你一砍，岂不白白折了大半的本钱？

其实父亲也不是完全不相信儿子，他知道儿子懂技术，甚至也晓得儿子有自己的专利，是县里器重的青年人才。他是怕玉刚头脑发热要拿自家的金桔园做公家的试验地。

那可不成！

"要搞试验你到单位去搞，想怎么折腾就怎么折腾，老子管不着，也不想管。老子的金桔园不用你操这空头心，不指望你给我树上结黄金。"

"爸，不是搞试验，我跟你讲了，外边好多地方已经都在这样做，效果真的很好，果树间距合理，植株光照充足，生长茂盛，结果大而甜，产量、质量都会提高的。果树的寿命也会更长。再说利用高位嫁接，把油皮改成滑皮，就顺便实现了品种换代改良。将来的经济效益会比现在好得多。"玉刚依旧耐心地向父亲灌输着他的改良大道理。

"我呸！你见老子的金桔树哪棵长得不好了？哪年的金桔果没卖出去来着？"

眼下，父亲的金桔园看起来的确长势很旺，还没到盛产期就实实地铺满了桔田，绿油油一副人见人爱的样子。

"现在不实行间伐，一定会影响将来的生长。"玉刚还想申辩。

"你别在老子面前充什么大头菜，管成什么样子是老子的事。你管上好你的班，别回来给我添乱就行！"父亲态度明确立场坚定。

玉刚就尴尬地僵在桌子边。父子连心，他懂得父亲的脾性。

没得父亲的允许，金桔树就砍不成，高位嫁接也弄不了，枝丫相亲的金桔树，依然故我地挺立在桔园里顽强生长，你挤我挨，分抢着来自天空和大地有限的爱。那是父亲的心血，由不得"纸上谈兵"的玉刚想当然地"屠园"，只能眼巴巴地望园兴叹，跳脚抓耳也没有用。

可这回不同，玉刚是自断前程后路回家来种金桔，眼下还没有别的桔园，只能先盯着父亲的金桔地做文章。

玉刚决定，第一步先对家里现有的金桔地进行改造。

得了以前的教训，这次干脆不跟父亲说了，他要来个先斩后奏。

长安的小姨父搬新居，老早，小姨覃小翠就打电话过来，邀请姐夫和姐姐去长安玩两天。小姨父虽然不是什么场面上的大人物，但一直以来对他的大姐夫蒋世杰敬重有加，玉刚在长安上学那阵也曾得过小姨父不少的关照,直到后来大学毕业回到长安上班,好长一段时间,小姨父都是有意无意地罩着自己,尽管自己并不需要如此的关照。

蒋世杰是个很念情的人,满口答应去赴小连襟的乔迁宴,这个面子他是一定要给足的。为亲有三分相顾,说不定什么时候又要麻烦到自己的亲戚呢。

蒋世杰吩咐老伴儿覃巧莲,前一天就把金桔地里特意留下的最后一棵大油皮金桔全摘了,装了满满两大篓,一篓送给小连襟家,一篓留给自家吃。

这天一大早,蒋世杰便背着昨天夜里就准备好的那篓油皮金桔,同覃巧莲一道,去公路边上等从雅瑶到长安的班车。他们已经商量好,这回一定要在长安住上两天,好好叙叙姊妹连襟之情。家里有玉刚两口子照看,不用担什么心。

玉刚见两位老人出门,便起身去偏屋里推摩托车。

"爸,妈,大清早的,你们这是要去哪里?我用摩托车搭你们去吧。"

父亲没有理会,还是母亲应了一句:"不用不用,去长安你小姨家吃酒,你小姨家搬新房你不晓得吗?"

"小姨家又搬新房?你又没告诉我,他们也没给我打电话,我怎么知道。"玉刚是真不知道,小姨打电话来家,玉刚又不在。父母商量的时候,也没有当着他们小两口的面。

"那要不要我和你们一起去?"玉刚双眼追着母亲的背影,高声问道。

"不用,我和你爸去就得了,你和秀梅在家看屋吧。"母亲摆了摆手。她与老伴儿蒋世杰已经拉开了二三十米的距离,眼看着班车远远地开了过来,她赶紧加快了脚步,一路小跑追了上去。

望着母亲的背影,玉刚突然间出神起来。在他的眼里,母亲小跑的步履虽然还是那么急促,但看上去已远不如从前稳当有力。走在前面背着背篓闷声不响的父亲,原本刚健结实的腰板,也明显地佝偻了。父母是什么时候开始变得老态的，玉刚竟然没有任何的时间概念。他不禁在心里暗自咯噔了一下，禁不住涌起一股难以抑止的酸楚：父母是真的老了，至少已经在慢慢变老。

"妈，你和爸什么时候回家来？要不干脆在长安多玩几天吧，难得出去一次。"玉刚的心里有些柔软的东西在轻轻涌动。

"我和你爸讲好了，这回去你小姨家，是要玩两天才回来的。"覃巧莲回头应着。

玉刚希望父母在长安多住两天，除了发自内心的关爱，更有一个蓄谋已久的计划：

他要趁此机会对父亲的金桔园正式下杀手了。

载着父亲和母亲的班车刚走，玉刚就跑进屋里，对秀梅催促道："快，赶紧找工具，我们必须抢在老爸老妈回来之前，把金桔园的间伐和嫁接做利索了。"

起初，秀梅还有些犹豫，毕竟那是家公家婆几年的心血，家公也明确过不能随意动他的金桔园。敏感的身份梗在这里，她一个外来媳妇，不横加阻拦就已经显得过分，还要跟着玉刚一起，对家公明令禁止的金桔园大动干戈，于情于理，都说不过去呢。万一家公回来发难，不给一点儿面子，她将情何以堪？

她不想一回来就和老人家杠上，留下一个不淑的骂名。将来相处的日子长着呢。

"就没有别的解决办法吗？"秀梅怯怯地问玉刚。

秀梅觉得玉刚这样做太过草率。尽管这金桔园是他亲爷老子的，就算是全砍了撂荒，也准闹不出什么大风大浪来，横竖就他玉刚一根独苗苗，蒋家的香火棍呢，难不成还要玉刚去为几棵金桔树偿命？但她不想他们父子因此把关系弄得太僵，真要到了那一步，她这个外来媳妇夹在中间，肯定也很难做人。

"没别的办法，只能先斩后奏了。放心吧，这事我有十足的把握，不是头脑发热乱来的。"玉刚尽量宽着秀梅的心。

"我不是不相信你——我只是担心，阿爸回来，看到他辛辛苦苦几年的心血，被我们两个一下子划拉了，心里承受不起。"

"什么叫划拉了？我这是科学改良呢。赶紧地，别磨叽——都快被你绕晕了。"

趁着父亲不在家，玉刚扛了砍刀、锯子、大剪，也不敢声张，悄悄拉上妻子秀梅，便鬼子进村般摸进了果园。他很清楚，不明就里的乡亲们一旦知晓这事，肯定得像开了锅的滚水，不沸腾也得翻滚起来。

还没进金桔园，玉刚又打电话找乡苗木公司，联系了滑皮金桔的嫁接枝和营养液。

玉刚和秀梅在桔园里偷偷地做着他们回乡后第一件"逆天"的事。

一棵金桔树被玉刚拦腰锯断，树冠倒伏在脚边，只留下一个两尺半高的树桩突兀地孤立着，像电影中被砍了头的死囚犯。

玉刚丢下钢锯，吩咐秀梅："嫁接刀。"

秀梅犹豫着递上嫁接刀，怯怯地说："阿爸回来肯定跟你没完。"

玉刚没接秀梅的茬儿，用嫁接刀把树桩的横断面切开一个小口子。

"嫁接枝给我。"

秀梅递上从乡苗木公司要来的嫁接枝。玉刚将嫁接枝下端削成上厚下薄的尖片状，接着把嫁接枝的尖头插入大树干的断口中。

玉刚继续吩咐："包扎绳。"

秀梅递上包扎绳。

玉刚没有接，示意秀梅自己绑扎操作。

玉刚："你来试下，这样对好接口，固定绑紧，包扎好，再施上营养液就可以了。"

玉刚用手做着比画，秀梅按照玉刚的示范，用绳子把树桩切口与嫁接枝尖头紧紧捆在一起，嫁接就完成了。

"不难吧？"玉刚眯着眼睛轻声问秀梅。

"这个倒是不很难，难的是老爸回来后怎么交代！"秀梅还是有些不放心。

"不慌，车到山前必有路。我是他独生儿子，盼着我们为老蒋家续香火呢，莫非他还敢打死自己的独苗，让自己绝后不成？"玉刚宽着秀梅的心。这种宽心的理由反倒让心怯的秀梅更加惶恐不安。

"反正三粒胡椒粉都在你自个儿头上挨，老爸不会拿我这个儿媳妇出气的，你是肯定逃不过，砍他的金桔树，就是剐他的肉呢，你仔细掂量着就是了！"

"别多想了，干活干活。"玉刚催促道。

浓密茂盛的油皮金桔树一棵一棵地被间伐，又一棵一棵地嫁接上细细的滑皮桔新枝。但玉刚也不敢一下放倒一大片，免得过早泄露了秘密。

刚开始不久，有人路过桔园，碰巧见了，就好奇地问道："玉刚，你这是做什么呀，要砍你老头子种的金桔树吗？"

玉刚掩饰说："不是，这几棵桔树得了黄龙病呢，幸亏发现得早，得及时剪除，要不然会传染整个园子的。"

黄龙病是每个种柑子金桔的人谈虎色变的果树绝症，除了砍伐病树阻隔蔓延，至今没有对症治理的特效良方。

"这样啊？"问的人汗毛倒竖，连忙回自己家的桔园去一棵一棵地检查——还好，幸亏没有发现黄龙病的病株。

可是，蒋世杰的金桔园里，越来越多的金桔树成了玉刚锯子下的"黄龙病"，而且一律地每间隔一棵好树，就有一株"黄龙病"。更为奇怪的是，这些"黄龙病"树并没有被连根挖除，却统一被拦腰锯断，然后又在断口处嫁接上了新枝条。

只两天的工夫，两亩多金桔树就有三分之一多成了断头的小桩墩。见到的人终于感觉到不对劲，用脚趾也该想得出来了，这里面一定大有情况。

越来越多的人涌到了玉刚家"尸横遍野"的金桔园,他们是来看稀奇古怪,更是来看笑话的。

"哟嗬,这架势哪里是金桔树染上黄龙病,敢情是小两口得了失心疯吧?"

"见过败家的,没见过这样败家的,开眼界了!"

"只怕蒋老二回来要跳脚!"

"何止是跳脚,跳浪溪河都可能呢!"

"肯定有好戏,看看怎么收场吧!"

看过的人禁不住唏嘘,相互间窃窃议论。

金桔树被砍,瞒是瞒不过父亲的。玉刚压根儿也不打算瞒。他只是在心里盘算着,父亲回来后,如何向他交代,如何取得父亲的谅解。他完全可以想象,几年的心血被他这样随心所欲地糟蹋,父亲的心里怎么会不痛如刀绞。

玉刚泰然地等待着来自父亲的暴风骤雨,他必须出这道坎,渡过这一关,否则后面的计划更难施展开。

果然,蒋世杰还未到家,便有人向他传递了金桔园"黄龙病暴发被屠园"的不幸消息。

"蒋老二,你家的金桔园怎么患上黄龙病了?"还没进寨子,老远就有人向他打起招呼。

"没有啊,你听谁说的?"蒋世杰丈二和尚摸不着头脑,以为人家和他开玩笑。

"你家大专家玉刚说的啊——怎么,他没告诉你?发病树都砍了一大片了。"

"造孽!"

虽说消息真假不辨,但蒋世杰本能地感觉到事情不妙。他家也不回了,丢下老伴儿,直奔桔园而去,他必须马上去桔园现场看个究竟。他知道,玉刚一直惦记着自己的桔园,老想搞什么间伐、滑皮嫁接,因为自己坚决拒绝,才暂时作罢,但玉刚就是贼心不死,总在心里不怀好意地打着算盘。这两天自己不在家,小兔崽子要充霸王也未可知。

蒋世杰跑到桔园一看，果然如报信者所说，大片的金桔树已经做了钢锯下的断头冤鬼。

"苍天不长眼啊！"蒋世杰一声长啸，两眼发黑，当时就倒在金桔地人事不省，正在桔园忙活的玉刚和秀梅赶紧丢下手中的工具跑过去，扶着蒋世杰又是掐人中又是抹胸口，舞弄半天才缓过气来。

家训传承的蒋世杰本是个极有涵养的长辈，碍于儿媳妇的面子，玉刚辞职的事虽然让他窝火，但一直憋在心里，不知如何发作，现在眼瞅着满园被放倒的金桔树，已是怒火中烧忍无可忍，咬牙切齿地骂道：

"你个败祖宗的不肖东西，这是回来要老子的命了吗？"一边挣扎着爬起来，操起撂在田埂边的一把镢头就要往玉刚身上扫过去。

秀梅见势不妙，生怕家公失手伤了玉刚，慌忙冲到玉刚前面护着：

"爸，要打您就连我一起打吧，这事不全怪玉刚，是我怂恿他的，砍金桔树也有我的份儿——不过，您也晓得，我们真不是头脑发热随意乱砍的，就是用来嫁接新品滑皮，您看，树苗都嫁接好了。"

蒋世杰被秀梅这一拦，举在头上的镢头就僵在了半空里。他当然不能连儿媳妇也打了，那可是别人家的宝贝女儿，他必须讲父德要名声，打儿媳妇的家公不是好长辈，传出去还得了！

"家门不幸，怎么出了这么个报应啊！"蒋世杰撑着镢头，双眼圆睁，却天黑了一般什么也看不分明，他是被气得气血攻心，灵魂出窍了。

从此，蒋世杰出门进屋总是黑着个脸，仿佛心怀着什么深仇大恨，玉刚和秀梅好一阵子见了父亲如老鼠见猫，都不敢正面相对，连吃饭都是待父亲放了碗筷撤席之后，才怯怯地上桌子，不然就端了碗远远地躲到屋外蹲在地坪上扒拉。蒋世杰自顾吃他的，也不搭理他们。儿媳妇是刚进门不久的别人家的宝贝女儿，但与败家子玉刚串通一气，就是坑害他的同谋，照样不跟她客气。

玉刚的母亲不再像年轻时为儿子收惊那么有主见有魄力，如今人老了，性子也变了，变得越来越对老伴蒋世杰有依赖心，越来越逆来顺受言听计从，如今在屋里基本是说不上话的，只晓得一天到晚没来由地叹气哼哼。崽是自己亲生，父子连着心，倒不打紧，她只是怜惜秀梅，怕她受不住蒋家的委屈。她这个做婆婆的，心里实在抱愧。

"玉刚这个昂崽，生生砍了自家的金桔树！"事情很快便传到了村支书黄敢的耳朵里。

黄敢便在鼻子里直哼："只怕又是个报应货啰，县衙里待得好好的，哪根神经搭错了，竟要回来瞎胡闹，没吃错药吧？蒋家的风光怕真是要败在个这浑崽手上了。"

无由的快意刚浮上脑海，却立马变成了恨铁不成钢的惆怅和叹惜。

黄敢心里多了一份警惕，担心玉刚后面还会弄出什么幺蛾子来。

曾经的高才生，完全变成了一个头脑极不正常的孟浪仔。以他的个性和行事做派，恐怕不会只是砍了自家那几棵金桔树就万事大吉的，一旦逮住机会，必定还会兴风作浪，不得不时时提防着。

不光对坡尾屯，对整个西塘坳村而言，不安本分、不守规矩的玉刚，就是埋在野地里的一颗定时炸弹，不晓得什么时候就突然炸开了花，会炸到谁身上。

果不其然，黄敢的担心很快便应验了。

玉刚砍了自家的金桔树不算，又一天到晚在别人家的金桔地边神神道道起来：这片金桔应该间伐，也可以搞高枝嫁接品种替代；这片也要趁早间伐或者移栽。

自家的金桔树好砍，瞒过老头子的法眼，扛起锯子、斧头动手便是，事后也没能把你怎么样，即便有天大的怨气，愤怒到锒头撂上半空，还不是得停下来，不敢擅自落到身上去。

伤不起，真的伤不起。歌里原本就是这么唱的嘛。

但想要砍掉别人家的一根金桔枝条，也只能兀自过过嘴瘾罢了。坡尾屯没人愿意听他胡咧咧，整个西塘坳村都有没有人愿意听他瞎掰扯，哪怕他是个名校毕业的高才生，哪怕他当过县上的技术指导员，哪怕他曾经进了县上可以重点培养的青年技术人才库，哪怕他拥有过自己的技术专利。

更何况，这些果农多是"金桔大王"村支书黄敢一路手把手带出来的，他们只信"老经验"黄敢的，这侍弄金桔的事，黄敢就是他们心中的神，这些年跟着黄敢种金桔，不管怎么折腾，多多少少总算是尝到了一些甜头。黄敢没点过头的事情，他们肯定不会起哄乱搞。万一干错了，哪个担待得起？

也是，人家种人家的，关你玉刚什么事嘛，又没碍着你什么，砍了自家的金桔树还嫌不过瘾，手还贱痒痒吗？烧包佬！

果农们不听玉刚到处鼓噪，但黄敢对玉刚始终不敢掉以轻心，他很担心有人经不住玉刚的花言巧语，一不过意被玉刚洗了脑，那自己这些年的努力就要前功尽弃，好不容易树起来的威信就会倒。这才是最最要紧的。

为了封住果农们对玉刚可能产生的幻想，黄敢甚至不惜对他们约法三章：谁要是听信了玉刚的忽悠，敢擅自跟着玉刚搞邪门歪道，以后就别想再跟着他黄敢，赚钱也好亏本也罢都是自己的造化。

"我先把话撂在这里。哪个敢阳奉阴违，听信玉刚背后乱搞的，不但我不再理会，就是以后上面来什么政策扶持也莫想再沾边！信不信由你们自己。"

黄敢甚至祭出了村委会和上级政策相要挟。

黄敢这番晓以利害的警告，令个别脑子偶尔动了心思想学玉刚的人，也毫不含糊地打消想法，"回头是岸"了。

人们对玉刚喋喋不休的游说筑起了自动防御的铜墙铁壁，刀枪不入水泼不进。

每当走过乡亲们的金桔地，看着长得你挨我挤的金桔树，玉刚就摇头感叹：愚顽固执，不讲科学，等着后悔吧。

没人理会的玉刚只能喃喃自语，自己说给自己听，有时候说着说着自己也觉得十分无趣，没有意思，然后一拍脑门：真是何苦来，操什么空头心，人家又不鸟你！

老百姓的心思最实在，有种你自己先搞出个名堂来给我们看看再说嘛！搞得好了，眼见为实，我们才信服你。

还没搞出名堂的玉刚终于消停下来，别人听不进自己的建议，那就先踏实摆弄自己的桔园吧。老头子寒了心不再理会，正好可以按自己的设想放手大干。

玉刚与村里种植户们施肥撒药、剪枝压果也大不相同，名堂多着呢。用他的讲法，追肥主抓攻、促、壮一梢三肥，重施基肥改土，主攻春梢肥，适时施好保果、壮果肥。桔树整形修剪以摘心抹芽为主，说是要培育矮密紧凑具有立体结果的丰产、稳产树冠。在防治病虫上针对红蜘蛛、锈壁虱、潜叶蛾、凤蝶幼虫、天牛、蟥象、黄叶病、锈斑、落果等，各种症状分施各种对症药品。好多人却是搞大一统，不论什么病虫害都是一种药水喷到头，效果往往不理想。

其实，对于施肥剪枝杀虫除病，村支书黄敢也很讲究，但他教果农们的办法省事多了，哪有这么细致复杂——他是摸着乡亲们的脾气，得想办法拢着他们一起往前走，太过认真了，这些人适应不来，兴许就跟不上，就掉队了。那可不行。

看不出来，玉刚小两口勤快细心在全西塘坳村没人可比，这人要是发起狠来，能量是无穷的。

眼瞧着玉刚和妻子秀梅成天泡在金桔园里鼓捣不休，也有人摇头：至于吗，不就侍弄几棵烂金桔，哪里用得着这么没日没夜地瞎折腾？真是吃饱了撑的！简直就是俩二愣子，铜锣配当当，男傻女痴刚好整出一对。

玉刚与秀梅成天在桔园里忙活，一个在除草，一个在施肥。

贺老水与黄喜六从桔园旁边经过，眼瞧着玉刚和秀梅在金桔园里捣鼓不休，贺老水就嚷嚷着起来。

贺老水："玉刚忙啊。"

玉刚抬起头："喜六叔、水哥啊，你们去哪儿来？"

贺老水吐着唾沫星子："大琴坳开落地红，去玩了两把。回来遇见喜六在地里弄金桔，书记叫他帮我个忙。"

"噢？又得玩又得管桔园，两不误啊。"玉刚有意调侃。他知道贺老水的心思根本不在金桔园里。

贺老水解释说："这不喊打农药除虫嘛，我又没有喷雾器，书记说先跟喜六借，没得钱买农药，也借他的，过后书记再帮我还。"他是支书黄敢的结对帮扶户，事无巨细都有倚仗着人家，有点大树底下乘凉的感觉。

贺老水回头望着黄喜六，向他求证。

贺老水："喜六，书记是这样说的吧？"

黄喜六有点不耐烦贺老水，半拉着黑脸，说："是，是，是，你是书记的扶贫对子，有靠山，什么都不用操心，张开嘴巴就有吃的！"

玉刚扭头问贺老水："怎么样，这回赢了不少吧？"

贺老水晦气地说："快莫讲，输得卵都跌，真背时！"

玉刚便换了口气："那你还一天去玩，不耽误工夫？"

贺老水一摆手："嗨，你没晓得，不玩怎么知道能赢？书记不打电话催我打农药，我还想翻本呢——手气好的时候，也蛮得的啵。"

玉刚摇摇头："水哥，有空何不弄弄你那金桔地。"

"卵泡。书记也是这样喷我——喜六，你说，你一年累死累活的，种得几多钱了？"贺老水转身怼起黄喜六来。

黄喜六唖唖嘴："我哪敢跟你比，你是耍着吃政府的现成，我不累，一家人怎么过日子？老大老二读大学，都要钱呢！"

贺老水不甘示弱："那要怎么弄嘛。这土生地长的金桔，又不是嫩姑娘，哪那么娇贵——对了，玉刚，你倒是得多心疼点老婆哈，你看太阳这么大，也不舍得让人家去躲下阴凉好好歇着，细皮嫩肉都晒成非洲老黑了。"

"老婆自己会疼，可金桔不会咧。你不细心护理，它就不会按你的心思长。"玉刚直起腰来，一本正经地答着。

贺老水又调侃起来："我说玉刚，有力气你何不先给媳妇装上窑嘛，过些年就有小帮手了。"

"不急，不急，金桔林里秀恩爱，又浪漫又充实，又没得牵累，一结婚就急着撒种育苗，早早地膝盖生牙，耍也耍不撒脱、玩也玩不痛快的，我们还没潇洒够呢。倒是你水哥，该娶个嫂子回来管家暖被窝了。"玉刚嘿嘿一笑，反将了贺老水一军。

秀梅就羞怯地红着脸，埋头做她的活路，心里的乐呵却又分明写在红润的脸上。

"我不行，单身惯了，一个人还自在呢。"贺老水的脸上也飘过一丝红云，不过那是自卑的。

喜六在后面催促着油皮不走的贺老水："你还走不走，你不去要喷雾器和药水了？"

黄喜六等得有些不耐烦了，他还有一大摊子事情要去忙呢。

贺老水便有些悻悻："走了，走了，等下书记又骂人了！"

贺老水和喜六一前一后走向屯子。

望着渐离渐远的背影，玉刚大着声喊："水哥，今后种金桔有什么要帮的，我也可以帮你哈。"

"知道咧。"微风送过来贺老水飘忽的回声。

十二、反水记

再隔年,效果出来了,出乎村民们的意料。

玉刚家的金桔从打花到收果极少见病虫害,挂的果当真又大又匀称,表皮光滑可鉴,色泽金黄,咬一口嘎嘣脆,汁水又多又甜净,无论卖相还是吃相都非常好。

像当初看把戏一样,村民们又凑到玉刚的桔园来围观。

贺老水指着金桔树夸赞道:"哇,这玉刚搞的什么密植改革,效果是蛮好啵!"

黄喜六也发出感叹:"没看出来,这玉刚还真有两把刷子。"

韦忠良接腔揶揄起来:"谁说不是呢,可当初竟还有人说蒋家祖坟通风了呢!"

蒋世杰躲在不远处,张着耳朵听。

围观的人散去后,蒋世杰一个人悄悄钻到桔园里,双目环顾,看着满树累累金黄,禁不住伸手轻轻地捏捏这颗,又摸摸那颗,或是一串一串地捋过。蒋世杰摘下一颗金桔,在衣服上一揩,便往嘴里塞,咬一口嘎嘣脆,甜净的汁水从嘴边流了出来。

蒋世杰用手轻轻揩着嘴角的金桔汁水,满意地点点头,心里的疙瘩也豁然解开了,阴沉了一年的腊肉脸终于云开日出,浮起难得的笑容。

蒋世杰自言自语:"果的确是好果。到底没在外面白混这些年!"

只是,碍于面子,心中的快意嘴上不好明说出来,任由玉刚两口子在园里继续折腾。

果还没全熟,来看果的老板一瞧,二话不说:"你这园子我全包了,先放定金六千块,可不能再卖给别人了哈!"

"定金我不要你的,有人出更高价的我自然要卖,除非——"玉刚欲言又止。

"这样吧,定金你先收着,如果有人再出高价,我也按他出的价收,不,比他出的价每斤再高一毛钱,行了吧?"

行是行了,最后秀梅又提出只能卖一半给对方,要留一半自己处理。

果商一脸蒙:"什么,你家这么多的果,留一半自己吃啊?"

玉刚解释道:"我们家做电商,自己在网上卖呢。"

"噢噢,怪不得这么硬挺!"果商感叹起来。

"只要不再卖给别的收果老板,都成。"老板六千元定金依然一分不少,并约定了收果的最后日期,超过这个日期不按约来收果,定金不退,园中所有的金桔果可自由对外出售。

其他村民的果园却差了一大截,就连"金桔大王"黄敢家的果子也没法比。

而头年被拦腰锯下的树蔸子,高位嫁接的滑皮金桔新品枝条,也长得十分茁壮,看样子不出两年也能挂果了。

眼见为实,村民们这下信服了。

有人又动起了心思,背着黄敢,开始悄悄向玉刚讨教秘诀了:"玉刚玉刚,你家的金桔果怎结得这么好,教教我吧,我也想跟你学点窍门呢。"

最先向玉刚表白的,是多年前曾一起在放学途中同醉过生产队金桔的儿时小伙伴黄石砣与韦光辉。

黄石砣与韦光辉初中没毕业就辍学了,玉刚则一路上到北京的名牌大学。因为志趣不同,地位差别太大,再加上城里乡下相隔着,慢慢地交际也就少了,到后来基本上不再有什么往来,相互有了一层说不出的隔膜。平素玉刚回家,偶尔在寨子里碰见,也只是礼节性地打个招呼,分支把烟抽,相互撩盆几句,也没有过多的交流。

这些年来,黄石砣与韦光辉两人虽然也都各自成了家,却并无什么大的起色。他们也曾和大多数年轻人一样到广东、福建去打过工,因为受不了那个约束,没多久就拖着老婆孩子回来了,说还是家里舒服自在，没人管束，想哪时起就哪时起，想做什么就做什么。"

　　要说他们都是不思进取的二混仔，那也不完全讲得通。

　　"年轻人谁不想做一番事业呢，但得有那个命水！"这是他们自己的原话。言下之意是他们都努力过了，但因为自己命运不好，八字生得太丑，不服输不行。

　　早些年的时候，除了种金桔，做竹席也是个更加热门的行当，家庭竹席厂在东山乡的村村寨寨，就像是撒种在田野里的紫云英，那真是遍地开花了，西塘坳坡尾屯几乎家家办厂、户户编席。因为山上有得天独厚的毛竹席原料，漫山遍野的毛竹资源，一时间东山乡为主要货源的"融州竹席"凭借质优价廉行销南方数省，甚至出口到东南亚好多国家。

　　然而好景不长，不久便被隔邻的"桂西竹席"取而代之。

　　听说桂西那边，政府为了扶持当地的竹席产业，对所有的竹席生产与销售实行税收优惠甚至是免税，而东山乡则因资源保护和财政困难的实际，一时还实行不了税收减免政策。

　　上有政策下有对策，为了逃避税收，这些并不规范的农家竹席作坊，多半采取与税收部门躲猫猫的办法，多产少报，甚至不报生产的办法，经常趁夜将自家的竹席偷偷运出县境，再向外倒卖，以求多赚几个。一旦在路上被抓了现行，被重罚是肯定的，弄不好一车席子就没收了，血本无归都有可能。

　　黄石砣与韦光辉回家后，见寨子里到处机声隆隆一片繁荣景象，以为机器一响黄金万两了，于是两人合计，一咬牙每人贷款一万元，合伙开了个小型竹席厂，就盼起一生二二生三三生万来，两个人都想着靠投机钻营发懵懂财。

　　忙乎了近一个月，第一批席子终于出厂了。

　　黄石砣与韦光辉请了一辆卸掉后座的高顶篷，装了满满一车竹席，由韦光辉押车，半夜拉出厂去，绕过县城，打算运往南宁。以为瞒天过海了，正暗自侥幸，没想到刚出县城不到三十里

十二、反水记

路,突然,前面一个拐弯处,一辆白色的稽查车闪着车灯拦住了去路,看那从容的架势,分明是早已等候在这里的。

"赶紧掉头赶紧掉头,一定是被哪个狗屁的点水了!"惊恐的韦光辉急中生智,果断地指挥着茫然无措的高顶篷司机大撤退。

不料,司机刚把车子掉转头,还没开出一公里,猛见得前头也冒出了一辆同样的稽查车来。

显然,他们被前后夹击了。

"完了完了!"逃无可逃的韦光辉不住地跺着脚。

慌乱之中,韦光辉发现前面不远处有一条小岔路,据目测勉强容得下他们的高顶篷车。路面全是黄泥巴,好像没有铺着沙石。不管它了,先逃出稽查车的围追堵截要紧。

"往左拐,到前边小路上去,那边肯定没人拦。"韦光辉急得几乎要伸手亲自打方向盘了。第一次走货就这样出师不利,情急之下连骂个娘都不会了。

前后的稽查车越逼越近,司机也顾不得多想,只好听从韦光辉的指挥,一打方向拐进了旁边的黄泥小道。

本以为可以来个金蝉脱壳,可万万没想到,刚下过大雨的小岔路,路基松软,根本经不得车子的碾轧,刚开出二三十米就遇上塌方了,根本没来得及刹车,车子随着塌方的泥巴,打了个侧翻,掉到两米多高的水田里。

所幸只有司机受了点皮外伤。押车的韦光辉居然毫发无损。

逃跑不成还翻了车,差点出人命,最后还得老老实实接受稽查处罚。更要紧的是,这一查,又查出他们的厂子属于无证生产和经营,而且根本不符合安全生产规范要求,必须先停产整顿,等办理完一切正规手续,符合安全达标要求,取得生产经营许可证后,才能继续生产经营。

本来就不赚钱,这样一折腾哪里还能挺得住?

黄石砣与韦光辉再商量:看来,流年不利,我们都不是开厂当大老板的料子,不如干脆趁早把厂子直接关掉算了,少亏损几个。

　　结果工商、安监、税务一概手续都懒得去办了，一人背着一万元的债务散伙，那些半路淘来的破机械也没人愿意要，日子一长全部锈迹斑斑，成了一堆碍事的废铁，至今散乱地闲睡在屋顶见天的厂棚里，占着老大一块地方，丢又舍不得丢。

　　黄石砣与韦光辉的竹席厂关门之后，没到三年，整个东山乡的竹席产业也从当初的轰轰烈烈渐渐走向了衰落，几乎在半年之间就全军覆灭偃旗息鼓了。东山乡的竹席厂整没了，客观上等于融州的竹席产业垮掉了。

　　融州竹席注定是一个没有前景的短命产业。一是东山竹席干不过更加物美价廉的桂西竹席，日子一长，懒于更新换代的旧式产品在市场不再行销；二是竹席生产需要大量的化学药水，绝大多数是家庭作坊式的随意生产，根本没有处理生产废水的意识和能力，对环境影响的确太大，生产的废水无法回收处理，直接排放到田间、地头、小水沟，连草都没法生长，然后从四面八方汇集到浪溪河，河里的鱼都翻起了白肚皮。被严重污染的浪溪河涌入融江，流向柳州，终于拉响了环保警钟。

　　安全环保一票否决，东山乡乱象如此，这还了得！

　　于是，上边下了死命令：不能确保环境就只有关闭。

　　那就关闭吧，反正也赚不了几个钱——其实，享受政策优惠的桂西竹席，也并没有挨过多少好日子，在环保的压力下也逐渐式微了。

　　话说黄石砣与韦光辉将厂子关闭后，一天到晚在村子里游荡，也不去找个正经事来干，喝酒打牌家都懒得归，老婆要离婚，闹得鸡犬不宁的。

　　黄敢把黄石砣与韦光辉一起叫到村委会，苦口婆心地开导："我说你们人又年轻，头脑也好使，就不能做点正经长久的营生？这样吧，都跟着我种金桔，金桔苗我免费帮你们解决，要是肥料钱不够，我也借给你们，不过先讲好，不要你们一分钱的利息，但本金肯定是要还的。现在县上有新政策，要大力发展金桔产业，种金桔还有补贴，一定很有前途的。我向你们保证，只要你们定下心来踏实苦干，肯学肯钻，不出几年，过上富足的小康日子绝对没问题。"

黄敢主动承诺要帮助他们，就等两人表态，浪子回头。

反正山穷水尽了，也没有别的路子，种金桔就种金桔吧，黄敢支书这些年种金桔照样发了大财。这是全西塘坳村有目共睹的事实。

有黄敢打包票，黄石砣与韦光辉就跟着黄敢种金桔，几年下来，倒也学得一手技术，手头也攒了些钱，欠的账也慢慢还清了。

最主要是两人各自的家庭也变得和睦起来了，老婆也不再闹离婚闹出走，安安心心地守在家里，过起出双入对的小日子，倒也惬意。

可是，这年头忙到年尾的，也就混得个吃饱穿暖有点小盈余，仅仅是比上不足比下有余，一点儿小钱也做不成什么大事，更别说圆起新房买汽车的富贵梦了。

什么时候才能像黄敢支书的儿子黄小强一样起新房买汽车？

黄石砣与韦光辉有时也茫然。他们骨子里不是那种吃饱穿暖就能满足的人，否则当初也不会头脑一热就开起竹席厂来。

"别心急，一口吃不成个大胖子，明年再扩种两亩地，好日子在后头呢。"黄敢见了两个心中并未落妥，总是热情地为他们打气加油。

黄敢的话说得没错，这几年种金桔的确一年比一年收成好，怪只怪两人的期望太高了。

"急是急不来的，关键是要划算好。"

那就按支书说的，再多种几亩吧，无非是苦点累点，过两年也富裕起来了。

黄敢就像一盏指路明灯，高悬在黄石砣与韦光辉祈富的头顶。他们对黄敢除了佩服，还有了一种发自内心的膜拜。他们决定死心塌地跟着村支书，要把金桔种得跟支书家的一样好，甚至更好。

"我的未来不是梦，我认真地过每一分钟，我的未来不是梦，我的心跟着希望在动……"头一回，韦光辉情不自禁地哼起了充满阳光激情的歌。歌声表达心声，这是唱给自己的，也是唱给支书黄敢的，就像一种庄严的宣誓。

玉刚回来之初，带着秀梅在桔园里砍油皮金桔树来嫁接滑皮，黄石砣与韦光辉一直冷眼旁观着，也曾暗地里嘲讽过这位曾经多少有些崇拜的儿时伙伴："哼哼，什么高才生嘛，我当有几卵神呢，原来也是个脓包啊。"

如今，眼见玉刚的桔园胜过了黄敢支书，韦光辉心里便咚咚地打起了鼓："没看出来，这个黄金条（一种无毒蛇，喻指清瘦男子，有贬损的意思），还真能捣鼓，有一套嘛，莫如也跟他学两手？"

黄石砣也动了向玉刚靠拢的心思，可又怕得罪了支书黄敢，毕竟这些年来都是黄敢一直在扶持着自己，人不能忘恩负义，更不能过河拆桥，再说了，今后仰仗支书的地方还多着呢。

况且，玉刚愿不愿帮自己还难说。当初玉刚也不是没有和自己说过改良桔园的事，是自己为了向支书黄敢表忠心，硬扛着不睬人家的。玉刚的热脸贴上了他们的冷屁股。

黄石砣把握不准，便去找韦光辉商量，要不要改换门庭拜玉刚为师，最好能够两全其美，黄敢和玉刚两边都能沾着。

"玉刚，跟你说啊，我们两个也想跟着你种金桔呢，你教教我们种滑皮的新技术，好不好嘛。"黄石砣与韦光辉试探着向玉刚套近乎。

"你们可都是支书的铁杆子，怎么也想着要改换门庭，就不怕书记翻脸屌杠啊？大小是管着全村的一方土地，我可是得罪不起哈。"玉刚当然能看透两人心中的九九。

"我们又不是不务正业,他管得着!"韦光辉仰着脖子,唾沫星子飞到了玉刚的脑门上。

黄石砣与韦光辉,还有其他来向玉刚拜师讨教的人,大多是村支书黄敢手把手带出来的,受过黄敢的恩惠真心不少,他们这样做,分明有些打脸支书黄敢的嫌疑,是明目张胆的反水背叛,黄敢不可能不知道的,那他又会怎样看待呢?玉刚不可能一点儿顾虑都没有,虽然他教人新技术完全是出于一片好意,没收人家半分报酬,甚至有时还要倒贴。

可是很多人也听说过,玉刚与村支书黄敢是有过过节的。说白了就是自己曾经让这个大名鼎鼎的"金桔大王"在全县颜面扫地,这可不是一般的难堪,相当于一言毁了人家几十年立起来的清誉。那时玉刚在县上衙门里把着,高高在上有恃无恐,现在却是落在村支书黄敢的地盘里谋生存,落地的凤凰不如鸡,地位悬殊了。人心隔肚皮,人心也是肉长的,计不计前嫌不知道,但事实上玉刚回来这么久,黄敢也并没有给玉刚穿过小鞋为难过半点,算是大度了。如果自己还要不知好歹地私下收徒,从中作梗,背后挖支书的墙脚,天晓得会引来什么后果。

都说宰相肚里能撑船,就算黄敢有宰相的肚量,可这船要是艘航空母舰呢,还能撑得下吗?

玉刚摸不准,村支书黄敢要是知道了,这帮被自己一手带出来的徒子徒孙们,一转背就反水,那会怎么想?就算有奶便是娘,可黄敢至今也没有给这帮人断过奶呀!

还能怎么想呢?青出于蓝呗。

说到底,黄敢原本也是想看看玉刚的笑话,倒不是有什么歪心思,他一个十六年干龄的村支书,这点觉悟还是有的。黄敢当初想,这小子是个一根筋的狂人,读书读得痴呆疯癫魔怔了,加上年轻气盛,又不知天高地厚,认定了什么事情,想要阻止他去做,来硬的肯定行不通,他连美好仕途、大好前程都可以说不要就不要,谁还能拦得住呢?既然如此,那就先让他折腾,等他自个撞了南墙栽了跟斗吃了一嘴的泥,挫了满身的锐气,再来好好说道他,估计还成。

"不见棺材不掉泪!"

哼哼,年轻人终究是要明白,一山还比一山高,为人做事不能光凭意气,知道不?要称得出自己的斤两!桥过多了才懂得路有多长,山爬多了才晓得天有多高!

黄敢其实是使的欲擒故纵之法,他就静待着玉刚"聪明反被聪明误",先把身上的戾气除下来,回头才好整饬整饬。像玉刚这样的青年,即便不再高坐衙门了,以他的资质,哪怕回到村子里来,要想干点正经事情,只要下定了决心,应该还是很有希望的。

这一点黄敢倒比所有人看得透彻,就连玉刚那好好先生的父亲蒋世杰都远远比不上。

如今,事态并没有朝着黄敢预想的方向发展,反倒遂了玉刚的意愿,看来这小子真是胸有成竹呢。人不可貌相,海水不可斗量,后生可畏,自己是真的小瞧了人家。

看不成玉刚的笑话,憋着一肚子暗劲的黄敢,心里不仅没有半点失落,反倒生出几分由衷的欣慰来,好像悬在头上的一块石头终于落了地:"嘚嘿,看不出来啵,到底没白学这些年!阿弥陀佛,看来蒋家的坟山还管着事,没有通风出气呢!"

村民们要向玉刚学习新技术,好事呀,只要他们把果种好,收入提高,生活富足了,岂不是我西塘坳村社会主义新农村建设的发展成果?什么反水不反水的,求之不得!他一个胸怀全村的党支书,才不要去做阻挠科学发展的恶人。

要不是碍于面子,黄敢自己都想向玉刚讨教了,科学种植,技术为王,天经地义的硬道理。

至于以前的那点不痛快,总不能老揣到肚子里,再说跟一个晚辈后生仔过不去,给自己找碴碜,岂不有失了自己的身份。自己是谁?整个西塘坳村的灵魂!十多年村支书也不是白当的,这点气度都没有，还做什么西塘坳的领路人！

金桔园里，挥汗如雨的玉刚与秀梅会心一笑：这一板斧算是成了！

十三、扩张记

四年一过，玉刚家的桔园全部换成了新兴的滑皮金桔。

经过玉刚再度选育的滑皮金桔与传统的油皮金桔相比，品质已彻底改良，表皮光滑超级薄透，初尝一口，汁液满溢、口感润滑爽脆，味道清纯甜净，完全没有传统油皮金桔的辛酸和麻辣感。将滑皮金桔切开，可以看它的果肉是糖心的，呈现雪花状，肉色嫩黄无籽，很是惹人喜爱。而且滑皮金桔富含丰富的维生素C、维生素E。

玉刚心里清楚，前途无量的滑皮金桔很快便会成为西塘坳、东山乡乃至整个融州县老百姓脱贫致富的摇钱树，统领融州金桔市场。

产业发展，规模尤其重要。接下来县里的产业政策一定会向滑皮金桔倾斜，眼下正是发展的最佳时机。

玉刚开始谋划着金桔园的扩张，他必须抢在别人的前头。

可家里的地不多，能修理的也都修理清楚了，旱地水田拢在一起也不过十来亩，远远不够设想中"百亩核心示范园"的总体规划呢。

玉刚想起了罗天一，听说前些日子刚从上海浦东回来。他和他老丈人家至少应该有二十亩地吧，这几年一直空在那里没人打理，要不先跟罗天一商量商量，把他们家的地拢过来？

罗天一结婚不到两年，就带着细妹到上海浦东打工去了。罗天一有个表哥在浦东的一家公司里做人事主管，就央求表哥在那边帮他们找了个工作，待遇很不错，王细妹那是一百个愿意，她原本就向往城里人的生活，何况这回去的是大上海！

只是他们这一去，可就苦了老丈人王太清。且不说世事难料的话，这算盘打得太过精明，有时难免也闷桥。当初罗天一许的愿，是要承包了王太清家的所有农活，也是真心实意的，可结婚没两年就变卦了。倒也不是他忘本不记恩，人往高处走水往低处流，这么好的机会不去外面的大世界闯一闯，真对不起来这世上活一回。

不过临走前，罗天一也对王太清表态了：

"爸，妈，我和细妹去了浦东，就没法照顾二老了，地里的活，能做就做点，不能做就请人帮做，实在请不了人帮，丢荒了也不要紧，我们寄钱回来养活你们就是。"

"早知道你们年轻人不靠谱。去吧去吧，出去见见世面也好，小子唉，有一条你给我记稳妥了，就是别让我家细妹在外面受委屈！不然，回来我饶不了你！"

王太清的心情是复杂的，刚享受两年清闲，猛不丁这小两口要远走浦东，地里一切活路又得重新落到他一个人身上，他真是心有余力不足了。

没有罗天一的帮衬，原本种着的几块金桔地，也因为品种过时、护理不周、老化严重，收成不好，早已荒废。好在罗天一与王细妹在浦东那边有表哥关照，工作还不错，收入也可以，一年总要给王太清寄个三五千块回来。有了姑爷姑娘孝敬的钱，割肉沽酒从不短缺，几块贱地帮不帮种也就无所谓，荒就随它荒了吧。

"你们有了钱也不要在外面胡乱花，要多为今后做打算。长安好耍不是久恋之家，上海不是你们的根根，混不了一辈子的，迟早还得回融州来。"王太清逮着机会，就敲打一下姑爷和姑娘。

罗天一和细妹这些年带着孩子在浦东打工，也攒下了一笔钱。但他们也知道，如今物价疯涨，一天一个样，买房子比存银行合算得多，最起码保险，老存银行肯定是亏的。正如老爷子所说，自己不可能在外面打一辈子的工，总有一天要回来。他们得为未来好好谋划，这次回来过春节，其实还有个大的计划：想在长安城里买套商品房，现在农村人在城里买房不再受限制，买了房就真正变成城里人了，这可是王细妹梦寐以求的理想啊。不，比单纯的城里人还要潇洒得多，可以城市农村轮流住着，想住哪儿就住哪儿，自由自在，真正的爽歪歪。而十一年过去，现在的长安城更是今非昔比，虽说比不上柳州、南宁那些大城市，更没法和自己打工的上海浦东相提并论，但也是高楼林立，满目锦绣，景象繁华，昔日破败不堪的骑楼街也已修葺一新，店铺林立，打造成了繁荣的商业街。还有那个万人空巷的长安龙舟赛，都已升级成国际龙舟邀请赛，名声响到全世界去了，奖品虽然还保持有十多年前的全烧猪，但它的热闹、它的影响、它的意义，全然不是当年的王细妹所能想象。

关于在长安城买房的事，罗天一想向玉刚讨教些主意，他也是回来后听人说起玉刚辞职回乡种金桔的事，很是惊讶。这些年很少回家，各忙各的事情，忙到没有心思主动寻找联络方式，彼此连个电话号码都没有。现在趁大家都在家，怎么也得聚上一聚，叙叙旧，顺便听听玉刚的看法。虽说玉刚现在自己将自己打回了原形，回坡尾屯当起了地道的果农，但他的阅历、他的眼光见识，罗天一绝对是佩服的。毫无疑问，玉刚的意见一定值得参考。

罗天一来请玉刚到他家去喝酒。那年结婚时许过要请他喝酒的，谁知一晃就快十年了，中间甚至再没见过面。

饭菜是王细妹一手整出来的，很合玉刚的胃口。

酒杯倒满，玉刚端起杯子，先要王细妹陪自己干三杯，然后他们两个一起再与罗天一斗酒助兴。

"哪有这样的，这不乱了规矩嘛。应该是我们两个和你干杯才对。"王细妹按着酒杯不肯接招。

玉刚就说这是天一哥答应的，他吐出去的口水，肯定不能自己舔回去，虽然隔了这么多年，但既然有过承诺，那就一定得兑现，不能失了信。说这话时显然带着玩笑式的调侃。

"你们之间有什么见不得人的交易，要拿我来做挡箭牌？那可别扯上我哈。"王细妹一边狐疑地问道，一边夹起一只大鸡腿往玉刚的碗里放。

罗天一只在一旁嘿嘿笑着，也不辩解，他大概也记起了曾经的诺言。

玉刚便向王细妹讲起了当年罗天一在婚礼上承诺的"陪酒"约定。

"我嘛，就是为了证明自己很在意我们之间的兄弟情谊，并没有忘记当初的青春岁月。"玉刚举着酒杯不放，继续伸向王细妹。"嫂子，你真得陪我喝一个，要不我天一哥心里这道路坎一定过不去的。他不能做个言而无信的人——天一哥，你说对吗？"然后眼睛盯着罗天一，等他回答。

"对对对，叫你嫂子陪你喝，她喝得的。"罗天一终于开口了。他是没想到，事隔这么多年，玉刚还能较了真。倒不是自己小家子气。

"喝就喝，玉刚老弟，来，我和你先干了这杯。"听罢端详的王细妹，心里开阔起来，端起酒杯举与玉刚对面一碰，摆开"三碗不过岗"的女汉子架势。看来这些年在外打拼，把酒量也打拼出来了。

玉刚和王细妹连干了三杯，才回过头来与罗天一碰杯，杯里的酒却没有动。

玉刚手握着酒杯，眼睛在罗天一和王细妹两个的脸上扫过来扫过去，然后觍着脸问罗天一："天一哥，嫉妒吧？没和你喝，这杯还是阿嫂的！"然后冲着王细妹，一仰脖子，酒下了喉。弄得罗天一端着酒杯喝也不是不喝也不是。

"玩你呢，阿嫂亲，兄弟当然也亲啦。来，走一个。"玉刚给自己的杯子倒上,然后与罗天一的酒杯咣地一碰。

扯得差不多了,罗天一才说起想在长安买房的正事来。

"玉刚,你看你都回坡尾来发展了,你阿嫂却还心心念念想在长安买房子。主要也是考虑到我们还能够在外面打拼多久,说实话如今在外面挣点钱也不容易,打算在长安买套房子,是不想你侄儿将来没地方读书升学。但我们也不懂怎么弄,想听听你的高见,帮忙参谋参谋。"

"你们要在长安买房?好事啊。"

没想到玉刚也赞成罗天一把房子买到长安,还说家里的房子等以后有了钱再整改,实在没钱,就这样住着也未尝不可。

玉刚给罗天一在长安买房提了两点建议:一是要选择相对成熟的小区,周边的配套功能要尽量齐全,这样方便日常生活;一是要选择优质的学区房,这对于小孩子从幼儿园到上小学、上初中、上高中都有很大的好处,不是学区房,你有钱找关系,孩子都不一定上得了理想的学校,是学区房人家没有理由不接受。还有就是这样的房子升值也快,即便将来不想住了要出卖,也很容易脱手,还能卖个好价钱。

"我这可是掏心掏肺的话。当然,主意得你们自己拿定。"

罗天一一边竖着耳朵认真听,一边不住地点头。玉刚的话让他茅塞顿开,当即表示一定按照玉刚的建议,先到长安去探楼盘。

说完了罗天一家买房子的事,轮到说玉刚的事了。

"玉刚,你回来种金桔有两三年了吧?"

"是啊,都三年多快四年了。"

"我看得出来,你的事其实还没有真正做起来。"

"说说看?"玉刚没想到,罗天一还真能戳到他的心窝子。他的事的确还只是起了个小小的头儿,远远没有达到自己的目标呢。

"你舍了大好前程回来,一定有比那个大好前程还要远大的目标。"

"这还用你讲？我又不是癫仔，也没吃错药。当然有我的目标计划咯。"

"那现在肯定是遇到卡壳了。"

"怎么讲？"

"你的野心大得很，就是想做一个超大的金桔老板，当全融州的金桔老大。"

"胡扯蛋。金桔老大是你想做就能做的？我可不敢有这个野心，将就着就行了。"

"你不是个肯将就的主，打小就不是。要不然也考不了融中，读不了北京的名牌大学。"

"天一哥，你看你，把阿弟我说成什么人了！"

"嘴上不承认，心里老惦记着呢。想做金桔老大才是正道，那个谁说的，不想当元帅的士兵不是好士兵。不过，要想做金桔老大，首先得有个属于自己的超级大果园呀，没有自己的大果园，怎么做？那就是一句空话，没有谱的空中楼阁，肯定不牢靠，我说得没错吧？"

没错没错。罗天一竟然也能给玉刚讲事实摆道理。难得啊。

"可是你现在的果园加起来才有多少地，十亩，二十亩，三十亩？冲顶了吧？"

罗天一点中了玉刚的七寸。

"拢共加起来，十亩都没到呢。"

"我就说嘛——人家黄敢支书家的果园都比你的大多了，就那个傻大憨粗的黄小强都能搞定。"

"人家黄小强也是一把好手嘛！"

"我是说你，你现在是火烧眉毛了——没地来扩大桔园对吧？"罗天一还在为玉刚"号脉"。

"嗨，说到这个份上，我也不好再瞒阿哥你了。的确，我眼下正在为这事发愁呢，你说到哪去弄这么多的地来种嘛。可是，不搞大规模种植，成不了产业，肯定搞不出什么名堂来。"玉刚搔了搔头。

"照我说，其实这事吧，也难，但也不是难到没有办法。搞个长期合同，租地来种，或者和有地的人家联手来种，利益分成，都得。什么方式行得通，就用什么方式来搞，不要太局限。反正你就是要扩张，要做成规模发展嘛。"

没想到，罗天一说起玉刚的事来，还这么一套一套的，在大上海摸爬几年，长了见识，境界也高起来了，看问题也和眼睛瞅着鼻子的以前大不一样。从决定在长安买房到为自己分析形势，罗天一很让玉刚刮目相看。

"玉刚，实不相瞒，我和你阿嫂这几年出外打工，家里的地都丢荒了。你要是不顾忌，就先把我们家的地，还有我老丈人家的地一起盘过去吧，加起来也有十多二十亩了，至于租金，你看着给就行，多少有个意思，主要是我老丈人家的地，给到位就可以。"

"那真是太好了，谢谢天一哥，还有嫂子。"玉刚这回是发自内心的感谢。罗天一的建议给他打开了一扇推云见日的天窗。不仅仅是罗天一答应的二十来亩地，他更看到了乡亲们源源不断的撂荒地，似乎鲫鱼上水一般，正排着长长的队伍，朝自己的超级金桔园聚集拢来。

玉刚瞄准了村民们丢荒的山场和田地。

屯子里，玉刚与韦忠禄迎面相遇。

玉刚与韦忠禄打招呼："早啊，忠禄叔。"

韦忠禄应和着："玉刚早。"

玉刚："忠禄叔，跟你商量个事。"

韦忠禄："什么事，你说。"

玉刚："你家那些荒地现在不种什么，租给我种金桔好吗？"

韦忠禄："想种你拿去，租金800元一亩，三年后涨到1200元。"

玉刚:"能少点不？我现在还没起步呢。"

韦忠禄:"嫌多你去找别个吧，你种金桔也是挣钱发大财。"

寨子里的人家，玉刚挨家走访了个遍。谁家丢荒的山场和田地，能拢过来的就想方设法拢过来，愿意出租的，以每亩每年300元的租金租赁；不愿意出租、自己又无心耕种的，就和户主商量共同经营，户主出土地，他出技术负责种植，资金也由他一人筹集，到时共同偿还，果园出效益后，扣除生产成本，再还借款，然后三七分成。

村上外出打工的人多，年轻人几乎走光了，丢荒的山场和田地自然不少，但是人心复杂：有人想租又嫌租金少，怕万一今后玉刚赚了，自己岂不吃亏？不租嘛，又白白丢荒在那里，一分钱也挣不着；有人想以田地作为股份投资共同经营，这样市场好的话，自己都得赚，可万一要是亏了呢，还不得一起承担？两种想法的人都很犹豫，最主要还是对玉刚的做法心里没底，一时下不了决心。

出了十五，年就过完了，过完年就要准备开春栽种树苗，可玉刚新桔园的土地，除了罗天一和王太清那二十亩地，其他的都还没有着落，拿不到乡亲们的撂荒地，扩建果园的事一时没法弄起来。

玉刚也知道乡亲们的心思，不是不想给地，是算盘没打清楚，或者说还在打着算盘，要吊一吊玉刚的胃口，好从中多得些利益。

玉刚想通过调整租金和分成比例来刺激乡亲们让出土地合作，但前期投资的风险容不得自己乱开口子，也不一定奏效，便有些着急上火。

餐桌前，一家人在闷头吃饭。

蒋世杰手里端着饭碗，眼睛看着玉刚，问道："你那租地的事有着落了吗？"

玉刚叹口气："没有。这两天找了好几家，根本就是坐地起价,不想租给我。"

蒋世杰鼻子一哼:"这些人,有红眼病呢。"

看着玉刚愁眉苦脸的样子,秀梅就给玉刚出点子:"何不找村委会试试?说不定能帮我们解决问题呢。就算解决不了,也没蚀什么本,大不了白费一趟口舌。"

玉刚一拍脑袋:"是啊,我怎么就没想到呢?你说得对,这事必须得找村委会解决,我这就去找黄敢支书。"

可转脸之际玉刚又犯愁了:怎么好向黄敢开这个口?

想当初,玉刚曾在全县培训班和技术交流会上,多次公开点名批过黄敢,虽说当时也是当作案例就事论事,还自我标榜这是"对事不对人",却从没有考虑过被批者的感受,更没想过这被批的对象,还是自己村上素有"金桔大王"之称的老支书,回到老家低头不见抬头见的。更何况老是大会小会地提起"东山乡西塘坳村红蛛虫害事件",技术材料上都白纸黑字地印着全县散发,不对人对什么?

如此扫了"金桔大王"的面子,这事黄敢肯定不能忘记。现在却要去求人家帮忙解决金桔园的土地问题,他能理睬自己吗?

"你怕什么?你现在就是一村民,普通老百姓,他是全村的支书,也是你的父母官,怎么能不理呢?别小肚鸡肠了。"倒是秀梅比自己看得明白些。

"你说得也是啊,他是村上的一把手,他不管谁管!"玉刚放下碗筷,站起身来就要出门去找黄敢。

覃巧莲阴着脸劝玉刚:"讲起风就是雨,好歹吃完饭先。"

玉刚一边往外走一边说:"你们吃,我饱了。"

看着儿子的背影,覃巧莲叹口气:"唉,还是这么毛糙这么倔,吃个饭都不能安然。"

秀梅开导着覃巧莲:"妈,你就随他去呗,这事没落实好,他没心思吃饭的。"

覃巧莲夹起一块肉往秀梅碗里放:"秀,你多吃点。"

秀梅望一眼覃巧莲，笑着说："谢谢妈！"

玉刚哼着小曲出门，准备去村委会找村支书黄敢，临走还不忘从买给父亲的那条"蓝真龙"里抠出一包揣进衣兜。

秀梅想起玉刚曾经与黄敢的"过节"，怕他说话磨不开，又追出门去，再三叮嘱他："我们是去求人家帮忙解决问题，千万别犟，好好和书记说说情，可能管用些。"

"知道知道。"玉刚答应着，然后趁机在秀梅好看的脸上深深地"啄"了一口，表示"谢意"。

太阳正当午，刚刚修整过的田埂被阳光照得锃亮，小径两旁的金桔林，在微风中轻轻摆动着碧绿的叶子，不少树上还挂着稀疏的尾果，透出点点金黄，仿佛张望的眼，掩不住迎春的兴奋。

玉刚走在田埂上，一股暖融融的风从额头轻轻拂过，有些诗意的痒痒，心里豁然开朗起来，多少天笼罩在心头的愁云，一下子被迎面吹来的微风一扫而光了。

还没走到村委会，就见到了黄敢。

黄敢在自家的果园里给金桔树整枝，他最近有点忙不过来，儿子小强新买了辆小货柜车，正在驾校学车准备考驾照，果园的事一下全撂给了黄敢，他得赶在开春前把二十多亩金桔全部打理清楚，好腾出空来处理村里的事务。

"书记，忙啊？"

玉刚站在田埂边上，不知是下到园里再凑近些好还是就此止步好，一双手有些不自在地交互摩挲着。他本想套近乎叫声"黄叔"或者"敢叔"，却又不敢轻易造次，怕犯了黄敢的忌，懈怠了对方，虽说乡里乡亲的，按长幼辈分相称显得更加亲近些。不过这些年职场上混过来，玉刚也算是见多识广的人。

黄敢见玉刚来，便停下手中的活路，招呼道："哟，我当是谁呢，远远地见个影子朝这边过来，原来是大专家呀！怎么，今天得空来老叔这里闲逛了？"语气倒是十分亲热。

"书记取笑了，您这个老里手才是真正的专家呢！好多东西，我们年轻人永远学不来的。"玉刚回应道，毕恭毕敬的样子。黄敢捂上耳朵背过身也能掂量得出。

黄敢一边走向在田埂边踯躅的玉刚，继续与他寒暄。他料定玉刚一定有要紧的事。打从玉刚辞职回来，平时还真难得一见这个心高气傲的人物主动来找过自己。

玉刚搓搓手，从衣袋里掏出那包蓝龙烟来，抽出一支递过去："抽烟，书记。"

黄敢接过烟，放在眼睛前端详了一下，然后叼在嘴巴上，两个手在胸前口袋处摸索着找打火机。

玉刚掏出打火机来，凑近去给黄敢点烟，点了几回才点上。

玉刚自己也顺便给自己点上一支——平时是不抽烟的，因为秀梅不喜欢烟草的味道，结婚以后就彻底戒了。现在心里不落妥，正好找个机会解散解散。

玉刚重重地吐出第一口烟来，居然呛到了喉咙，久离这玩意儿，还真有点不太适应。

"瞧瞧，呛成这样，怕是我那侄媳妇管得严格，不习惯了吧？"黄敢将烟吞到了肚子里，过一会儿，从两个鼻孔徐徐喷出，如丝如缕，有些云雾缭绕的气象。夹烟的两个手指仿佛两根特制的掉色铜条，黄黄的，一看就是个资深的烟民。

"没有呢，您侄媳妇倒是不管的，是我自己早戒了，原本我就不大会抽嘛。"玉刚为自己辩解，也顺带为秀梅正名。

"过田埂这边来吧，这边背风暖和点，好说话。"黄敢再吞一口烟，示意玉刚拢近些。

"书记——噢，敢叔，干脆这包烟您都帮抽了吧，搁在我口袋里还真是浪费了。"玉刚憋红着脸，将那包"蓝真龙"重新掏出来递上，有些腼腆，有些踌躇，有些小小的忐忑。他不能肯定，自己这个动作表示着什么，又蕴含了怎样的意味。面对这样的动作，支书黄敢又会是什么反应。

"你不抽，留给你爸抽嘛，我这有呢。"黄敢嘴上说着，左手拍拍自己的衣袋，衣袋半鼓着，里面确实是有烟的。

黄敢拍衣袋的同时，却又伸手将玉刚递过去的整包烟接了。老实说，自己平常也很少买这么贵的烟来抽，50元一包那真是烧钱呢！倒也不是没钱买，农民本色，多少有点不舍得。再者不是还得注意公众形象嘛，作为村上的一把手，不能脱离了群众搞特殊化，虽说买烟都是自己的钱，没人干涉得了，但群众的眼睛可是雪亮的，会看不惯，会背后说三道四，认为你耍排场，说不定还会冒出别的过分想法来，天晓得。红黑都是出烟，嘴巴里进去鼻孔中出来，牌子过得去就行了，也没什么太讲究。

"我爸这个人您知道的，他不爱抽这个，他还是喜欢卷他的纸喇叭，咕噜他的水烟筒，改不了，嫌这个没劲道不倒瘾。"玉刚这话说得撇脱，却是有些言不由衷，前些时候孝敬给父亲的那条"蓝真龙"，不照样被他笑纳了，还夸说这烟丝黄爽纯正，味道也蛮将就呢，只是老人家不了解，一条"蓝真龙"足足花了他儿子5张老人头。要是被他晓得了，那还不得吐黑血？

"你们父子两个，别的性格都差不多，就这点你可没接好你爸的班。你爸是个老烟杆，你却抽不来。不过这也好，省钱省事还省心，可以多给媳妇花点银子，女子嘛，花钱的地方多呢。不过，也别薄待了你娘，该孝敬也得多孝敬，什么补品好，也买点给她，年纪大了身体弱，得补补。"

黄敢一边说一边把烟塞到衣兜里，再拿眼剜一下玉刚。

"嗯，敢叔说的是。"

"闲谈莫扯了，说吧大侄子，找你敢叔什么事，知道你是无事不登三宝殿的。你看我这烟都收了，你但管说，别藏着掖着不好张口。不过我声明在先，这可不是受你的贿赂噢。"

黄敢又干咳两声，露出两排烟熏火燎的大板牙来。

"敢叔说笑呢，干脆甩您侄子两个巴掌，半包烟也叫贿赂，那恐怕天下真不太平了。不过，叔，说有事还真是有事来找您，逃不过您的火眼金睛呢。"玉刚一直提着的心放了下来，眼前的村支书黄敢,宽厚热情,并没有来之前预想的冷漠。

"有事说事,别磨叽,叔为你把把脉参考参考。"黄敢要的就是这个效果。你小子也终于知道低头走路了,真以为这辈子就会抬头观天呢。

"叔,是这样,您看我回村里来也有三年多了,回来的目的您也晓得,就是想在种金桔上搞出点名堂。记得您曾经说过,老祖宗留下来的基业,不能丢,得发扬光大。我一直有个想法,先把村上周边屯乡亲们丢荒的山场田地尽量拢起来种上新品的滑皮金桔,互利互惠。资金呢由我来想办法,银行那边也落实得差不多了。可是乡亲们响应不够积极,这地一时拢不过来,所以想请您帮忙支个招。您是书记,大家信任您,一定肯听您的。"

玉刚本来想对当初让支书出糗的事当面道个歉,他知道黄敢很看重面子,可回来这么久,一直没找到合适的机会,现在机会来了,当着面反倒说不出口,觉得再翻出那些陈谷子烂芝麻未免俗气,显得自己小心眼太势利,甚或又有什么不良企图,黄敢心里也未必就敞亮,弄不好还会看扁自己。

那就来个心照不宣,干脆不说。

不过仔细想想,那事当时自己也确实做得不够妥当,本来大可不必指名道名姓的,随便提个案例笼统分析一番就行了,却偏要一竿子撸到底,明着得罪人,都是自己年轻气盛不懂世故没有城府。现在反过来求人家帮忙,这口头没有说出来的道歉,心里更有个"愧"字消弭不去。

还有,这些年黄敢费尽心思培养的金桔种植户反过来找玉刚讨秘诀求方法,有些甚至按照玉刚的建议砍了油皮金桔改种滑皮金桔,这事倒应该趁此机会敞开来说道说道,表明自己给乡亲们传授新技术,纯粹是出于一片好心,帮助他们一起把金桔种好,多得些收成,绝不是他玉刚心怀不轨收买人心给书记脸上抹黑。他也曾跟前来向自己学技术的果农说得很清楚,在西塘坳村,只有支书黄敢才是他们的致富领头人,才是他们种金桔的嫡传师傅。

　　关于这一点，玉刚倒是很想向黄敢解释清楚，天地良心，自己绝没有拉竿子立山头的意思。

　　黄敢倒不觉得玉刚亏欠自己什么，反面教材那事儿虽然没忘，心里也梗着个疙瘩在那里，但也早已释然——翻篇了。年轻人嘛，意气用事，难免说些过头话做些过头事，伤害无辜有时也是不由自主，情有可原。真没什么计较的，谁没年轻过啊！这点胸襟都没有的话，还做什么西塘坳村的领路人，怎么领导全村百姓脱贫致富奔小康？

　　至于种植户们找玉刚学技术学经验，玉刚能够把自己的技术毫不保留地传授给他们，这是求之不得的大好事，自己高兴都来不及呢！集思广益，经验分享，大家都把金桔种好了，人人心里亮堂，他这个做村支书的，脸上岂不更加有光！村民收入提高了，老百姓乐呵了，怎么着也算是一方政绩吧？人不能心眼太小，尤其做领导，一定得有大度量、大格局、大气概，针鼻子心眼做不成大事，当不好村里这个一把手，早晚得被群众赶下台。

　　说起对玉刚辞职回家种金桔这件事的看法和态度，其实从一开始黄敢就没有太多的褒贬。年轻人思想活，有选择的自由。只是当初静下来想想，不免有点惋惜：村里出个名牌大学生也不容易，大好前途说不要就不要了，不是犯二也有点犯二之嫌。种杉木、种油茶、种罗汉果、种金桔，或是种五香八角、香菇灵芝，这都是面朝黄土背朝天的乡亲们的天职和本分，你一个书生家家干部坯子、吃公家饭的人，大可不必丢了手中的金饭碗，硬要来凑这份热闹赶这个场子。往大了说，对村里也是一种资源损失。俗话说得好，朝中有人好办事，你在官场出息了，不定哪天就能帮上村里什么忙。现在倒好，未老先还乡，扶不上墙的稀泥巴，还能指望什么呢？

　　不过现在看来，想法真的偏颇了，人各有志，路都是自己走出来的，年轻人的选择也不是没有道理，照这个趋势发展，说不定还真能"柳暗花明"闯出一条新路子来。

至于村民们山场田地丢荒的事,作为村里的一把手,黄敢也是深感责任重大。这个问题不解决,总是一块没医好的心病。外出打工的年轻人长年累月不着村,留守在家的尽是些老弱病残幼,山场田地自然没人打理,零零星星的也不知道如何处置。再者,田地在村民的手里,是种是撂荒都得看户主造化,也强迫不来。

既然玉刚有心出来承揽,当然再好不过。若是弄成了,也正好为村里解决田地丢荒的难题,不只是双赢。

"这事啊。我最近也在为村里山场田地丢荒犯愁呢,你既然找来了,正好和你探讨探讨,真要解决好了,也算你为村里立下一件大功德,那我这个当支书的,还得好好感谢你呢。"黄敢吧嗒着连吸了几口闷烟,再一溜吐出来,有些如释重负的意味。

"其实吧,我种好了,还可以带动一大批乡亲,将来,那些荒田畲地都会成为来钱的黄金宝地。"没想到黄敢这么爽快答应帮忙,玉刚有点喜不自胜。

"你说的这话正对我的板。那你心里看中了哪些人家的田地?说来听听。"

"也没有具体的人家,反正就是坡尾、桐木寨、古坡这几个相邻的寨子吧。谁家的都有行,能连片最好,不能连片相近点也行。"

"这样吧,明天上午我组织村干部开个会,把这几个屯的组长们也叫上,专门讨论一下你这个事,看怎么帮你落实。到时候你也过来参加,把你的计划和大家好好说说。"黄敢在心里对玉刚的那点惋惜,不知不觉间没了踪影,甚至有了些些的欣赏。至少在回耕丢荒地种植金桔这件事上,他与玉刚的心算是扭到了一起。

村干班子会当然没有问题,黄敢是班子的灵魂和核心,他的提议大家都赞成。

村委班子专门会议后，黄敢和几个村干部、屯小组长分头出面做村民的工作，由村委会担保，为玉刚落实了四十亩坡地、二十八亩水田，都是从村民的撂荒地中一亩、几分地收集拢来，另外还有一处面积足有二十来亩的公共荒坡，也以村委会的名义承租给了玉刚。这样七拼八凑加起来，总共有了九十来亩，动员之前就由村委领导们摸底甄选过，尽管不是十分集中，但基本还是能够相连成片。加上罗天一家的、自家原有的，总数达到了一百二十亩，好歹也算初具规模了。

玉刚与一家一户签订合同，对黄敢和村干部们千恩万谢："要是没有书记和村委会帮助，还不知这桔园的地在哪里呢。"

黄敢把脸一沉："别跟我整这些没用的，有种你先把这些田地给我盘活来种好了，变成村里的样板金桔园，让大家都看到希望和奔头。你也知道的，村上现在多少双眼睛都在盯着你。"

玉刚与秀梅开始在地里忙活。土地取样、送检分析，然后请人开垦翻耕、开挖定植坑和排水沟……样样有条不紊。

一块块的撂荒地被重新开垦出来，翻新的土地上，玉刚与秀梅在用皮尺拉线定距，每个定植穴都用石灰画好标准线。

玉刚一边画线一边对地里忙碌的人们强调标准要求："像这样平缓的坡地或耕田，金桔栽培的标准间距为株距中对中三米五，行距中对中四米五，每个定植坑穴深、长宽各八十厘米，一定不能马虎。"

"放心吧蒋老板，保准你满意。"民工们按照玉刚的要求，作业一丝不苟——他们得按照标准验收合格，才能结账领票子。

秀梅拿着小卷尺在对着一排一排挖好的定植坑进行宽、深测量。

然后是施放基肥、树苗移栽。

玉刚、秀梅与十来个民工"一"字排开，正在按玉刚的要求栽种金桔树苗。在他们的前面是一排一排挖好的定植坑，坑底已经放好了绿基肥。

玉刚一手扶着一蔸金桔树苗，给大家示范："每一道工序都要做到位，记住底部绿肥压至五十厘米深，再回填土至四十厘米高，然后栽植；栽植时将苗木的根系适度修剪后放入定植穴中央，舒展根系，扶正，边填土边轻轻向上提苗、踏实，使根系与土壤密接。浇足定根水，在树苗周围做上一米的树盘，施放颗粒复混肥，再用糠壳覆盖……"

看着栽好的一丘丘金桔地，排列得像阅兵式上齐整的方阵，挥汗如雨的玉刚与秀梅相视一笑，脸上写满了幸福的喜悦和憧憬。

十四、九八佬

桔园扩张成功，全部栽上了玉刚亲自选育的滑皮金桔新品种。

但新桔园前三年都是贴本的营生，除了整地种植需要花钱请机械和劳力，施肥除虫都需要一定的资金。最关键的是，地里还没有一点儿出产，每年都得往地里砸银子，还不是一笔小数目。

玉刚以果园抵押贷款，但每月的利息还是要交的。

刚刚创业的玉刚，家底尚不丰厚，也开始有些发愁，这是眼下必须渡过的难关。

玉刚甚至找黄小强私下借贷，当然，这得比银行利息稍微高点。

这些年来，黄小强接下黄敢的担子，用心经营金桔园，也赚了不少的钱，不仅重新翻修了房子，还买了两辆车，一辆小厢车用来装运金桔，一辆宝骏560专座，手头还有数目可观的余钱。这余钱他就拿一部分悄悄投资搞借贷，当然投资借贷这事对黄敢瞒得铁梆紧，半点儿也不敢让他知道，哪怕再来钱，这生意是绝对不允许的，有风险不说，关键他是一村的书记，岂能用这种违规的手段去赚乡亲们的血汗钱？不过黄小强就不同了，心里没有这样的顾虑，你情我愿，有借有还，只是利息稍微高一点儿，但也没有超过银行利息的四倍，远在政策范围之内呢，不像那些放高利贷的地下钱庄，五倍六倍甚至七八倍都敢收，那才叫黑心！小强不让黄敢知道，一来撇清了关系，二来是不想与黄敢发生不必要的冲突。

扩张的果园没投产之前，秀梅就想在销售这块先把业务撑起来，金桔电商平台得尽快完善，要为将来的市场拓展提前做好铺排布局。

做电商要收果，收果得和九八佬们打交道，光靠自己还不行。

其实不光是电商离不开九八佬，传统果商也一样离不开九八佬，种植金桔的农户们更是离不开九八佬。

九八佬就是收了卖家的货再转手给买家，从中间赚差价，他们做的中间生意就叫"炒九八"，稍带贬谪调侃的味道，实际上就是二道贩子。这年月想做生意，不依靠这些个中间商还真难办，九八佬赚了点差价，却也为双方省了不少精力。

九八佬有办法，他们多半有自己的运输车，或者可以租借人家的车子，到金桔地里现看现收，挑最好的果子要，价钱却压到让人跳脚喊娘，还得按他们给出的规格标准采摘好分级挑选好，用箩筐挑着送到公路边指定的地方验货装车，要不然就按统货压到最低价。大把的人排着队等着相求呢，你爱卖不卖！就这样还有好多人受了冤枉，果子挑到货车旁边，只等过秤了，九八佬斜眼一看：果品等级不合要求，或者今天已经收够数量，你这货要不了了。不要就是不要，任凭你求娘告爷也没用，白白忙活一天，最后只得转挑回去。

九八佬是绝不肯做亏本买卖的，他们简直就是生意场中的黑把头，又精怪又心狠，不仅把金桔价格掐得死死的，还要压果品的等级，明明按二等果标准选的果，九八佬眼珠子一骨碌，你这果没选好，只能按三等果收，卖不卖？不卖挑到一边去。

哪能不卖呢，哑巴亏也得吃。

九八佬不仅打压果品等级，还要霸蛮吃秤头，小斗出大斗进不是地主刘文彩的发明专利，九八佬的秤有几个秤砣，用来收购的秤砣比标准的秤砣要重得多，你说这两个箩筐在家称过了，一百二十斤秤杆子指天，旺旺的，九八佬不耐烦了：你自己看看，一百斤还嗦秤砣，要砸脚趾呢。怎么理论，你又没带秤到现场来，就是带来了，人家也不会认你的秤呀，人家做生意难不成还要到处拿着你的秤走？笑话！

还有可气的呢，九八佬收货不会给你现钱，至少不会全部给现钱，得扣下大部分金桔款，要等他们收的货处理完，钱全部拿到手了，再来和桔农们一家一家结算金桔款。甚至还有耍赖的，说这回收你们这批果卖亏了，损失得大家一起承担，原本定好的货款又要扣掉一笔。由不得你不同意，明年还得仰仗这帮神通广大的九八佬照顾卖果呢。

最可气的是碰上市场不景气，这些九八佬连收都不来收，果子只好成片烂在地里沤肥料。

这就是前些年的传统金桔市场。

如今电商时代了，九八佬与时俱进顺应市场变化，一样在市场上翻手为云覆手为雨，活跃得很。

不知从什么时候起，冷清的金桔电商已经在融州悄然遍地开花。融州有影响的电商大户，什么桔乡人、果蔬兄弟、金桔姐妹、果匠世家，八成货源依赖的就是九八佬，还有那些卖了几十年金桔的传统商家，依旧还得仰仗九八佬帮收果揽货。

没办法，九八佬都是本乡本土的"老脚鱼"——成了精的老鳖，哪村哪寨哪一家种了多少、什么品种、成熟时间、果品质量和数量，他们都掌握得一清二楚，这是他们的拿手好戏，他们长年累月地走村串寨，像鹭鸶瞅蛇般在各家的金桔园里"打野眼"，相比其他人员对金桔种植的了解，那是占着绝对的优势。他们在收果揽货中往往抢得别人无法企及的先机。

九八佬不愧是九八佬，在村头就能看到他们的广告，"大量收购油皮金桔、滑皮金桔"，一张纸上的联系电话写了两三个。村子里的金桔基本被他们垄断了，要是不通过他们，别人根本就没法挤进来。他们做了多年金桔生意，手里攥着大量收购商的电话，也是农户们普遍认为靠谱的卖货对象。有些九八佬甚至比农户们更知道他们家果园的种植情况，比电商更了解水果生鲜的打包要求和标准。往往，果商们急着发货的时候，农户不一定买账，但九八佬出马一准就行，算得上称霸一方了。电商们的店铺若是上了新活动，或者直播爆发，只要一个电话，九八佬们便立马能给安排上货，当晚就送进城里。

一个九八佬往往对应着许多的果商，他们也讲究利益的最大化，这是市场经济给他们带来的便利，谁出的价钱高，他就帮谁收果。然后又在果农那边拼了命地把果品的价格压到最低。这些年来，但凡有点头脑的九八佬，也是一个个赚得盆满钵满，熬成了一方人物，好不恣意。王财军、吴四狗、韦方龙、刘明月，这些九八佬，哪个不是开着奥迪、丰田去收果的，也算是狂得可以了。

收果基本靠抢，当然是指那些品质上乘的好果，俗话说好女不愁嫁汉，果农与九八佬都是一样的心理，哪家出的价高就卖给哪家，这也是市场的规律。

每年秋天，金桔尚未成熟，众多果商电商便纷纷涌入融州，在融州驻地蹲守，哪家的果子熟了，就聚集到哪家，他们只有一个目的——抢到最优质的融州金桔。

靠本事吃饭自然是下了功夫，金桔一上市，九八佬就要过上白天进山、晚上出山的日子，安排、调度，帮服务的客户抢果，帮自己抢钱。

"我白天就在山上转，每天要和他们聊天，打交道嘛，要不然怎么给人家老板出货？这两年金桔没有卖不出去的，过段时间再来就空山啦。"九八佬吴四狗说这话时一脸的嘚瑟。

奇货可居的时候，他们甚至使弄阴招，给出更高的价钱，让果农提前采摘。谁都明白提前上市的水果可以占据首发优势，对于本就稀缺的滑皮金桔来说，提前上市就意味着更大的收益，果农们自然欢喜，在金桔还没成熟时就开始采摘，外表还是全青色就装箱收走，金桔的色泽、甜度、化渣程度还远远不够，送到消费者的手里时品质就会大打折扣。

为了抢先上市，在九八佬的怂恿下，个别果农甚至会过量使用催熟剂和膨大剂，他们明知道这样做会对金桔的品质、口感以及后续的成熟上市产生影响，但利益驱动，也就顾不得许多了。

秀梅的电商平台桔乡汇直接建在了坡尾屯，是真正的农村电商，全融州县就数她一家。她也得仰仗这些见钱眼开的九八佬帮忙收果。

在金桔成熟之前，秀梅先后到柳州、南宁等地挑选物流公司，以确保最快的速度、最安全的运输。在水果的品质控制上，她也毫不马虎。她对与自己合作的九八佬们明确规定，一不得提前采收尚未成熟的青果，二不得收购催熟的果子，三不得收购打了膨大剂的果子。

可是市场紧俏，果商们抢果都抢疯了，九八佬们以能抢到果子为最大目标，哪还管得你那么多的规矩，爱要不要！

"吴老板，帮我收点特果和一级果啊。"秀梅打电话给忙得满世界乱钻的九八佬吴四狗，声音亲热甜润。

可吴四狗不吃这糖衣炮弹，想都没想便一口回绝了："对不住老板娘，你那条件太高，我收不了货，找别个吧。"

"韦老板，你那有好果帮我收点过来？"秀梅又给韦方龙打电话。

"我这收的每一颗都是好果呢，可惜没符合王老板的要求啊。等我收到有你要的果子再说好咩？"韦方龙不仅没帮收果，还顺带揶揄了秀梅一番。

这把人给气的!

秀梅本想加高价钱自己亲自向乡亲们收果,奈何一来没足够的现金,二则自己的电商平台就在屯子里,像个小杂货铺子,说穿了人家还是不太看得上。这不比玉刚种金桔,技术摆在那里,让人信服。

结果,前半个收果季,秀梅只能眼睁睁地看着九八佬们给别的果商抢果,加上资金周转不顺畅,自己根本收不到什么货,好在自家还有几亩果园,基本上就靠自产自销了。

然而好事多磨,偏偏在包装和运输上又出了问题。

当时秀梅除了自己开网店直接卖,大多数的果子还得依托别的大经销商出售。秀梅通过原来在南宁的同事,七拐八弯地找到了一家果商,双方以货到验收合格付款签订了意向合作合同。秀梅第一批货共发出去近20吨金桔,这近20吨金桔有小半是自家桔园的,有大半是黄石砣、韦光辉及玉刚大伯蒋世财家的,他们因为和玉刚连着的这层关系,碍于面子才勉强同意把自家的果子让给秀梅,并且答应卖完后再结算兑现,条件是价格比其他九八佬来收的同等货每斤多出两毛钱。货发出去后也顺利到了对方的仓库,以为很稳妥了,可对方反馈信息过来说,货运到南宁时,一开箱验货,简直惨不忍睹,竟然有60%出现不同程度的损伤,果跟果之间造成挤压,然后出现水印甚至破损,给合作经销商的第一印象非常不好,一开始就这个样子,根本没有合作下去的念想,当即就知会秀梅:合同取消,拉来的这车货,要么按原价的40%结算,要么退回去自己处理。

合作商发了图片和视频给秀梅,还有运输的司机从旁见证。秀梅无话可说,只得同意以原定价格的40%结算。这一批金桔不仅没赚到,反而倒亏了四万多元,好在合作商还讲点仁义,要是对方不肯结算,那就更加亏大发了。

做生意讲究公平诚信,卖水果就是卖品质和新鲜,顾客买你的果，本来就是图你的优质和新鲜，价钱倒在其次。你倒好，直接发来一批烂果子做见面礼，简直有违商道的基本法则。你不亏谁亏？

"本来都是好好的果子——"特别讲究果品质量的秀梅，偏偏跌在了质量的刀口上。

自己家的亏就亏了，大伯和黄石砣、韦光辉家的钱可是一分都不能少，一口唾沫就是一颗钉子，这人得讲信用。

那段时间，秀梅就像霜打了的茄子，无精打采，不仅赔掉了自己的体己积蓄，还为难玉刚又多了一份借贷。

好事不出门，坏事传千里。一时间秀梅卖果"砸自家牌子"成为村里人笑话的把柄，人们当面背后地拿话戳她：

"看看，读书有什么用，出国留学有什么用，还不如大字认不得半箩筐的九八佬会划算！玉刚娶的还不是个秀花枕头，光好看不中用。"

前期收不到好果子卖，好不容易收得一点儿，结果又搞砸了，到了后期自家剩余的两三亩的果子更是卖不动，没人要了。真是贩盐盐贵、贩米米贵，老天爷捉弄人啊！

因为不肯从青果开摘卖起，行情也没摸透。刚开市那阵，果商们卖疯的时候，秀梅却因为第一批果出问题亏了老本。盘算着后面的果要怎样吸取教训，改善包装，再找别的合作商推销出去，应该也还不难，自家果品的质量是挂在树上，明眼人都能看得见的。再不济就算交给九八佬，也能扳回小局。

然而，接下来的形势却更是愁云惨淡。

因为果商之间的恶性竞争，九八佬把持货源漫天哄抬价格，加上市场监控不到位，好端端的金桔市场全乱了套，导致价格虚高，行销滞后，很多货屯在仓库卖不出。最后，鲫鱼过江的外地果商，终于顶不住压力，纷纷不宣而退，瞬间从融州金桔市场来个胜利大逃亡，集体举了白旗。财大气粗的外地果商坚持不住，本地果商更是难以支撑。兀自膨胀的九八佬们，没料到外地果商会自断其尾，咬牙放弃融州市场，也是一招阴狠。一时间红红火火的金桔市场突然间冷清下来。九八佬原先给了定金的果园，只得违约不要了，本想吊高价的果农，不久前来看果的商家一个接一个，这下再没一个人来问津，整日徘徊在桔园里兀自抹眼泪，一年的指望泡汤了！

九八佬聪明反被聪明误，果农们眼睛瞅着鼻子过分贪利，算是搬起石头砸了自己的脚！

外地果商销声匿迹后，呼风唤雨的九八佬大多回家刨红薯去了，这些聪明的投机分子，暂时蛰伏起来，在暗中筹划或静待着下一轮喜从天降的好时机，什么时候时机再来，他们心里再没有底。但不管多长的时间，他们总有耐性。

无可奈何的秀梅，本想帮玉刚缓解点压力，结果事与愿违，前面卖亏了后面卖不出，反让玉刚落雨背稻草——越背越重，很是过意不去。晚上睡觉的时候，猫在玉刚的臂弯里直哭鼻子。

"没事，不就万把斤金桔嘛，我保准让那帮九八佬统统替我收了。至于前面的亏损，就算买了个教训，往后再也不会犯了，吃一堑，长一智，你说是不是？我们的大事业还在后面呢。"

玉刚还真的说到做到了，没过多少天，九八佬韦方龙便急忙着慌地打电话给玉刚：

"蒋老板，明早上六点到你家果园收果，帮找二十来个摘果的，工价三毛五一斤，不能磨叽，得一天摘完收工。"

"行，人我帮你找好，到时你验货给钱我，人工钱你自己另外支付。"玉刚答应着。

"那就这样说定了。明早见。"

"好咧。我等着，来我家吃早饭哈。"

玉刚挂断电话，立即招呼在网上发呆的秀梅：

"快快快，赶紧到村子里去找人，要二十个，明天清早到我们家果园摘果，工价按往时的行价，三毛五一斤，当场兑现。"

第二天，韦方龙果然开了辆货柜车来到坡尾屯，请人将玉刚家桔园里剩下的最后一批熟透的金桔全部摘下来拉走了。

看着已经清场的金桔园，再望着韦方龙的货柜车远去的影子，秀梅疑惑地问玉刚：

"你说，这韦方龙凭什么能耐去卖这一车满满的金桔？眼下融州金桔的名声哪里还有市场，果商们躲都躲不及呢！"

"傻瓜蛋，韦方龙是谁？大名远扬的顶级九八佬。世上还有他这种九八佬办不成的事吗？"玉刚伸出手指，在秀梅的鼻子尖上轻轻点了点。

"可是，我还是有些担心，万一他也卖不出去呢？"秀梅总认为这些九八佬个个都不靠谱。融州的金桔市场被搞成现在这个样子，说到底就有他们的一份"功劳"，洗脱不掉的。

玉刚从口袋里掏出一沓厚厚的钞票来，哗哗甩两甩："喏，钱都到你手上了，还有什么好担心的？"

玉刚说罢，拉起秀梅的右手，将钞票塞到秀梅的手里。

秀梅若有所思，但又蒙不清头脑，只好呆望着离去的车影，长长地吁口气。她不知道，原本四元多一斤的上好金桔，韦方龙一元不到就轻易拿走了。

看来玉刚说得没错，这世上真没有九八佬办不成的事。

韦方龙装满金桔的小货柜车并没有往融州方向开，而是朝着相反的福寿驶去。

出了福寿，前面就是金桔卖得正当火热的桂西。

"真是成也九八佬，败也九八佬！"

秀梅从心底涌起这么一句难断褒贬的感慨来。

人们万万没想到，品质优良的"融州金桔"，却在无意之中，以自己的绝对实力成就了原本寂寂无名的"桂西金桔"。

融州金桔市场受阻，是桂西金桔趁机扬名的绝佳时机，最有效最快捷的办法就是"借船出海"，而这艘"船"就是受困的融州金桔。

商场如战场，会做生意的桂西果商们主动出击了，他们指挥着各路九八佬，进军融州，在东山乡走家串户，以收丁丁果的超低价格，收购上好的融州金桔，然后拉往桂西，来个狸猫换太子，统统贴上"桂西金桔"的牌子。嫌便宜不卖？悉听尊便，那就任它继续烂漫在地里做沤肥吧。

融州金桔摇身一变，立马成了品质优良、物美价廉的"桂西金桔"，"桂西金桔"在市场上一时名声大噪，以至于人们只记住了"好吃又便宜"的"桂西金桔"，"融州金桔"反被无情地忽略埋没了，吃客们哪里晓得，这"桂西金桔"实际上做的是挂羊头卖狗肉的买卖。怪谁呢？

"桂西金桔"的名头靠着融州金桔大行其市的时候，蒙在鼓里的融州人终于如梦初醒恍然大悟了！

十五、军令状

秀梅是个很有头脑的女子。她没有白去国外留学，没有白在大都市的大公司里当过市场部经理。她相信，被不良果商、九八佬伙同目光短浅的果农搞乱的融州金桔市场，不可能永远乱下去，自己一时疏忽造成的质量影响更加容易纠正。

秀梅认定了品质决定市场的硬道理，包括产品与服务，融州金桔最终还得依靠自身的品质说话，夺回自己的名誉，并以合理的价格赢回客户、争得市场。

玉梅能想到的，玉刚自然也想得到。

但这得靠大气候。现在大气候不好，得有人出来激浊扬清，为融州金桔重新正名。

新任县委书记程伟走马上任的第一件事，就是和县农业局长龙大为、水果办主任韦明非，同立军令状：

一年之内不把金桔的市场声誉提升上去，不把市场环境改善

十五、军令状

好，不把市场份额夺回来，那就集体辞职，该干嘛干嘛去！

整治的重点在东山乡，融州金桔的发源地与主产地之一，也是融州金桔被黑的重灾区，自毁形象的始作俑者！

程伟把龙大为、韦明非叫到办公室，黑着脸问道："金桔产业对于融州的经济影响，意味着什么，你们知道吗？"

"知道，知道，金桔是我们融州的农业支柱产业，也是融州最具特色的产业，金桔产业发展不好，直接影响到全县的经济发展。"龙大为、韦明非几乎是异口同声地回答。他们心里明白，县委书记主动"接见"自己，定是来者不善，得赔着十分的小心。

他们更知道自己身上担着的责任。

"你们知道就好。魔高一尺道高一丈，对策呢？"程伟紧紧相追。

龙大为、韦明非你看看我，我看看你，都欲言又止。他们摸不清书记是不是在心里有了主意，万一自己说偏了，对不上书记的板，又一顿屌杠事小，要是给书记留下一个不堪任用的印象，那可就麻烦了。两人都还盼望着能在新书记面前讨个好彩呢。

"龙局长，你有什么高招？你可是这一块的顶头上司、把门将军，嗯？"程伟双目炯炯，逼视着局促不安的龙大为。

"办法倒也不是没有，得从源头狠抓。"龙大为努力捕捉着合适的词语和句子。

"别卖关子，照直说，怎么抓吧。"程伟打断龙大为不痛不痒的遣词造句。这马栏里关猫的话，一听就知道像个滑头鬼。

程伟可不是来跟他们猜谜语捉迷藏的！

"一是金桔品质的保障。首先从农业生产资料这块要堵住源头，严格控制农药化肥及膨大剂、催熟剂等物资的购买渠道，实行定点购销与购销登记核查追踪制度，杜绝私家商店无序滥采滥销，做到采购有来源，销售有去向。"龙大为小心地回答着，小眼睛不住地注视着程伟的表情反应。

"明知道这些问题很致命的,当初没有发现吗,为什么不及时处理?"程伟对这个回答显然很不满意。

"其实开始的时候也只是有点苗头。化肥、农药、膨大剂、催熟剂这些生产资料也一直都用着的,主要是这个度,一时没有把握好,个别农户不按标准使用,有点失控。"

"自砸招牌还是个度的问题?这是无度了!别看是个别现象,一粒老鼠屎能坏一锅汤,这道理你们比我还要懂。普通老百姓、无良商家贪图眼前利益,他们没那么高的思想觉悟,可以任性,难道你们这些行政管理部门也要这么放任吗?切实可控是必需的管理手段和管理目标!"

……

"这二呢?"程伟继续追问。

对于融州金桔被"桂西金桔"偷梁换柱抢占市场这件事,程伟是非常气愤的,之前就有过融州竹席被桂西竹席挤出市场的惨痛教训。可是,前车之鉴不仅没有引起警惕,反而还有愈演愈烈之势。论资排辈起来,融州金桔可是桂西金桔的老祖宗了,原本就是从融州传过去的桂西金桔,这架势是要欺师灭祖了。可悲又可气的是,这祖宗却自甘堕落、自取其辱,主动送上门去给人当孙子,把稳稳当当的市场拱手相让。

一些脑筋活络的九八佬猛然醒悟过来:融州金桔原来还可以这样起死回生地卖向财源滚滚的大市场!于是也掉过头来争相为桂西果商在融州在东山乡圈地收果,当然这回他们都学乖了,绝对只收质量合格的果子,对于那些检测不过关的果子,对不起,白送也不收,人家桂西的市场把得可严格了!

一时间,整个东山乡乃至别的乡镇,倒成了"桂西金桔"名副其实的生产基地,融州金桔贴上"桂西金桔"的牌子就畅销无阻,贴上"融州金桔"的牌子人家就是不鸟。多气人!

"第二就是在宣传上要下大力气。融州金桔得为自己正名,不能再让桂西金桔钻空子,要严格禁止融州金桔贴上'桂西金桔'的牌子行销市场。产品地理标志必须明确,融州金桔要依靠自身的质量和价格,打出自己的品牌,彻底打好翻身仗。比如我们可以通过政府组织,举办融州金桔节进行推介,邀请各地果商前来参加。对于金桔定价,则应保持市场理智,吸取教训,严格制订指导方案,不能脱离市场,严防无序竞争、恶性竞争。"

"第三就是改变金桔品种的发展方向,从油皮金桔向品质更优的滑皮金桔倾斜发展。这'桂西金桔'目前还是以油皮金桔为主。滑皮金桔是个新品种,经多年选育已逐渐成熟,果皮鲜艳,橙黄色或橙红色,富有光泽,表皮薄而坚韧,油胞下沉光滑,味道清甜,是很具地方特色的优良品种,有巨大的发展潜力。但推广力度不够,全县种植面积增长比较缓慢,产量不多,在市场上还属于养在深闺人未识的状态。"

"那为什么不大力发展这个新品种?"程伟毫不客气。

"主要是前两年果品品质一直在做进一步改良稳定,未能全面推广,老百姓对滑皮金桔的优越性没有普遍认识。加之油皮金桔又处在畅销季,大多数果农不愿丢了油皮改种滑皮。"水果办主任韦明非抢着回答。

"那现在老百姓就肯改种滑皮了?"程伟继续追问。

"现在油皮受到市场打击,滑皮是个新生事物,品质日趋完善,优越性越来越明显,市场更有前景。有人正在做滑皮金桔的扩种试验,今年应该会有很好的收获。成功了可以全面推广。推广成功又是我县的强项。"韦明非想起了昔日的爱将玉刚。其实,玉刚辞职后,韦明非对他的关注从来没有间断过。

"这人是谁?你说清楚点。"

"噢,就是三年前从水果办辞职的技术员蒋玉刚,现在就在东山乡的老家种金桔呢。他原本是我们县研究滑皮金桔品质改良提升的骨干成员,高才生。"韦明非趁机把辞职回乡的玉刚推了出来。

"那要抓好这个典型,用典型来带动群众。"

"光抓好一个典型肯定不够。一个新品种的推广需要政府的政策鼓励扶持。这才是最关键的。"说到这里，韦明非的胆子变得大了起来。

"好，你们赶紧把扶持政策弄出来。"程伟对龙大为、韦明非敲着桌子边，指示道。

几天后，在韦明非的张罗下，县委书记程伟的专车便开到了东山乡西塘坳村，但并没有直接到村委会，而是先进了坡尾屯，进了玉刚果实累累的金桔园。

同车的有县农业局、水果办的头头龙大为、韦明非。

没有事先通知，当然没有接待准备。这次是真正的田间考察，带有微服私访的性质。临出发前，程伟特意叮嘱龙大为和韦明非，一律不得事先声张。

车子在一片长势良好的金桔地旁边嘎地停下来。程伟示意一起下车看看。

下得车来，迎面是初秋的清风，有些余热未退的爽朗，阵阵淡淡的清香带着泥土的芬芳，透过两旁的金桔树，随风飘扬，直往鼻孔里钻。

这一片全部是改良过的滑皮金桔新品种，墨绿色的果子浑圆均匀，在太阳的照耀下，闪着喜人的绿光，风一吹便微醺般轻轻摇曳起来，仿佛裹着掩藏不住的心事，想要向注视它们的人表达。

"再过两个月，这些金桔就开始成熟了。"龙大为向程伟介绍，这些滑皮金桔成熟后，果品外观口味有别于油皮金桔，极具特色，果皮鲜艳橙黄色或橙红色，富有光泽，表皮薄而坚韧，油胞下沉而光滑，其实现在看起来就很光滑了。黄白色的肉质紧密细嫩，可食率在百分之九十八以上，全果带皮食用甜脆可口，无辛酸辣味，果肉松软化渣，比油皮金桔更耐贮藏和运输。

"这种新品的滑皮金桔，很适合电商推广销售。"韦明非继续介绍。

不远处有人在金桔地里架接铁管支架。

"过去看看。"程伟说着就往前走。

还未到跟前,眼尖的韦明非就认出了一脸黝黑的玉刚。

"玉刚,真是你啊——这么忙?"韦明非朝忙碌的玉刚大声喊道。

几年不见,昔日的麾下爱将、办里的技术台柱,已经变成了一个地道的果农。乍见之下,韦明非心里涌起一种莫名的复杂感慨,当着县委书记程伟的面,一时却不知如何表达。

听到喊声,玉刚放下手中的活路,抬起头来。当他一眼看到老上司就站在自己面前时,有些猝不及防的惊喜,甚至不相信自己的眼睛。

"主任——是您呀,什么风把您给吹来了?"玉刚一面惊呼着走过铁架子,一面走向韦明非等人。

"龙局长好。"玉刚又向龙大为打招呼。

在县里上班的时候,玉刚也曾在多个场合见过这位不苟言笑的龙局长,但直接接触的机会并不多,因此谈不上熟络,打起招呼来不免略显拘谨。

两位领导招呼过了,还剩一位不知道如何称呼。面相有点似曾相识,却想不起来在哪里见过。

"请问这位领导是——"玉刚面露窘色。

韦明非正要向玉刚做郑重介绍,程伟抢先回答道:"我叫程伟,新来的。"

名字分明很耳熟,只是没法对上号。玉刚丈二和尚摸不着头脑,看看程伟,又望向韦明非和龙大为,表情难免尴尬。

其实这也不能怪玉刚,他已经很久没到长安。自打辞职回乡,基本上就猫在坡尾屯,一天到晚捣鼓他的金桔园。外面的世界真是陌生了。

"这是我们新到任的县委程书记。今天特地下来了解你的金桔园。"韦明非赶紧补充介绍。

新来的县委书记，难怪了。

"程书记——惭愧惭愧。"受宠若惊的玉刚顿时手足无措，不知如何是好。县委书记刚刚到任，千头万绪，却还有心来看他的金桔园，这的确是做梦也想不到的。

"听韦主任说，你曾经是水果办的技术骨干，还是县里重点培养的年轻干部？嗯，看起来不错嘛。"程伟开始与玉刚唠起来，很平易近人，和当初找龙大为、韦明非谈话时相比，态度判若两人。

"嗨，那是领导对我的错爱，我本来受不起的。"县委书记这一问，玉刚就有些诚惶诚恐，"是我辜负了领导的期望，愧对领导的栽培，对不起组织的关怀与培养。到头来还是回老家做了一个没出息的果农，让书记见笑。"

玉刚的脸有点热，别别扭扭的好像果蝇虫在爬咬，怪不自在。

"玉刚对于金桔很有一套，早几年前就得过技术专利了。他的金桔保花保果研究成果，使金桔坐果率提高了近百分之二十，对实现金桔高产稳产贡献大着呢！"韦明非不失时机地夸赞着。

"还有这事？"程伟眼睛一亮，欣赏地望着玉刚。

"他这技术一直在全县推广应用。有一句说一句，玉刚在提高全县金桔亩产量方面是立了大功的。"

韦明非极力褒奖昔日的爱将，暗中也多少烘托了自己领导有方，才会取得这样的技术科研成果，福泽广大果农，真正的功莫大焉。

"不值一提，都是过去的老皇历了。"

其实，现在玉刚最想说的，无非是两件事，这个只有县里决策才能真正解决得好：一个是通过制度确保金桔果品安全质量；另一个就是大力发展优质的新品种。

玉刚的想法和龙大为、韦明非向程伟汇报的思路如出一辙。

"玉刚啊，你可不简单，有理想有抱负，敢作敢为。这不，这么大的果园也整出来了,未来的'金桔大王'怕就是你咯。"

程伟还不知道,西塘坳村的党支书黄敢,一直以"金桔大王"名冠东山乡乃至整个融州,玉刚早几年那场"批判",也未能从根本上撼动他"金桔大王"的地位。

"哪里哪里,书记过奖了。我怎么能当得起这样的名头。"玉刚不只是谦虚,更多的则是惶恐。

程伟指着金桔地里的铁管支架,问玉刚:"你这一排一排的铁管架子,看起来不像是灌溉用的吧?有点像打棚子呢。"

"这就是搭塑料棚的支架呢,书记。"玉刚的回答证实了程伟的猜测没有错。

韦明非凑近程伟,告诉他这金桔塑料棚是最近几年才开始倡导的三避技术,确实是个好办法。

金桔进入成熟阶段,也开始了秋去冬来的季节交换,转为寒冷天气。通过"三避技术"为金桔实施避雨、避寒、避晒,防止雨水、霜冻(冰冻)、暴晒等灾害天气对果实的影响,不仅可以提高金桔的品质,同时还能达到调整熟期结构的目的。

除了"三避"功效,塑料大棚还有个实在的作用,就是防止鸟类叮咬成熟的金桔果,减少损失。

现在生态环境好了,成群结队的小鸟盯上了营养丰富、口感绝佳的金桔,成百上千的小鸟偷食队,从早到晚,从东到西,没个停歇,扑棱棱席卷而至,像蝗虫一般落满果园。这些贼精贼灵的美食家,尖嘴特别刁钻,专挑枝头上最当阳最大个最靓色甜美的果子来叮,叮一口就坏掉一颗,会对金桔园造成很大的危害。有了塑料大棚,小鸟们就伤不到里面的果子,只能在外面干瞪眼了。

"这个三避大棚好啊,很值得普及推广嘛。"程伟点头赞许。

"是的,已经列入了金桔栽培技术推广计划。"韦明非解释道。

"那现在的果农们都用上三避大棚了吗?"程伟又询问起来。

"不过,大多数村民还不是很习惯,接受程度较差,嫌麻烦。"韦明非脸上显出无奈的表情。

以前村民们种金桔,那是真正的靠天收获,哪见过搭什么大棚的,很多人到现在还是死脑筋旧观念,都不愿意搞三避技术,总认为那是又费钱又费力,还耽误工夫,不划算。

"玉刚不就做得很好吗?有样学样,没样还看四方呢。这么好的技术、方法,得靠我们去宣传发动,得有人去带动去推广!"程伟对韦明非的抱怨显然很不满意。

"是的,是的。回头我们重点抓一抓这个三避技术的宣传推广。"韦明非点着头。

"不是简单地抓一抓,是要狠抓,要抓好,落实到位,不能水过鸭背。"程伟纠正道。

一直在远处埋头扎支架的秀梅引起了程伟的关注,便转过头关心地问玉刚:"这漂亮妹子是你爱人吧?一起过来说说话?"

玉刚就招呼秀梅停了手中的活路,一起过来听书记的"指示"。

"书记,这小王也不简单噢,还是个留学生呢!"韦明非于是把当年玉刚去王家屯蹲点,蹲回个留学生老婆的故事又给程伟讲述了一遍,讲得秀梅一脸羞红。

"噢,那你们真是天生一对的革命同志啰!"程伟很感兴趣地说道,脸上溢满了欣赏。

程伟本想问秀梅跟着玉刚回到农村的感受,现在看来应该是多余了。一个留学女孩,放着大城市高级白领不做,跑回农村老家鼓捣金桔,那得有多大的胆识和远见?

"秀妹仔,你现在跟着玉刚回他的老家来种金桔,看起来和那些面朝黄土背朝天的村民也没什么区别嘛。你就没有别的想法?"

秀梅脱口而出:"当然有啦。我的目标就是做个农村电商,专门销售自己种植的优良金桔,做出自己的电商品牌。"

"好哇，争取做成我们融州的金桔皇后！现在的农村就需要像你们这样有文化知识、有理想抱负的年轻人来振兴。"

程伟又问秀梅在农村做电商有没有什么困难需要帮忙解决的。

这算是问到秀梅的心坎上了！

秀梅原本是个健谈的人，得了这个机会，好像浪溪河开了堤坝一样，话就滔滔不绝起来。她先是跟程伟分析，如今已经实现了全球经济一体化，未来一定是"互联网+"的新时代，所有的产品流通都离不开互联网，离不开一步到位的电商，农产品的流通销售必定朝着农村电商的方向发展，不仅省时省力、方便快捷，而且可以实现与客户的直接对接，减少对生产销售及顾客不利的中间环节。

秀梅一番"宏论"听得程伟两眼放光。

接下来，秀梅话头一转，却毫不客气地埋怨起来：

"可是书记你看啊，眼下农村电商的运营环境实在是太差了，网络网络不好，相关的互联网基础资源尚未完全覆盖，有些村屯至今还没通车，连交通都解决不到位，农村电子商务的政策也不完善，没有引起政府部门的高度重视。那些知名的电商平台也没有真正渗透广大农村，一直在城市里游离，他们要的农产品，有哪一样不是从农村出去的？不深入农村，不在产品的源头，就接不到地气。其实做农产品电商，迟早得钉在农村这块广阔的天地。"

秀梅的话让程伟触动很深。看来，在一些具体问题的认识上，他和这些成天打着"脱贫攻坚"幌子的属僚，远远不如这个在地里鼓捣金桔的小女人来得实在，来得深刻，来得周全。

程伟回过头交代随行的龙大为和韦明非："听见秀梅说的了吗？回去后赶紧联合经贸、电子商务服务中心、交通、工商、税务，还有其他相关部门，让秀梅姑娘说的这些条件尽快完善起来。路都不通，还谈什么脱贫致富！"

"这不都得按计划来实施嘛，总得有先有后……"龙大为意欲申辩。

程伟不耐烦地打断了龙大为："特别是通屯公路，要一个屯一个屯地统计，然后做出'最后一公里计划'。这是要立军令状的。明年的这个时候，若是还没有通公路的屯，你们就去那个屯蹲着吧，什么时候公路通了什么时候回单位述职。"

龙大为与韦明非被程伟的期限唬得面面相觑。他们已不记得这是第几条该立的军令状了。两人心里有些不服气，这修建通屯公路，他们当然也义不容辞，但工作的主责也不是他们的部门啊！

两个人还想说什么，可是看看程伟的神态，只得都把舌头缩了回去，打消了念想。军令状就军令状吧，也不多这一条呢！

程伟如何不知这修路的事当然不是他们的职责，他这是借题发挥了。但多了这些部门头头脑脑的参与努力，就更多一份胜算。他已经在心里做了安排，就通屯公路的问题，回去之后，他将立即召开财政、交通、公路、民政、农林等部门联席会。

"对了玉刚，你记下我的电话，往后有什么问题和好的建议，可以随时给我打电话——我也等着看到你的成果啊。"

程伟说完，又吩咐龙大为和韦明非："马上通知东山乡主要领导，十点半前赶到西塘坳村部。"

程伟要临时在西塘坳村开个金桔生产调研会。

龙大为说的那两条拯救融州金桔的对策，与玉刚说的意见，可谓不谋而合。那就先在东山乡吹吹风，东山乡是融州金桔的主产区之一，西塘坳村是主产区的核心。东山乡也好，西塘坳村也好，必须在金桔种植和市场销售上脱胎换骨，不打翻身仗绝对不行。

不久，闻讯而动的东山乡主要领导，风一样聚拢到了西塘坳村委会。谁也不知道，是哪股风把新任的县委书记一行吹了过来。

"从现在起,你们给我下到每个村屯实地督查指导,一样一样给我盯牢做实了,最好别再弄出什么幺蛾子来。融州金桔的成败主要在你东山乡,市场是从你东山乡流失的,还得在你东山乡重新赢回来!我丑话说在前头,你们要是做不到,到时就主动把位置腾出来给做得到的人!"

程伟铁青着脸,表情冷酷得令人生畏,在场的人一个个面面相觑,噤若寒蝉。

十六、桔王争霸

一年栽苗,两年打花,三年挂果。

无论如何,首先得把金桔种好了,才可能赢得好的市场。种都种不好,那就别想谈市场,这是王道。

未雨绸缪的玉刚以"纯金"品牌提前为自己的金桔产品注册了商标,开始了他的品牌战略。

自己好说也好办,只要是为了把金桔种好,怎么想就怎么做,而且会千方百计做足做实,一点也不会打折扣。

可是,有什么招数能让乡亲们也都自觉把金桔种好,还能不嫌麻烦心中乐意呢?

玉刚想到了一着妙棋。

程伟当面许诺过玉刚,有任何事情可以随时打电话找他。

玉刚拿起手机,找出程伟的号码,拨了过去。

电话还没拨通,想想不太妥当,又赶紧挂断了。

玉刚到底还是心有顾虑,这样冒昧地给县委书记打电话,会不会有些唐突和不识时务?

或许,书记当时不过是做做样子,一句随口说说的客套话而已,压根儿就没往心里去呢?

或许，日理万机的书记，不知和全县多少基层群众说过与自己一样的话，说不定这也是领导工作中一种亲民的现场作秀也未可知。

"给你一根竹竿，滴溜就顺着往上蹿，呵呵，天真得可以啊！"玉刚突然怀疑自己是不是拿着鸡毛当令箭了，心里有些惴惴不安，甚至后悔刚才一时的冲动。

不一会儿，玉刚的手机响起来，一看来电显示，还真是"程书记"！

"喂，是玉刚吗？我是程伟。"手机的另一端传来亲切的问询。

"您好程书记，我是西塘坳村坡尾屯的蒋玉刚。"玉刚有些哆嗦，语调囵囵，没想到，程书记居然会回拨自己主动挂断的电话。

"我知道，这号码上不是有显示嘛——你有什么要跟我讲的？"

"我……"玉刚嗫嚅着，欲言又止。

"有什么你就直说，不要吞吞吐吐的。"程伟似乎感觉到玉刚的矛盾心理。

"我怕说得不对，书记。"玉刚咬了咬嘴皮子，直到感觉很痛才松开来。

"你说吧，说出来我们一起分析分析。"程伟的语气里充满着鼓励。

"是这样，书记。我们县的金桔节也办了好几年了，效果当然有，但还是不够吸引人，果农直接参与少。我想今年的金桔节能不能增加一个内容？"玉刚试探着小声问道。

"什么内容你说说看。"

"我想提个不成熟的建议，就是挑选一些种得好的金桔进行现场评比，通过现场评比来推出优质金桔，对评选出来的优胜者给予奖励，宣传推广，帮助推销，并在来年的种植管理上进行政策扶持。这样可以刺激大家种好金桔的积极性和自信心，把融州金桔的品牌打出来。"

既然过去的融州金桔已经风光不再，何不来个绝地反击？只要种出来的金桔品种新品质好，宣传到位，让人们重新认识融州金桔，一定能够得赢得消费者的信赖，重新夺回市场的话语权与主动权是完全可行的。毕竟，融州金桔历史悠久，早有盛名。

"现场评比？这个主意听起来不错。就像搞擂台赛，对吧？"程伟兴奋起来。

"对对对，实际上就是金桔擂台赛，书记。"

"干脆就叫'桔王争霸金桔擂台赛'，名字更响亮些。"

"还是书记高瞻远瞩！"

"那你是有具体的操作方案了，对吗？"程伟问道。

"方案倒谈不上，一点儿不成熟的想法而已。"玉刚尽量选择着谦虚的词语，他想做出一种低调的姿态，尽管以常人的眼光来看，他直拨县委书记电话的行为，已经极不低调了。

"这样吧，你先把具体想法整理好发给我，我找相关部门讨论讨论——回头我短信给你个邮箱。"程伟觉得，玉刚这个建议很有价值，通过擂台赛，鼓励果农进行标准化种植，提升金桔品质，打造融州金桔品牌，是个行之有效的好办法、金点子。

跟程伟汇报完，玉刚又想，这事怎么着也得跟村支书黄敢汇报一下，不管县里搞不搞，在村上和乡里也是可以举办的。

"支书，我有个想法跟你汇报，看可行不可行？"

"说吧，什么想法，于公于私，只要合政策，我都支持。"黄敢一如既往地爽脆。

"是这样，我跟县委程书记也提过了，建议在全县搞一个'金桔王'评选的擂台赛，用重奖的方式刺激鼓励村民们重视金桔品质的管控，全面提升金桔的整体质量。程书记说要和有关部门讨论，我想，如果县里条件不成熟，暂时不方便搞的话，我们村上和乡里可不可以先搞起来。"

又是县委程书记，还"金桔王"擂台赛！这小子心够大的！黄敢一听，心里立即犯起了嘀咕。

上次县委程书记来西塘坳，居然神不知鬼不觉背过乡里背过村"两委"，就先下到了他玉刚的金桔地，真是扫尽了乡村两级领导的颜面。为这事，过后乡里王书记和刘乡长都曾打电话指责自己，没能在第一时间汇报程书记"微服视察"的消息，搞得大家很被动很狼狈很难堪。

黄敢自己却哑巴吃黄连百口莫辩。他也不好向玉刚发难，这事也不怪他玉刚，那时的玉刚是无辜的，确实事先不知道。

可现在玉刚背着自己搞了这一出瞒天过海，回头又来向自己讨巧卖乖，这不是要戳他黄敢的心窝子嘛！亏难自己为他的金桔园左操心右协调，费了多少心思帮他落实土地，才有了现在这个样子。

平日里见了，口口声声书记敢叔地叫着，又实诚又恭敬，谁料想……

到底还是没把他这个村支书、多年来的"金桔大王"放在眼里，一句话就直接通了天，事先连通个气都没有。玉刚，年轻人，你能耐，这西塘坳说不定哪天就得你说了算！

黄敢认为这件事玉刚做得太过分，事先没有与他这个村支书通一声气，就直接捅到了县委程书记那里，且不说他现成的"金桔大王"恐将名声不保，更恼火的是，十多年来西塘坳村"两委"牢不可破的权威体系，至此算是被彻底打破了。

这可不是一个好苗头！

闷坐在村委会办公室的黄敢一连猛吞了几口浓烟，胸口有个什么东西硌着，隐隐作痛。

不行，得杀杀这小子的锐气。不然，日后不知还得多张狂。

黄敢想，这个缺少捶打不识好歹的玉刚，不给他点颜色，让他受点挫折、长长记性，哪天尾巴就要翘到天上去，说不定就给村里给自己捅出什么没法收拾的娄子来。而且……而且……这可

十六、桔王争霸

是真正的挑战权威啊！西塘坳村今后到底该是哪个说话算数，谁还能罩得住？

"让县里张罗去吧，我看村里就没这个必要了。"黄敢终于憋出这么一句不咸不淡的话来，算是对玉刚建议的回应。

"要是县里不搞呢？"玉刚还想说动黄敢支书，县里不搞的话，促成乡里搞，乡里实在也不搞，那就村里先搞起来。

县委程书记在电话里也只是说要和有关部门讨论这件事，并没有说一定能搞，但玉刚认定了这绝对是个行之有效的好办法。

可是，在这件事情上，心思缜密的玉刚偏偏忽略了黄敢的感受，犯了村支书的大忌。现在的问题，已经不是办法好与不好的问题。在黄敢看来，关键是玉刚做人的品质问题。

照说，黄敢对玉刚早已摒弃了前嫌，为了他的金桔园扩张，他也算是费了一片心思，不仅专门召开村干部会议帮他筹划，还亲自下寨入户做撂荒地村民的工作，甚至不惜软硬兼施，帮助落实新桔园的土地，摆明了不是一般的支持啊。

为人处世，每个人都有一条不容逾越的底线。看来这回玉刚是碰到黄敢的底线了。

"县里都不搞，村里还搞什么，吃饱了撑得慌！"黄敢没了好声气。

玉刚感觉到平日里热情大度的村支书，对自己的提议怎么表现得如此冷淡，有些百思难解，难道是自己说得不够清楚明白吗？他想当面向黄敢陈述，通过金桔擂台赛来推动乡亲们种好金桔的积极性和自信心，这个办法真的十分可行。

说黄敢不想把全村的金桔品质搞上去，那真是屁话。他晚上睡梦都在琢磨这个问题呢。这两年全村乃至全乡全县的金桔被搞得身败名裂，并非天灾，是完完全全的人祸！人的主观思想不解决，种好金桔的意识不扎根到脑袋里，积极性不充分调动起来，一下子要想让"融州金桔"的名声来个鹞子翻身，不使出一些硬功大招，肯定是不行的。

这也是县委程书记给乡里立下的军令状。

黄敢原本也是想找玉刚商量商量,怎么鼓励村民们安安分分地把金桔种好,思量着玉刚的技术的确不错,尤其新品种研究这块,的确比自己强不少,在村里搞个传帮带的示范,那是没问题的。引导得好,说不定很快就能打赢这场翻身仗。

这边实指望着玉刚能帮村里出点力,那边他却越级通天,直接显能到县委书记那里去邀功,沽名钓誉出风头,一样事都还没做成气候,就不知天高地厚、人五人六起来,眼里根本没有村"两委",只怕骨子里头更没有他这个村支书了。

"岂有此理!真正岂有此理!"一想起来黄敢就抑制不住气冲脑门。

玉刚走进村委会办公室的时候,黄敢正好将手里的烟屁股往门口撂,差点撂在了玉刚的脸上,把兴致勃勃的玉刚吓了一大跳,刚迈进门内的一只脚本能地缩了出去。

黄敢平素是绝不乱丢烟头与纸屑之类的,他在这方面很讲究,对其他村干部,甚至进进出出的村民,要求都非常严格。

今天是自己吃着枪子药了,心里就是不痛快,就是忍不住随手乱丢。

烟头当然不是要撂向玉刚的脸,只是凑巧罢了。黄敢心里再不痛快,也还不至于如此没有涵养。但这个凑巧,让玉刚一下子意识到,自己犯了一个十分严重的错误,至少是个不可原谅的疏忽——他应该先跟村支书黄敢汇报,并听取他的意见,然后再汇报给县委程书记的,这样大家都有了面子,可他一时性急,把程序搞反了!

刚才心里还气得不行,可一见了面,反倒坦然了。黄敢依旧热情地招呼玉刚坐,并亲自起身为他倒了一杯山楂茶:

"玉刚啊,你电话里讲的那个金桔擂台赛的建议,我仔细想了一下,好是好,可村里来搞范围太小,影响力不够,意义不大,就没有必要折腾这个事了。乡里倒是可以考虑,到时候我向乡里刘书记和韦乡长说说。不过成与不成，我也不敢保证，最近乡里不太顺溜的事情也多，不晓得顾不顾得过来。"

玉刚还没开口，黄敢就把话头堵死了。理由冠冕堂皇，并且留有不切实际的希望。

黄敢虽然热情依旧，但玉刚还是能感受到黄敢心里头的气并没有消，只是碍于领导的形象，没在脸上表露出来而已。但事已至此，再多解释也没有用，只会越描越黑，干脆不再解释了。

晚上回到家，吃饭的时候，黄敢不经意提起玉刚建议搞金桔擂台赛的事。儿子小强却听得两眼放光：

"这个好啊，我们家的滑皮不敢打包票，要说油皮金桔，莫讲在西塘坳村，我看整个东山乡、全融州县也没哪个能比得了——这个油皮桔王保险是我们家稳拿了！"

黄小强说得没错，过去二十年，他黄敢"金桔大王"的名头，绝对不是自封，可是十里八乡公认的。如今儿子小强接了他的班，技术上早已经青出于蓝。

但四肢发达的黄小强，哪里能够洞悉黄敢内心的隐秘，更没法领悟到一个村支书复杂的情怀。

"你懂个卵毛，瞎起什么哄！"黄敢一口就把小强的兴奋怄掉了。

小强是不懂，黄敢的心里也是五味杂陈，从大局看，玉刚的建议认真说来是可取的，但有几点让黄敢不大爽。这擂台赛真打起来，鹿死谁手没法料定，万一被人夺了王，那自己被叫了这么多年的"金桔大王"，以后还能叫得出口吗？客观上扫掉了自己的颜面，这是其一；西塘坳村黄德坚的传人占了不少，要是在擂台赛上没能出彩，岂不辱没了祖宗？这是其二；要是别的地方把这"桔王"的名分争了去，西塘坳只怕再难出头了！眼下虽然融州金桔名声不雅，市场受阻，但在整个融州，如果东山乡自降第二，也没有哪个地方敢吹第一，西塘坳村依然是东山乡的金桔种植核心区之一，这是其三；至于目中无村委会、村支书，坏了规矩越级上报，这个坏影响倒是可以忽略不计。

其实，黄敢与玉刚都多虑了。

没多久，"我是金桔王"融州县金桔擂台赛实施方案，便以文件的形式，正式成为融州金桔节的重头戏，并书面通知到全县各乡镇村屯，通知到所有的金桔种植户。

参与首次擂台赛的金桔品种分为滑皮金桔和油皮金桔两个组系，通过筛选，从村屯初步评选出的滑皮金桔、油皮金桔样品，参加在乡镇的复评，东山乡（核心主产区）复评挑选出的滑皮桔和油皮桔的单项前三十强，其余各乡镇选出的单项前十强，最后统一参加"争王"决赛。决赛评出来的金桔王，首奖两万元，政府协助推销获奖的优质金桔，种植户第二年的肥料价格由政府减半优惠补贴。连续三年获得"桔王"称号的果农，除了奖金，所有肥料农药全部由政府买单。全县金桔王前十强均有不同程度的奖励。

力度之大前所未有。政策一出，在果农们中间炸开了锅。

当然也有不屑一顾的，比如自作聪明的智多星韦元良，比如一天只想靠打牌赌博度日的贺老水。

"打什么擂台，会不会政府又在忽悠我们这些小老百姓了？"乡场上，逛热闹的韦元良正神神道道地与一帮赶街的熟人侃板路。

"我看也是啊，分明就是瞎折腾人嘛。"有人大声附和着，唾沫星子飙上了半天云中。

这帮人哪里知道，打擂台的主意并不是政府的人关在空调办公室里冥想出来，而是辞了公职回到坡尾屯、一心种金桔的玉刚提出来的。

"反正我是没卵鸟的。自家的金桔，自家种来自家卖。前两年，果子烂在地里还少吗？也不见政府哪个发善心，来帮我买了去，哼！"游手好闲的贺老水也挤在人群里高谈阔论起来。

这个西塘坳村的典型贫困户，对什么事都喜欢来上一句"没卵鸟"，口气大得像放山炮。这几年，他别的本事没学会，就学会耍赖皮，对口到他家的扶贫干部倒被他"修理得服服帖帖"，每次到村屯来下户了解情况，请他在工作记录或调查表上签个字，他都有办法为难人家。

说起贺老水这个麻赖三，还真是个人物。

大琴寨有个耍龙灯的传统，在桂北地区，耍龙灯喊作调龙，春节期间为了活跃节日气氛，他们集资扎龙，搞了支龙灯队，从初一到十五，到处走村串寨去拜年讨赏钱封包。

那日龙灯刚好耍到坡尾屯来。龙灯队进到寨子里，每家每户都会在大门燃放鞭炮接龙进屋，摆上敬献的牺牲供品和赏钱，龙灯的领队在调龙的同时，照例会唱些喜庆的调龙歌，讲些感谢和祝福主人的好话。

寨东钟家接龙进了屋，调龙人高喊："草龙进屋，全家享福；龙头顶上一炷香，家中书郎进中央；龙尾摆一摆，全家有钱甩；恭喜贺喜，发财到底。"

寨西黄家接龙进了屋，调龙人高喊："金龙下界喜连连，特向主家拜新年。一拜老者福无量，儿孙满堂身体健。二拜中者志气大，敢想敢干敢向前。三拜少者易成长，勤学好问有才能。再拜当家划算好，发家致富创新天。上上下下都拜上，满门喜气乐无边！"

眼看着满寨子都调过了，跟在龙灯队后面凑热闹的贺老水，既没有在门口燃放鞭炮接龙，也没有准备酬龙的供品和封包赏钱，龙灯队自然就没有进他家的堂屋门。眼看着龙灯要过去，贺老水一脚挡在龙头前面，扯开喉咙念起来："大琴的人好卑伪，今晚调龙到坡尾。有钱的人个个贺，没见哪个贺我一声贺老水！"

领队的人一听贺老水的话，知道遇上难缠的主儿了，不折中处理好只怕对付不过去，毕竟是在人家的寨子里，万一闹出事情来就麻烦了。

于是，领队连忙招呼龙头折转，破例在贺老水家门口耍上一场,并对着破败不堪的堂屋祝福道:"金龙来到主人家,主人酒肉红包来打发。祝你一家万事好,恭喜如意早发达!"

贺老水也不含糊,顺手从旁边的排灯阵中拽过一盏黄鸭灯,灯杆攥在手里,高高举起,口中念念有词:"今晚锣鼓响叮当,我没会唱我就讲。我养个鸭子八斤十两,早早起来生下两个蛋,你说爽不爽!"

周围的人便齐声起哄:"爽,爽,爽,讨个鸭子做婆娘!"

"不鸟人"的麻赖贺老水,也就村支书黄敢还能勉强降伏他——他们是村上自愿扶贫一对一结了对子的。村里干部党员及先进富裕户,搞了个村内结对义务扶助贫困户的志愿行动,黄敢正好与贺老水结对,这几年贺老水没少得过黄敢义务的资助,他家的金桔桔园,从桔苗到肥料农药的花销,差不多都是黄敢免费提供的,还要接济这样接济那样,反正一年到头就知道找书记唱苦情,只要他肯按照要求好好种金桔,黄敢对他几乎是有求必应。

今天黄敢也来赶街,韦元良和贺老水他们的当街议论,碰巧被他听得真真切切。

这还了得,当面背后对政府的文件通知如此妄议诬蔑,简直吃了熊心豹子胆。

"到底谁忽悠谁了?怕是你韦元良又要兴风作浪吧?我警告你哈,别一天到处胡言乱语蛊惑人心!还有你贺老水,我看你是铁了心要当一辈子吃政府的贫困户了。信不信我今年就取消和你结对子,有能耐你自己折腾去!"黄敢走近前去,黑起脸来,狠狠地瞪着韦元良和贺老水几个,透出一股冷冷的煞气。

韦元良和贺老水几个面面相觑,赶紧咕哝着作鸟兽散。对于这个掌管了西塘坳村十多年的村书记,他们是心存敬畏,不敢当面顶撞的,只因他十多年来的所作所为,早已深得人心,没有人能撼得动。尤其兴风作浪的韦元良心里明白,再不开溜,以黄敢的火爆性格,肯定还会让自己当众难堪。

尽管自己对玉刚给县里出的这个"馊主意"也心怀不满，但作为村书记，黄敢必须不动声色，必须在群众中不折不扣地维护上级决定，这是不容置疑的绝对权威。否则，他就不是十多年来站立不倒的西塘坳村真正的权威了。

仔细思量起来，黄敢的内心也是矛盾的，甚至带有几分抵触。于公于私，他都不希望弄出这么个打破现有平衡的擂台赛来。

儿子黄小强可管不了那么多，他对自己的桔园充满着信心。这个曾经小富即安的后生仔，长期处于父亲光环笼罩之下，除了种金桔赚票子，别的就不思长进了，现在有了这个出头的机会，便油然长出"金桔王"的雄心壮志来。

黄小强与玉刚打得热乎起来，其实他早已私下里偷偷在向玉刚学习取经呢。连玉刚准备的一些果品检测器材，比如玉刚实验室里的农药残留检测仪、果品甜度检测仪等，他也一一购置齐全，还逼着新婚不久的妻子学检测，可上心了。

金桔进入成熟期，全县金桔王初评也拉开了架势。以村屯为基本评选小组，在县金桔节组委会的直接组织与指导下，对参选的金桔果园进行实地勘验，对选送参赛果品的大小、颜色、形状、称重、含糖量及有害残留等进行综合测评，初选出来的优秀者再送到乡里复评，经乡里复评获得优胜的，推举到县里参加桔王争霸决赛。

玉刚以自己的"纯金"品牌滑皮金桔参加金桔王擂台赛，黄小强则挑选了家传的油皮"金弹"参赛。村里初选、乡里复评都没有悬念，双双获得了优胜，一同被推送到县里参加桔王争霸现场擂台赛的决赛。

一大早，小强便开了自己才买不久的新车，来到玉刚的家门口。

事先没有约定。小强轻轻按了按汽车喇叭，嘀嘀几声，惊起一群早起的鸡鸭，在屋前的地坪到处乱窜。然后扯开喉咙对着紧闭的门内大声喊道：

"玉刚起来了吗？赶紧赶紧，我和你一块儿去融州。"

也不顾忌人家起没起床——年轻夫妻没事总爱贪个早觉。他自己平时也一样，尤其是这初冬天寒之际，两小口相互搂着，蜷在温暖的被窝里，那是多么惬意的享受啊！

但今天早晨，他是一分钟也不愿在床上多待了，心里装着擂台赛的事，很不落妥。他从没经历过这样的比赛，当年在学校参加中考，尽管一版看下去眼花缭乱十之八九不认得，但是他一点儿也不怯场，只想早早结束了那"比吃屎还难"的读书生涯，根本不知道什么叫紧张。现在不同了，这擂台争王，他是志在必得！他要搭上玉刚，一同去县里参加争王决赛，一路上研究分析自己胜算的把握到底有几分。他和玉刚之间是没有竞争的，他们分属于油皮金桔和滑皮金桔两个不同的参赛品种。两个人现在倒有些英雄惜英雄的味道，不管谁能胜出，都是一件值得庆贺的好事。这一点，小强虽然没有玉刚的境界高，也不比当村支书的父亲，不过起码的道理他还是明白的。

良久，玉刚打开大门从堂屋里走出来，一边扣着衣扣，一边揉着惺忪的眼睛，嘟囔着："这么早，你要去捡古窖（gao）啊？"（捡窖就是捡地下藏着的宝贝。）

"比捡古窖要紧多了。"黄小强也不忌讳，催促玉刚麻利点，好趁早上路。

决赛现场，桔王争霸的关键时刻。黄小强紧张得不住地扯起玉刚的衣角：

"玉刚，你说我们能不能得胜？"

"千军之中取上将首级，如探囊取物。"玉刚回答小强。

小强如听天书，不知玉刚话中是几个意思。

"别跟我玄乎，你知道我读书少，深奥的话听不懂，说明白点。"

"坛子里摸乌龟——一个也走不脱！"

这一句的意思小强明白了,也是他心中最盼望的结果。

"你是说,我们赢定了?"

"差不多这个意思吧。"

"你凭什么这样肯定,台上那么多评委,他们会听你的?再说,送评的金桔又都是隐去名字的,只有编号。"

每个系列上百份样品,分批轮流上场受检,真正的百里挑一,小强虽然心里十分渴望,却没有一点儿把握。玉刚怎么就那么自信!

"那就安下心来,等结果吧。是你的跑不了,不是你的抢不来。"

玉刚丢给小强一个意味深长的眼神。

当主持人高声宣布首届"我是金桔王"擂台赛最后胜出者名单时,全场立刻沸腾了,爆发出雷鸣般的欢呼。

果不其然,经过层层淘汰,玉刚的"纯金"与黄小强的"金弹",在"融州首届金桔王擂台争霸赛"的争夺中过关斩将,最终都以绝对优势票通过,分别夺得滑皮金桔系列和油皮金桔系列"金桔王"的桂冠,并双双登上市里的新闻、电视、报纸、融媒体,齐齐上阵争相报道。

这是实力的证明,是实至名归的荣耀。

"爸,好消息呀,我们家的'金弹'评得金桔王了,玉刚的'纯金'也得了——两个冠军王全部落在我们西塘坳村呢!"

擂台赛争王结果一公布,黄小强就迫不及待地打电话给父亲黄敢报喜。这是他平生最长脸的一次,肩披绶带胸戴大红花,手捧奖杯和证书,那架势要多风光有多风光,想多威武有多威武!他终于可以摆脱父亲的阴影扬眉吐气了!

"得就得了呗,值得这么张狂!"黄敢接着电话,冷腔冷调地回了这么一句,却不是期待中的庆贺,给兴奋不已的小强兜头泼了一瓢冰水。

小强单纯,听不出父亲嘴上骂着自己"张狂",其实心里却早已乐开了花。这次的擂台赛,黄敢的心里其实比谁都在意,比谁都渴望获胜。

老黄家的"金弹"不负众望一举夺魁,虽然自己没有直接参赛,但儿子小强就是代表了自己,儿子的胜出得以让自己"金桔大王"的名声继续维持,发挥威力,还是没有谁能够撼得动!

"这兔崽子,还真能耐了……老伴儿,中午烫壶米二酒,我要喝两杯,蛮久没高兴了。"黄敢吩咐老伴儿备酒,他要一个人偷偷庆贺一下。

现在好了,花落自家,两顶"王冠"都如愿以偿地落在了东山乡西塘坳村,一块石头终于落地,黄敢悬着的心终于可以稳妥地放回到肚子里了。

花开两朵各表一枝,事实上,此次的桔王争霸赛,滑皮金桔比油皮金桔引起的社会反响和媒体关注度,更大更热烈,尤其是各种媒体,它们对新生事物表现出的巨大热情是"与生俱来"的,"融州滑皮金桔"成了它们极力追捧的新宠。

这也是预料之中的事情。品质优良的滑皮金桔已经代表了融州金桔未来的发展趋势。

当玉刚的新果园正式收获时,融州的金桔节便开成了"南方金桔文化旅游节"。金桔产品推介会随市文化旅游专列风风光光一路办到了广州、上海、天津、北京等大都会,"金桔王擂台争霸赛"中的优胜者成了金桔文化旅游节推介的重点产品。

全国旅游一圈,"纯金"与"金弹"果然誉满南北,特别是玉刚的新品滑皮,更是各地媒体纷纷报道的对象:融州金桔添新宠,养在深山人初识!

十七、纯金多米诺

黄小强的"金弹"得了金桔王的桂冠，证明黄敢"金桔大王"的名分一直没丢。

但如今的油皮金桔已经不像早几年走俏，毕竟风光难再，逐步萎缩的市场正在被新兴的滑皮金桔所取代。

这不仅是黄敢与小强父子的心结，也是西塘坳村、东山乡金桔发展方向的选择课题。

小强早就想学玉刚砍了油皮金桔嫁接滑皮金桔，到底拗不过黄敢的执着，才勉为其难，这回说什么也要进行"油改滑"了。

至于玉刚的滑皮"纯金"，在县里夺冠之后，已开始声名远扬。

融州金桔的又一个多米诺骨牌效应。

秀梅的"金桔汇"电商平台也开始捷报频传，很快"纯金"滑皮通过"金桔汇"电商平台及桔乡联盟顺利销往全国各地，网上好评如潮。

小屋内，秀梅坐在电脑前，正与"金桔汇"平台上的粉丝和金桔客户相谈甚欢。

有人正在下单："三百件十斤装一级果，两百件五斤装特级果。"

秀梅回复："好嘞，明天一早给您发货。"

玉刚在一旁看着秀梅，一高兴，忍不住在秀梅的脸上亲了一口："市场就是硬道理！"

"搞那个'金桔王擂台赛'，你是有私心的吧？"晚上睡觉的时候，秀梅贴着玉刚的耳朵悄声问道。

融州不敢说，东山乡也说不准，但在西塘坳村，秀梅的心里可是明镜一样：没有哪家的金桔种得比玉刚还好的，玉刚的果子评不上，那别的人家也只能靠边站了。

黄小强家虽然也种得不错，但他们家的优势是油皮金桔，跟玉刚的滑皮金桔不是一个品种系列，比不了。

秀梅推测玉刚一定是想借助金桔擂台赛的形式，为自己的产品做个轰轰烈烈的免费广告。

确实，广告成了，现在的"纯金"已经名声在外，尽人皆知。

玉刚在秀梅浑圆的富有弹性的屁股上暗着劲儿捏了一把，捏得秀梅忍不住全身扭动起来，半边被窝被蹬到了床下，一边嗷嗷着：

"看，心虚鬼，被我说中了吧。"

"没你说的那么阴暗！你老公是那么势利的小人吗？"玉刚逮住秀梅，又捏了一把，顺势压到秀梅身上。

"看你还敢乱说你老公的坏话！"一张大嘴也跟着盖了下去。

真是秀梅想多了，玉刚当然不会为了宣传自己的品牌而冒如此的大不韪。他内心的真正目标，就是想法刺激金桔种植户们把金桔种好，只有金桔的整体品质上去了，这个地方的品牌才可能立得起来，才能在市场上赢得竞争，也就不怕别人抢了自己的名分。

不过，话说回来，自己的金桔也是一样，不能老是王婆自夸般自己吆喝，通过擂台赛的形式拔得头筹，才能真正服众，得到社会的公认。

为配合县里的金桔节，旅游部门特意组织了一波乡村旅游季。主要目的地就是融州金桔核心产地东山乡。

这天，一辆满载游客的中巴开到了西塘坳，在坡尾屯路边停了下来。车上呼拉下来一帮人，兴奋得像打了鸡血，在导游的吆喝下，一个个从口袋里掏出手机，先是对着漫山遍野的金桔林一阵全景记录，接着，开始进入金桔园里猛拍特写，一边拣着最大最靓的金桔果直往嘴里塞，一边还不忘微信发图。

"哇，真甜！这就是传说中的纯金滑皮啊！"有发出夸张的惊呼。

不一会儿便有人娇嗔喟叹："怎么办,我吃撑了,肚子装不下了!"

"我要带五十斤回去,分给亲戚朋友。让他们知道什么是真正的'纯金'——喂,老板娘,给我一个大袋子好吗?"

"好嘞,袋子给你。"

接腔的是金桔园的女主人秀梅。

原来,早在半个月之前,得知旅游部门有这个项目之后,玉刚第一个找他们商量:能不能先到我们的桔园去开个张?保证每个游客不收分文,在金桔园里金桔管吃个够,免费的农家乐午餐,全绿色土菜招待,完了每人还可免费带走八到十斤优质金桔,再多要的,以市场价的百分之六十收费。

玉刚兑现诺言,这一趟金桔观光游,客人们吃得舒服玩得开心,最后每人免费带走了十斤上好的滑皮金桔,并且统一打上"纯金"商标的外包装。

"老板,这一袋给我结算一下。"

"这一袋我也要了。"

馈赠之外,许多客人还五十斤一百斤地往车上装,并兴致勃勃地说要让亲朋好友们都来这里体验健康,收获快乐。

玉刚和秀梅要的就是这个效果。

自此,许多外地游客纷纷慕名来到玉刚的桔园参观品尝,有开着小车三五个人结伴来的,有开着中巴一大群集体来的。虽然不是每次都有免费的午餐和馈赠,但一样个个玩得兴高采烈,满载而归。

游客们奔着的是绿色健康的农家乐!

有人见到果园里成群欢跳的土鸡土鸭,就直嚷着要在这里啖金桔、吃土鸡土鸭、喝农家米二、打油茶,完了再把一大袋一大袋的金桔往车上装。那些满园乱窜的飞鸡走鸭实在惹人垂涎。

说起这果园里成群结队的飞鸡走鸭,那还真是无巧不成书。

其时玉刚正引入一项新的种植技术，就是在果园里种植生态草，通过生态草来抑制其他杂草的疯长。

南方气候湿润，特别适合杂草生长，以前靠人工锄草，杂草们很容易前仆后继，复发得快，刚刚锄过草的地，不出十天半月，又是一番蓬勃的景象。光是除草，就忙不过来。

为图省事，几乎每家每户都是依靠打除草剂来除杂草，这方法既经济又轻松，效率之高那更不用说，喷雾头一洒，一倒一大片，立竿见影。而且这除草剂一打，指定能斩草除根，这也是普遍采取的一种除草方法。可是，这除草剂的毒性大，打多了对土地有一定的影响，确实是件令人头痛的事。

生态草可以抑制其他杂草的生长，减少草甘膦等除草剂的使用，对保护土壤和生态环境效果很不错，是生态种植的一种新趋向。但是有意思的是，可以抑制其他杂草生长的生态草，又很对绿头蚱蜢的胃口，在金桔园里种植生态草，同时也把成千上万的绿头蚱蜢引来了，而嘴多贪食的绿头蚱蜢，除了爱吃生态草，往往还会在金桔果的表皮上咬出一个个难看的疤痕，反过来影响了金桔的健康生长。

一物降一物，放养的鸡鸭则是蚱蜢的天敌，高蛋白的绿头蚱蜢，正是鸡鸭们的理想美食。于是，玉刚灵光一闪：何不在金桔果园中批量放养土鸡土鸭试试？说不定可以一举两得，既解决了叮果的虫害，还能养育出一批美味的生态鸡鸭呢。

玉刚的试验成功了，现在园中那些靠吃蚱蜢成长的土鸡土鸭，非常健壮肥硕，看样子蚱蜢的高蛋白真是一点儿没浪费！

前来参观摘果的客人多了，都眼巴巴地盯着专吃虫子的土鸡土鸭们出神。玉刚清楚，他这支战功赫赫的果园除虫特战队，必须全部更新换代了。经过近半年的冲锋陷阵，这些成熟的特战队员，已经出色地完成了自己的战斗使命，接下来就到了发挥余热的最后关头，成为客人们餐桌上的美味佳肴，实现最终的生命价值啰。

十七、纯金多米诺

玉刚在桔园里临时搭起了几间竹木棚子,方便招待客人。

整个采果季节,玉刚几乎成了专业陪酒员。来的都是客,不好推辞,他不上桌有些客人不乐意呀,人家是冲着你"金桔王"的名气来的,在你这里消费,购买你的金桔果,是你的上帝,帮你开着银行呢。

玉刚天天醉得左眼不识右眼,有时连带秀梅也跟着醉,可是,两人心里高兴啊,醉了好呢,醉了客人就满意,客人满意了尽兴了,金桔也一箩筐一箩筐地销出去了,捎带着把几百只土鸡土鸭也销光了。

有时候,游客来得多了,玉刚一家便招待不过来,于是就介绍到村里饭菜做得好又本分的人家去,如果要买金桔就建议买吃饭的主人家的,反正果子的质量都差不多,实在不理想,再到他们果园来要也成。玉刚和乡亲们讲好饭菜的价格标准,不能乱了规矩坑了客人,一定要让客人吃得舒服玩得开心,来这里的客人都是村里的财神菩萨,千万服侍好了,一点也薄待不得。但凡哪家不讲规矩乱坑人的,从此以后再也不给介绍了。

受了关照的本屯人家点着头答应,个个欢天喜地的,乐呵得像金桔蜜饯,从心里甜到了心外,自然把客人当作上帝一样招待,小心谨慎生怕哪里招待不周,卖金桔也指望这些客人能够多帮衬点呢。

秀梅的电商平台也开始发威,网店迎来了第一个大客户,对方是来自南京的一个果商,在合作中受益后,将生意介绍给他的朋友。随后青岛、大连等地的电商也纷纷来向她加盟订货。

"我们终于看到成功的曙光啦!"秀梅扑到玉刚的背上,从后面给玉刚的脸上盖了一个猩红的唇印。

村民们见玉刚家的金桔如此走俏,一改以往的冷漠,纷纷与玉刚和秀梅拉近乎,目的不言自明,人家是实打实的"金桔王",连"金桔大王"黄敢支书都要退让三分呢——虽说他家的油皮"金弹"同样顶着"金桔王"的桂冠,但市场前景肯定是不一样的！他们开始主动将自家的产品请秀梅代卖，秀梅不仅不拒绝，还主动揽货，这正好应对了她做电商的初衷。但帮归帮，代销甚至直接收购也是有条件的，前提是所有的金桔果品必须符合"纯金"规定的品质标准，无论外观大小、色泽甜度，还是有害残留，一样都不能偏离，才能贴上"纯金"商标，统一上线营销。不合标准的，对不起，真收不了。

"我们不是做一时的生意，是创品牌，是树信誉，是建商道，是赢市场，不能自己把自己的招牌给砸了。"当着乡亲们的面，秀梅点着"纯金"的商标说。

正式投产第一年，玉刚和秀梅算下来，自家的果园卖了三十多万元，按这个形势，明年至少得翻上一番多，后年会超过两倍，两年后果园就会进入丰产全盛期，管理得当一直会保持很多年……

整个收果季，秀梅的"金桔汇"电商平台及"桔乡联盟"还帮乡亲们销出了一百多万元的优质果子，自己也从中赚了将近二十万元。同等质量，她比别的果商收购的价格要高，就连重新回归融州金桔市场的九八佬们，也开始主动帮她挑果了。

啧啧啧，小两口蒙在被窝里都能看见九天之外明媚灿烂的阳光。

盘算下来，玉刚主动将租金从原来的三百元一亩提高到五百元，说是让乡亲们分享种植的红利，以后收成增加了还可以继续涨，只要金桔园经营得好，赚了钱大家都有份。

以土地入股合作的村民也尝到了分红的甜头。

数着票子的乡亲们，脸上写满难以掩饰的喜悦，见了玉刚两口子，都亲热地叫他们"财神公财神婆"，秀梅一听，脸就羞到了天边，红云蔽日，心里却一字通透：甜。

尚未开春，便三三两两地又有人主动找到玉刚和秀梅，要谈租地或合作种植的事。

"玉刚，我家剩下的那两亩空田空地全都租给你种金桔算了。"

"玉刚,我家的田地也想和你合股种金桔。"

"玉刚……"

几个外出打工的后生仔,回家过年,在玉刚的果园转了一圈就改变了主意,居然跑到玉刚面前,想向玉刚拜师学艺,表示过了年便不再出去混了,要留在家里跟着玉刚种金桔,感慨着离乡背井打了多少年的工,还不如玉刚两口子一年的收成。

"玉刚,我今年铁定不去打工啦,想在家跟你学种金桔发点小财,你教我吧。"外号叫牛粪虫的韦善宝也来凑热闹,态度倒是诚恳。

在乡下,人们管那些拈轻怕重、舍不得吃苦受累的取巧懒人叫牛粪虫。牛粪虫拱新土,专挑轻松活路做呢。

玉刚对着韦善宝看了又看,嘴上的话可不客气:

"善宝啊,你也想种金桔发财,吃得消吗?这可是个苦力活,要紧的是吃了力还不一定讨好哟。"

玉刚早就知道,韦善宝怕吃苦在寨子里是出了名的,从小就爱投机取巧,听说在广东那边打工,也是三天打鱼两天晒网,动不动就辞工跳槽,不是嫌这家厂子的工作累工资低,就是嫌那家公司的工作时间不自由,一年到头总要换好几个地方。别人打工几年,在厂子里既赚得了钱更学得了一技之长,他倒好,钱钱没赚到几个,技术技术没学会一样,像个油混子到处游荡,到哪儿都不受人待见,还时不时在女朋友那里混吃混喝讨零钱用。听说就在前阵子,谈了两年多的女朋友,终于忍耐不下,流着泪与他闹掰分手了。

"你就再给我一个机会吧,从今以后,我一定好好做人,好好做事。"韦善宝死死拉扯着女朋友的手,不肯放松,指天发誓地保证,只求女朋友原谅自己,不要离他而去。

可女朋友已经失望透顶,完全心灰意懒了,只在离开前甩给他一句锥心的忠告:

"阿宝,你不是头傻人笨,是太过机巧,跟你过日子让人无法踏实,找不到半点依靠。但愿从今往后,你好自为之吧。"

女朋友是在打工中认识的,相处了两年多,如今又在打工中失去。被女朋友嫌弃的韦善宝,有些丧家之犬的失落,却又恨不起来,要恨也只能恨自己,不能给人家一个可以踏实安心的依靠。对于飘荡的打工生活,更是失去了当初的信心,因为女朋友的缘故,打工的经历似乎成了他心中难以抹去的伤痛,刀刻火烫一般。一无长物的自己,究竟该何去何从,心中十分迷茫,直到见了玉刚的金桔园,仿佛混沌的黑夜中,突然见到了一缕耀眼的亮光。

痛定思痛的韦善宝终于下定了决心:他也要回家踏踏实实种金桔。

"只要能发达,我不怕呢。你堂堂一个大学高才生,官都不当了回来种金桔,我还怕什么?不就是出大力流大汗,面朝黄土背朝天,天晴下雨都得撸起袖子干嘛,我保证挺得住。"

嘢嘿,看来这小子是打定主意要洗心革面脱胎换骨了。

既然话说到这个份上,还有什么好疑虑的,那就跟着呗。

"你真下了决心回来种金桔,也没有问题,我肯定尽我所能帮你,不懂的我可以教。不过,我丑话撂在前头,是成是败造化可在你自己!我可不打你包票。"

"只要刚哥肯帮我教我,我就豁出去了。妈的,老子就不信,再过三年五年,哼哼……"韦善宝没有说出来的后半截话,分明写在了半热半红的脸上——他也要像玉刚一样,走勤劳致富的金光大道!

金桔园里,挥汗如雨的玉刚与秀梅会心一笑。看来,他们的这一板斧也快要成了!

玉刚的金桔地又增加了不少,大半是纯租的地,小半是村民合作入股的地。这么多的土地全部要种植,得请不少人工开沟排水、挖树洞、施基肥、栽树苗、浇水除草,还有长期的果园管理，等等。村上半老不小又离不开家的乡亲，只要肯来上工的，玉刚和秀梅都优先安排，工钱也不比外出打工的人少，还能早晚照顾到家里的大小事情。

像韦善宝一样想自己单干，跟着玉刚学种金桔的，玉刚也一概应允，技术免费传授，桔苗优惠供应。

眼见着村里的丢荒田地陆续种上了金桔，遮没人的荒草变成了溜溜齐整的金桔树，村支书黄敢喜在心里，乐在眉梢。现在自己家那区区二十来亩金桔地已经不能让他牵怀挂肚了，就让小强自己去折腾吧，反正这小子也该成熟，扛得起担子，完全放得手了。这不，小强也有了扩张的打算，正在私下里向有撂荒地的人家拢地，洽谈合作的方式呢。

全村金桔种植面积满打满算加起来，已经突破了三千亩，滑皮金桔超过三千二百亩，已正式成为西塘坳村金桔种植的主打品种，自家的桔园也在儿子小强的坚持下，大半进行了油改滑，只留下一小半的油皮作为品种保护。

啧啧，三千亩，三千亩哇！这在三四年前，都还不敢想呢，现而今，睁开眼睛，绿莹莹的金桔树就在眼前晃呀晃呀，望不到头。再过两三年，全部进入丰产期的话——黄敢掐指算着，每亩保守按两万元计算，全村一年的收入，光金桔一项就能轻松达到六千万元。六千万元，对于三千多人口的西塘坳村来说，意味着人均收入接近两万元了。多么诱人的数字啊！这还只是一个保守的估计，产量上去价钱又好点的话，油皮金桔、搭滑皮金桔平均一亩卖到两万五千元甚至三万元也不是没有可能呢！何止是全村脱贫指日可待，小康日子也将很快来临了。

黄敢的心里没有半点的含糊：这一切的改变，都离不开玉刚榜样的带动。凭良心说，这小子对西塘坳村金桔种植的发展，已是立下了天大的功劳，这一点不得不承认。虽然金桔擂台赛的事，他依然耿耿于怀，依然不能轻易谅解。

十八、金桔培训班

然而,高兴的背后,黄敢感觉到一种无形的压力,撂荒的田地种上了金桔,他的心比以前反倒绷得更紧。周边村早就有人传出风言风语来,说西塘坳村种金桔搞一窝蜂,小心阴沟里翻船栽进去出不来!

这话还不是普通的群众诬编的,而是周边村某些资深村干部向乡政府提出的担忧!

好家伙,这帽子扣的!

风言风语黄敢倒是不怕,他担心的是那些跟着自己和玉刚种金桔的乡亲,很多人以前没种过金桔,不懂得种金桔的要领,更不了解种金桔的辛苦繁难,能坚持得住吗?虽说现在有优惠政策扶持,虽说村委会全力支撑着,可万一理想丰满现实骨感呢,怎么收场?这方面不是没有沉痛的教训。早些年种罗汉果,就曾出现过一哄而上又一哄而散的前车之鉴,至今都是村民们心里过不去的坎儿。

这次全村撸起袖子大种金桔,会不会旧戏重演?黄敢心里其实并没有十分的底气,多少也有点赌注的成分。

村民们都铆足了劲,可种好金桔不能光靠三分热情七分蛮干,更不是小孩子过家家闹着玩,得有经验和技术,还得仰仗老天照看。

"我没有经验也没有技术,怎么才能种得像玉刚一样好?"有些被鼓动起来的村民说出了自己的担心。

"怎么办?这可不能凉拌。老实学呗。"黄敢瞪着五心不定的说话人,"村里会想办法教你们学好新技术。"

黄敢明白,有些人是明里暗里跟着玉刚学,也有跟自己和小强学的。但这样分散了一个一个教,终究不是个办法,得有个高效率的法子才行。

隔天，黄敢给玉刚打电话："玉刚，忙什么呢？"

"不忙呢。有事吗，书记？"其时玉刚正在桔园里剪修树枝，怕黄敢有事不好说，特意说成不忙的。

上次金桔大赛的事，玉刚知道，黄敢心里的怨怪还没有完全平复。以往十分关注玉刚的村支书，时不时就要打个电话，或者发个微信给玉刚，问长问短，了解情况——玉刚是全村唯一大规模种植的大户，起着引领全村的重要作用。可现在算起来黄敢有三个多月没主动与他联系了，肯定中间还有未解的疙瘩。

黄敢是有一肚子的不爽。但作为村支书，该有的胸怀还得有，事情过去了就过去了，事事计较也不是黄敢为人处世的风格。仔细琢磨起来，当初玉刚那样做，也并没有违犯哪条村规民约，更说不上法律条款。再说人家找县委书记是向县里提建议，又不是向村里提建议，为什么非要向自己这个村支书汇报呢？和尊重不尊重他这个村支书，根本就不挨边。再说，后来玉刚不也和自己"汇报"了嘛，如果县里不搞那个"桔王争霸赛"的话，村里和乡里也可以搞起来。只是自己不愿意听罢了，到底还是自己拿捛，拿脸作色耍派头，还带着不敢言与他人的虚怯：怕一旦"金桔大王"的名声旁落他人，自己丢了面子。

这样一反思，黄敢反倒觉得是自己的不是了。

"你空的话，到村委会来一下吧，好久没和你侃板路了。正好我也有点闲工夫。"黄敢尽量斟词酌句。

"好的，那我现在就过去吧。"玉刚一边回答，一边收拾工具回家换鞋。

黄敢坐在茶几前的木头沙发上等着，平素不太喜欢喝茶的他，破天荒洗理好落尘已久的紫砂茶具，准备沏上上好的"三江红"，他要正儿八经地请玉刚品茶呢。

黄敢的茶还没泡上，玉刚就推门进来了。

"坐，坐，就等你来泡这盒新得的'三江红'，还没尝过，听说味道蛮不错。"

见玉刚进来，黄敢连忙伸手招呼，比以往的态度还要热情。

接着泡茶、倒茶、推杯，显得格外殷勤，像待上宾。

受宠若惊的玉刚就知道，这位久不联络的支书大叔，一定是遇到了需要自己出力的事情。

没错，黄敢就是找玉刚说事的。

茶杯一碰，心事澄明，黄敢就说开了："玉刚啊，阿叔今天找你过来呢，是想给你派个事情，你可不能推脱哈。我估摸来估摸去，这个事情，在我们西塘坳村，也只有你能做得了做得好。"

黄敢藏掖不住，他急，不想拐弯抹角，都是明晓事理的人。

"敢叔，什么事您说，跟我还客气？"玉刚茶到嘴边又轻轻放下，生怕怠慢了支书。他对黄敢刻意戴给自己的高帽子，更是有些不自在。

玉刚对黄敢是心存感激的，没有黄敢的支持帮助，自己的桔园梦不定会有多少坎坷，弄不好现在还只是个没有着落的梦想呢。他懂得知恩图报，可一直没有机会。没承想，一个"桔王争霸赛"的提议，还惹恼了这位热情大度、不计前嫌的支书大叔。为这事，玉刚也惶恐了好久。

"把茶喝了我们再说。"黄敢用右手中指叩了叩桌子边。

玉刚端起茶杯，一仰脖子。

玉刚咂咂嘴，赞道："嗯，香。"

黄敢再斟，两人再干。

一连三杯，杯杯清爽。

"说吧敢叔，又不是三请诸葛亮。有什么事您直接吩咐就得了。"玉刚不习惯黄敢的欲擒故纵。

"你还真说对了，就是要请你这个诸葛亮。"黄敢扬了扬眉毛，眼光落在玉刚的脸上。

"噢？敢叔您可别折煞我了。"玉刚睁大了眼睛，"到底什么事吗？"

"当然是发挥你的特长啦。不过也不是你敢叔私人请你，是村里要仰仗你这位高才生大专家。"

"我不过就会鼓捣点金桔,别的可什么都不会呢,敢叔。"玉刚隐约感觉到黄敢的目的,大概与金桔有关,可具体是什么,却没法断定,便定定地望着黄敢,眼睛不敢挪开。

"是这样,现在村里种金桔的人越来越多了,得有好几千亩呢。可很多人连个半吊子都不是,就怕他们乱种一气,达不到效果,那就白折折腾了。我与村委会几个成员商量了一下,打算在村里办个培训中心,教教大家怎么种金桔。"黄敢面色凝重地望着玉刚,"玉刚,这事你怎么看?"

"未雨绸缪,还是敢叔想得周到。这个培训中心我也认为很有必要办起来。金桔眼看着就要成为我们村的支柱产业,技术管控必须跟得上配套。思想步调不统一,技术问题不解决好,将来肯定问题多,说不定还会走几年前自毁招牌的老路。"玉刚一边附和着,黄敢的想法竟与自己不谋而合。

"你看啊,我们西塘坳村的金桔有了新标杆,就是你玉刚的'纯金'滑皮,我家那个油皮嘛,其实已经过气了,不再值得大力推广。接下来的目标,就是要把我们西塘坳村的金桔逐步整体打造成你的'纯金'品牌。"黄敢知道,这不是一件光凭说几句大话就能实现的理想。

玉刚也很清楚。

"我想请你来负责这个培训中心。"黄敢再给玉刚续上一杯'三江红'。

"我?"黄敢的这个决策,倒使玉刚感到意外。

"对,只有你最合适了。我也知道,你现在已经不是吃公家饭的人,村里请你来做这个事,肯定得耽搁你不少时间和心力,还不一定有报酬。是有点为难你。"

"说哪里话呢敢叔,能为村里做点事,帮助乡亲们把金桔种好,我乐意着呢。就怕自己做不好。"玉刚犹豫着。

"难得你有这份情怀,那就不说二话了,一言为定,你来挑这副大梁，我和村委会全力支持配合。"黄敢起身拍拍玉刚的肩膀。

"既然这样，那我就恭敬不如从命了。"玉刚很庆幸，自己与村支书心中的芥蒂终于消除了。

隔不久，"西塘坳村金桔发展技术培训中心"挂牌村委会，玉刚出任中心主任兼主讲技师，村上所有的金桔园都被划作培训中心现场示范教学基地。

没有讲课费的玉刚，除了自己编写教材，还经常贴钱从书店和网上买回一大堆资料给学员学习，一边发放一边嘱咐："这些都是专家经验，很宝贵的，一定要按照上面说的去做，千万不能打折扣马虎了事。我们平常都说，庄稼都是有灵性的，你对它好，它就会对你好，就会给你丰收的回报。种金桔也是一样的，我们用心侍候它。"

玉刚还和秀梅一起，用桔园管理的实践，制作了一套现场版的教学视频，并配上解说，从挖定植坑、挖排水沟、施放基肥、挑选树苗、移栽树苗、剪枝整形、防病治虫、保果壮果直到采果包装，等等，完整直观。玉刚这套视频资料可是花了三年多的心血才录制完成的，基本是用手机记录，原先就是为了给自己留些资料，以备课题研究，没想正好派上了用场。整套流程简单明了，一看就明白，学员们对照操作易学易记，效果果然不错。

黄敢看了也直惊叹："没想到，大侄子果然有心。能干大事！能成大业！"

十九、冰冻事件

农历十二月上旬，本是金桔上市的黄金季节，桔农们怀揣了满心的丰收期待，一年的收成主要就指望园里的金桔果了。

十九、冰冻事件

然而,一场突如其来的冰雪,打碎了他们蕴藏一冬的好梦。

多年不遇的南方冰冻,来得如此猝不及防。一夜之间,整个东山乡整个融州整个桂北都成了白茫茫的一片,放眼望去,近处瓦棱上、地坪上、远处道路上、山岭田畴上都结上了厚厚的冰,一层一层晶莹剔透,却让人倒抽寒气。一畦畦满缀果实的金桔树,枝上密布的点点金黄和片片翠绿,全被坚硬的冰雪严严实实地裹住了,拿棍子往树上一敲,叮叮当当地发出令人窒息的脆响。村民们眼睁睁看着这一树一树寒光闪闪的冰凌,像是一把把剜心的刀子:一年的艰辛全被冻掉了。成熟的金桔果受不了长时间的雨淋,雨淋久了便会发胀开裂、脱落,而被冰雪侵染的果子,从果皮到果心,全被冻坏了,更容易腐败变质,根本没法出售。

早在寒潮来袭之前的两个多月,玉刚就给学员们讲解了金桔的"三避"技术。

"今天,我给大家讲一讲金桔的'三避'技术。马上就要进入秋末初冬了,按照新技术的要求,我们的金桔果树都要进行'三避'保护,才能确保一年的丰收。"

新鲜,种了这么多年的金桔,头一次听说"三避"这个词儿。

玉刚就很耐心地为大家介绍:"三避"就是水果避雨(防暴雨、酸雨、梅雨)、避寒(抗严寒、霜雪、冰冻)、避晒(防日灼、抗高温)的统称。水果"三避"有很多种方法。

一是水果套袋。目前水果套袋主要用于香蕉、枇杷、梨、葡萄、杧果、沙田柚等多种果树上。

二是地膜覆盖技术和冬季盖膜覆草。主要用于草莓的栽培。

三是拱棚盖膜或树冠盖膜,柑桔类水果多采用这种方法。

由于金桔果皮很薄,下雨时,大果和先转色的果吸水过量极易开裂,感染霉菌后会造成大量脱落,遇上秋冬多雨年份,未加防护的话落果率可高达80%;而遇上冰冻等极寒天气,如果不采取有效的保护措施，受灾严重的则几乎绝收。在金桔树冠上盖膜或搭拱棚盖膜，留树保鲜防止金桔裂果冻伤，效果非常明显。

另外，实施"三避"技术，除了保果，还可以根据市场需求量适当调节金桔的成熟期，提高金桔的品质，改善金桔口感，卖相也更好，更受市场欢迎，价格肯定也更高。

"有这么神啊，吹牛吧？"听课的贺老水第一个表示质疑。

"我们要相信科学。不说远的，就说我自己的果园。果子怎么样，大家也都看到了，是不是好，心里有本账。"玉刚的果园在全村是最早搞"三避"盖膜的。

智多星韦元良却表示出明显的不屑："几颗金桔，哪有这么娇气，以前又不是没种过，从老祖宗算起，到现在都种了快三百年，也没见过要盖什么塑料薄膜哈。"

只有黄小强完全赞同玉刚的观点："玉刚说的有道理，人到过冬还要添衣服呢。"他对玉刚是越来越崇拜了。

"听我的不会错，到时候就知道这个'三避'技术的好处了。"

课内课外，玉刚一再提醒种植户们，要及时防雨防冻，保护金桔安全越冬。最好的办法就是给金桔树盖"房子"，用塑料薄膜，将金桔树一棵一棵盖好，条件好的搭上塑料大棚更加保险，天晴打开，雨雪天霜冻夜都要盖上，不能受雨淋霜打和冰雪浸染。

然而，给金桔盖"房子"是件繁难的事情，很费工夫不说，还要花上一笔额外的钱。有人按玉刚的要求做了，但做到一半又打起了退堂鼓，有些人根本没当回事，还说以前没盖什么塑料薄膜，照样没事。

玉刚就告诉他们，以前果树品种不同，纯自然生长，也没靠它有什么产量，冻坏了也没人在意，现在是人工改良的新品种，抗雨抗冻度是有差别的。

"往年尽管天气还不错，可果园地上还是一层一层的落果，不记得了吗？其实要是做了'三避'，就不会有那么多的落果，掉下地的也是钱呢。"

可好说歹说，苦口婆心说得嘴巴起了泡泡，这些眼睛瞅着鼻子的人就是不听奉劝，一则不想费这个力气，二来舍不得打架子和买塑料薄膜的钱。

"不鸟他，纯粹多卵余！"

村民们自有他们的理论，优胜劣汰，这金桔本来就是树上过冬的果品，自然生长不是更加本色嘛。吃果还总是挑最高枝经风见阳多的选呢，不是又大又甜品相又好吗？

玉刚的新桔园硕果满枝，一片喜人的景象。

玉刚在桔园里指挥着民工搭建拱棚的支架，一边大声叮嘱着："师傅们，你们小心点，注意安全啊！"

"放心，我们都是老里手了。"

民工手持焊枪，按照玉刚的指示，将支架的铁管子一条一条地连接上，焊枪一点焊花四溅。不久，一片塑料拱棚支架便成形了。

猫在远处看把戏的贺老水与韦元良在嘀咕着，神态怪异。

贺老水："你看看，玉刚他真是有病啊，种个金桔还搞这么大排场。"

韦元良鼻子一哼："他这是作秀呢，显摆他能耐呗。人家是有本钱，想怎么折腾都行；我们穷得卵叮当，可折腾不起！"

不愿"折腾"的人们，便任由自家的金桔园在露天下毫无顾忌地自由成长。

天气渐冻，浪溪河两岸，只有玉刚、黄小强和少数几家的金桔园盖上了洁白的塑料拱棚。

可这次的冰雪与果农们杠上了，自打种金桔以来，从未遭遇过这么凌厉的架势，接连半个来月日寒一日，有人耐不住就成天在冰凌覆盖的金桔园逡巡，看着在冰凌里剔透玲珑的金桔果，手足无措。偶尔碰见玉刚，便怯怯地问他：

"你说，这些金桔还有没有救？"

玉刚便从冰凌下敲出几颗金桔果来，递给对方："你自己尝尝看。"

对方接过玉刚递上的果子，放到嘴里一嚼，然后，无可奈何地叹气道："果子被冻坏了。"

"冻坏的不只有果子呢。"玉刚的脸上似有乌云密布。

"除了果子还会有什么？"对方很有些不解。

"恐怕很多金桔树也被冻坏了。你看那一棵，现在已经看得到被冰凌子压坏了一大枝，都断伏在地上了，这还只是表面的，还有很多被冻伤的枝干，得等到融冰之后才能看得出来，有些甚至要到来年开春发芽才能晓得呢。"玉刚摇头叹息着。

其实稍微仔细一点儿，现在也能看得出来，很多果树的枝干已经被压折甚至断裂了。

这些被冻坏的金桔不是玉刚自己的，按说与他没有关系，甚至客观上对他还是件大好事。冰灾导致了金桔果大面积减产甚至绝收，市场供应量大幅减少，一定会出现货源紧缺供不应求的局面，他家的优质滑皮趁机而上，肯定得卖个好价钱，这是天赐的良机，奇货可居嘛！

但玉刚眼瞧着这些冰凌下的"冤死鬼"，简直比自家的果园遭了劫难还要揪心：不只是今年的收成没了指望，明年、后年都恢复不了元气，影响大得很呢！

果然，冰雪过后，不仅未加防护的金桔果几乎没了收成，大片大片的金桔树也死伤无数，惨不忍睹。

村民们心里煎熬，欲哭无泪，嘴里嘟哝着："生什么风，发什么癫，种了这个背时倒灶的卵毛金桔。真是劳命又伤财，这下全完了吧。本想弄个螃蟹香一下口，哪个晓得反挨螃蟹夹了一大口！"

但他们怪不上玉刚，也怪不上支书黄敢。玉刚和黄敢早已有言在先，在培训班上专门强调过，甚至进到每家每户叮咛劝说，金桔越冬,一定要及时防雨防冻,千万不能麻痹大意,贪图省事。可他们偏偏不信这个邪,无动于衷,油盐不进。

他们也不愿怪罪自己。为了这些金桔园,自己付出够多了,以前哪有这么起早贪黑地操心劳力过。就差盖个塑料棚棚,没承想就塌了天了!

他们怪老天爷,怪老天爷不长眼睛,这么多年都是暖烘烘的冬天过来,不是说什么全球气候变暖了吗,怎么突然就来了这么一场不讲人情的大冰冻?成心跟他们这些靠天收成的小百姓过不去呢!

没了天理呀!

可老天爷不怕怪罪,谁也奈何不得。哼哼,它就这副德性,我行我素,打雷下雨落雪结冰全凭兴致,想恁子就恁子,才不管你要死要活呢!

玉刚心里十分煎熬,后悔与愧疚压得他抬不起头来,老觉得自己对不起这些乡亲。尽管他当初在培训班上也曾一再强调过,甚至还与支书黄敢进入各家各户叮嘱,也算是仁至义尽,但强调归强调,桔农们不听也很无奈,终究没能督促落实到位,人家就是"不鸟",还嫌他们太"咋呼"。为金桔盖"房子"的事就在相互捉迷藏中打了哈哈,最终不了了之,直到一场灭顶之灾的大冰冻猝不及防地从天而降。

"如果当初自己态度坚决一点儿,叮得牢靠一点儿,也许不至于现在这样惨。"玉刚兀自喃喃着。

可是世上没有后悔药吃,没有"如果",徒劳的自责也只能增加内心的自我折磨。

玉刚平生第一次想找人醉上一回。他心里梗着一道过不去的坎,很深很深,像斧砍,像刀削。

玉刚给支书黄敢打电话:"敢叔,你忙不忙?"

"我不忙呢。"其时,黄敢正靠在村委会掉漆的沙发上发闷气,他气不打一处来,有对天的,更有对人的,有对村民的,也有对自己的：盯了一年的梢，怎么偏偏在收获的节骨眼上就松了懈掉了链子！

"那我去村委会找你吧。"听声音，玉刚感觉得出来，黄敢的心情一定也很不好。

"你……有事吗？"黄敢语气里带着关切。

"没什么，就想找您聊聊，闷得慌呢。"玉刚不加掩饰，他没有心思掩饰。

"那你过来吧，我在村委会等你。"

玉刚出了门，手里拎着一可乐瓶的农家乐米二酒，一包盐焗花生，两三包酒鬼鱼仔、豆腐干，独自往村委会走去。

路上没有碰到一个人，人们都蜷在家里烤着木炭火，打起边炉，或小酌谈笑，或高声骂娘。他们没有玉刚这样"经不住打击"，金桔遭灾了，他们心里自然悲伤，但享受的小日子还是要过的。

莽莽的旷野上，是怨妇般的孤寂。冷冽的寒风迎面吹过来，在脸上刮着一道一道的刀子印，凉刺到心口。玉刚打个寒噤，倒吸了一口冷气，他想骂娘，却不知道该骂谁，便一脚踢在路边的一块石头上，砰的一声脆响，石头飞起来，远远地落在前方的沟坎下，打了几个翻滚，便不再动弹，玉刚并不解恨，脚拇指却痛得有些钻心，龇着牙跳起来。

"狗日的，你也欺负人啊！"玉刚瞪一眼横陈在田坎下一动不动的小石头，狠狠地啐了一口，跳跃着继续向前。

并不拦路的倒霉的小石头，不是玉刚想要发泄愤怒的真正对象，他是在跟自己过不去。

"敢叔，我今天只想喝个痛快，您一定要陪我。"推开村委会的门，玉刚将装满米二酒的可乐瓶在黄敢眼前晃起来。他依旧半龇着牙，右脚拇指还在隐隐作痛，或许已经瘀血起泡了。

黄敢也想找人喝一场痛快的，作为全村脱贫致富的掌舵手，他比玉刚还要憋屈难受。

十九、冰冻事件

但不能在村委会，这里不是喝酒的场所，也不适宜喝酒的氛围。多少人的眼睛看着呢，原则和形象还是必须讲究的。

黄敢也不想在家里喝，老婆对他喝酒从来持反对态度，至少是不支持，不欢迎，在家里喝难免要费一番口舌，弄不好还会闹个不愉快，有损大家长的面子。

去街上小店喝，一是路有点远，一是有显摆之嫌，当然还有其他未可预知的不利因素让他有点忌讳。总之，那地方更不合适。

"走，叔带你到个地方去喝！"黄敢起身，从茶几底下摸出几只纸杯，装到玉刚的塑料袋中，然后扳着玉刚的肩膀往外走。

黄敢把玉刚引到自家金桔园的小棚屋前，掏出钥匙，打开小棚屋的门。两人一前一后进了小屋，然后随手把门关上。

没有电灯的小棚屋，一时暗下来，只有透风的板皮墙缝漏进些参差的光亮。靠墙边一张三合板钉成的小桌子，两三张同样是板皮钉成的小板凳。一旁堆放着喷雾器、锄头、铲子、果剪、箩筐、竹篮之类的小农具，还有几包肥料、几个农药瓶子。

"这里不会有人来干扰我们，老叔今天陪你到底！"

玉刚找张小板凳坐下，把塑料袋中的零食包放在桌子上，一包一包撕开口子，摆上纸杯，再从可乐瓶中将米二酒倒满。

隔着板皮桌，黄敢坐在玉刚对面，两个人都倚着漏风的板皮墙，四目相对，发出一声叹惋的苦笑。

玉刚端起纸杯举向黄敢："书记，来，喝起。"

两人碰杯："喝！"

四面透风的桔园棚屋里，黄敢和玉刚就着硬冷的花生米、腊鱼仔和豆腐干，推杯换盏，絮絮叨叨，从午后到黄昏，直至酩酊大醉……

二十、再屠园记

冰冻过后,黄敢和玉刚商量着,怎样拢住信心动摇的桔农们。那些被冻坏的金桔树,好多是第一年正式挂果,对于他们来说是真正的灭顶之灾,打击实在太大了,搁谁都难挺得住。别看他们一个个成天蜷缩在家里打着边炉喝着米二,嘻嘻哈哈一副事不关己的样子,心里却是一团一团的血滴子,化不开呢。

两人冒着严寒在观察受冰灾的金桔地,想着采取怎样的补救措施。

玉刚指着一株受伤的金桔树:"像这种半边枝条折断的,就锯掉残枝,让它另发新芽,到时候多施点壮苗肥,应该可以恢复得快些。像这种从中劈开到兜完全折断的,要么从根部锯掉再嫁接新枝上去,要么就重新补种新苗。"

"嗯。"黄敢点头表示认可。

然后一家一家地串着门子,告诉乡亲们,这次的冰冻损失,既是天灾,更是人祸,这个人祸不是别人,就是自己。如果按照培训要求,提前做好"三避"措施,原本是可以避免的。大家也看到了,做了"三避"的桔园,不是保护得完好无损吗?现在关键是吸取教训鼓起气来,怎么开展生产自救。

村民们相信,玉刚和黄敢说的都是真话。但相信是一回事,心里怎么打算又是一回事。惨重的损失令他们的信心跌到了冰点。

"这祖宗太难侍候了,没有那个发财的命水,砍了不种也罢,弄点别的算了。"

"那可不成,好不容易建起来的果园,不能就这样半途而废。"当着村民的面,黄敢态度明确。

"那怎么办?乡亲们受的打击太大,都没心思了。"玉刚心里却是乱麻一团,回转的路上,小心地询问着走在前面的黄敢。

黄敢沉思片刻，回头对玉刚说道路："这样吧，过两天召集全村金桔种植户开个动员会，先稳下大家的心，再想办法统一布置补救措施，尽早把损伤的果树恢复好，争取今年能够多挽回一些。到时候你也来和大家说道说道。"

"行是行，只怕效果会不理想，毕竟这次的损失太大了。"玉刚心里没底。从入户串门时乡亲们的态度可以想象得到，动员会肯定也不会那么顺利。

不出所料，黄敢碰到了自当村支书以来第一次无法掌控的难堪局面。会上，一直对他崇拜有加的村民们，不再围着他的指挥棒转了，任凭他在台上喊破喉咙，依旧平复不了大家的激动情绪，没人肯听他神叨叨，现场乱成了一锅粥。维持秩序的村主任莫大亮也是一筹莫展，急得直甩头：

"今天算是点着火药桶了，怕是收不了场！"

"反正我家那金桔园是不想要了，你们哪个想要就转让给你们吧，钱足够就行。"最先跳出来的正是黄石砣与韦光辉，还有那个叫牛粪虫的韦善宝，几个曾经很受黄敢和玉刚"恩典"的人，他们当场撂下狠话，明确表示今后再也不种什么鸟金桔了，宁愿去帮人砍杉木、搬砖头，再不济又去广东、福建打工，也绝不侍奉这个坑人的祖宗，态度坚决得九头牛也拉不回来。

不少人顺着黄石砣、韦光辉与韦善宝的意思，纷纷要求退出。

黄敢和村委其他干部们好说歹说，愣是劝服不了，玉刚待在一旁，连半句话都说不上——村民们大多把冤气撒到了他身上，这当口哪还有人肯再搭理他。要不是他扯魔拉鬼地带头搞什么大种金桔，哪里会有这么多人遭此灾难！

"这样吧，哪位乡亲实在不愿意再种的，我可以揽租过来，租金按照原来的租地价钱一样，然后垦地费、种苗费，加上这两年的管理费折价另计。"玉刚一咬牙，提出这样的解决意见。他很清楚，有些人是唯恐天下不乱，在起哄了，再不果断收拾，不知道会闹成什么样子。

黄敢见玉刚亮出这一招,知道他也是情非得已,勉力要帮村委和他这个支书解围,但实在不是他这个全村父母官想要的结果,他的真实意图还是要村民们吸取教训,克服困难振作起来,继续把金桔种下去有种好来,早日实现脱贫致富。这也是他和村委会的职责所在。是的,眼下确实碰上了难以过去的坎,村民们的情绪平复不下,设身处地想想,搁谁身上都受不了,一年下来白忙活,打了水漂,哪个心里能舒坦?但桥归桥路归路,一码还一码,这也是他们自作自受!当初喊破喉咙敦促大家做"三避"的时候,有几个听的,一个一个的又做了什么?

吃一堑,长一智,让他们受点教训也不全是坏事,至少以后做事情多会思前想后了。

"我再补充说明一下,由于资金原因,土地租金可以每年一清,但前几年的各种辛苦费用要先欠一欠,从明年开始,分三年支付。金桔地你们可以给玉刚,也可以给我和其他愿意接收的人。但是你们给我听好想好了,从今往后,谁再来缠着村里要什么种植补贴之类的政策,门儿都没有!你租给了谁,就是谁享受的。"

本来嚷嚷着退种的人家不少,但听黄敢这一说,许多人就开始犹豫起来,甚至闭嘴沉默了。他们的骨子里,对村支书黄敢还是十分敬畏的,当然也知道察言观色,黄敢的话像是给他们的脑门心敲了一棒,立马有了三分的顾忌。

黄敢并不是要和玉刚争抢村民们退出的金桔地。他一是要阻止大家一窝蜂退种金桔,眼下的情势,与他带领大家通过种金桔脱贫致富的初衷完全背道而驰了,这种消极的情绪就像猪瘟,若不及早隔离清栏施药,很快就会疯传到不可收拾;二是为玉刚着想,必须得打个预防针声明在先,断了这些人将来再嚼舌根,甚至出尔反尔生出什么别的事端。这金桔种植明显是个致富的好行当,自己二十多年来就是靠它起的家,转天玉刚把收揽的金桔园都恢复打理好,有钱赚了,难保这些人不反悔耍赖。有他这个村支书参场,其他村干部也不会在旁边看戏,将来这些人就是挖空心思想闹,谅他也闹不起来。

黄敢自信,这点威严他还是有的。

结果还是有二十多户七十余亩金桔园,分别由玉刚和黄敢个人出资受让承包。还有五十多户受灾户表示再坚持一年看看,不行就退种。其余大多数人则表示理解,愿意继续跟着玉刚和支书一起打拼,反正不种也种上了。

黄敢和玉刚总算舒了一口气。

但来年再收果,问题还是来了。

一些种植户的桔园,尽管因去年冰冻灾害损坏了不少金桔树,但在玉刚和黄敢的悉心指导下,扎扎实实采取了补救措施,与正常金桔园相比,结果虽然少了很多,但果子的中上等品率还算不错,愁眉苦脸的他们终于有了笑容:到底支书和玉刚没有坑蒙自己。

而有些种植户的果园就差得远了。他们还是阴一套阳一套地打着马虎眼,得过且过,并没有完全按照玉刚和黄敢的指导要求去认真落实。结果可想而知。

果品的差异和产量的差距,导致了收入的悬殊。

秀梅的电商平台正在创立品牌,收果标准很严格,不合品质要求的金桔果品,自然没办法通过电商平台推送出去,更不能贴上"纯金"的商标对外销售,只能到处求爹告娘向走村串户的金桔商贩和炒果的九八佬低价贱卖,或者自己送到县城的金桔批发市场去碰运气,还不一定能找得到肯将就的受主。

人说岁月是把杀猪刀,现在,这些金桔种得不顺溜、整日愁眉戚戚的果农深深体会着:这残酷的市场倒更像一把寒光闪闪的杀人刀,心头殷殷地滴着血呢。

金桔没种好当然得找原因,去年是遭了意外的冰冻,可是今年呢?有人诘问玉刚,为什么同样种金桔,结果却差得这么远,是不是自己还藏了什么"秘密武器"？

玉刚就掰着手指和他们分析："那些品质好的果园，基本上是按照自己的技术要求进行管理，整枝施肥、除虫防病、壮果保果，样样做得精准到位；至于产量低，这是因为头年冰冻把很多果树冻坏甚至冻死了，通过调理和补种，再过两年自然会慢慢跟上来。可是有些人表面上虽然听我教，可实际做起来还是走了样，甚至偷工取巧，这哪能行呢？

"我早跟你们说过，金桔树是不会蒙人的，只有我们人有时在蒙金桔树，到头来肯定又蒙了自己。将心比心，一样的道理，你不对它上心，它能对你上心吗？"

有人听了心服口服，有人不以为然，硬说玉刚是在忽悠，难免又起动摇之心。

贺老水就不再理会玉刚，说玉刚以前给他们灌的全是"迷魂汤"，种不好就拿这样理由那样借口来堵别人的嘴巴，往后说上天也不会再相信他了，还嗷嗷着要砍了金桔树改种百香果，听说百香果好种，也好卖得多呢——本来去年就要退出金桔种植的，但慑于黄敢的威严，暂时放弃了想法。他是黄敢一对一自愿组合的帮扶对象，几年来受着黄敢的照顾，晓得黄敢不同意大家退种，不敢直接对着干，万一黄敢一翻脸，不再与他结对子帮扶了，那他怎么办？

但这回他决定不再忍了，他家金桔园结的果像羊屎粒粒，皮糙难看不说，还特别小颗，一小半上不了等级，头果都卖不出人家的尾果价来，真是气人气到苋了。

种成这样的原因很简单。为了省钱，贺老水基本上就没给果园施过什么肥料，每次黄敢和玉刚催促他，要施催苗肥了，要施坐果肥了，要施壮果肥了，他都是阳奉阴违，装装样子。要施除虫防病药了，他就捡个空的农药瓶装了水，再倒进喷雾桶里，往果树上一喷，就算万事大吉。他把黄敢以及政府部门帮扶的肥料钱农药钱等，一概拿去买了落地红赌了牌九干子宝，或者干脆米二就着猪头皮享受了！

贺老水还给自己编了个冠冕堂皇的借口，不就是几棵金桔树嘛，自生自长，环保健康。

正如玉刚说的，金桔树不会蒙人，它吃不好喝不好，当然生长不好。这叫一报还一报。

贺老水不管这些，一切不是自己的错，错的全是金桔树，甚至是诓着他压着他种金桔的人！

昨天夜里，心烦意乱的贺老水，一个人在家坐不住，手又庠痒起来，便跑到雅瑶街上，悻悻地到街上胡乱晃荡。

贺老水百无聊赖地晃荡到郑老三夜市门口，肚子虽然呱呱叫得厉害，可口袋里连个钢镚都翻不出来。

"老水哥！"贺老水猛听得门内有人在喊自己的名字，原来是前几天从柳州打流回来的韦彪。

韦彪比贺老水小了十多岁的年纪，和贺老水一样，现在也还是一人吃饱全家不饿。好吃懒做的韦彪在家里混不下去就到融州、柳州去做些偷鸡摸狗的勾当，听说前些日子在柳州撬人家的电瓶车，被公安抓了个现行，拘留了半个月才放出来。柳州待不住了，又转回到融州找路子，可身上没有票票，街面治安管得又紧，算是走投无路了，不得已才暂时蜷缩回了桐木寨避风头。

韦彪一回来就人模狗样地去找昔日的玩伴黄小强借钱，黄小强背皮厚，买新车都不带皱眉的，仗着以前那点花花鸟事的交情，容易敲竹杠，因此开口就要借他五千块，却又说不出个子丑寅卯。黄小强习惯了，韦彪每次找他借钱都是老虎借猪，从来就没见他主动还过半分，五千块当然不可能随随便便地借给他，借出去了就别想再要回来，关键是下回说不定就喊借一万了。可他又碍不下面子，只好甩了五百元打发韦彪，明说了几时还都不要紧，有就还，实在没有也无所谓，但是多的钱他也拿不出来，自己刚刚买了新车，前阵子还租了人家一些金桔地，租金也付了不少，手头正紧得很。

五千呢其实韦彪自己也知道是得不到的,他的目标就是弄个几百块来顶顶火。黄小强还真就这样打发自己了。

韦彪除了偷鸡摸狗,打牌博赌倒是不太喜欢,这与贺老水正好相反。得了黄小强的钱以后,便充起大头菜来,见天在雅瑶街上浪吃浪喝。虽说他在外以三只手为营生,但也固守着"盗亦有道"的信条,坚持兔子不吃窝边草,本土本乡,特别是周边村屯,却是从不下手。就算偶尔问黄小强要点小钱,也是仗着哥们兄弟的名义,明着借的,还不还那另当别论,可他从未明说过不还,君子认欠不认骗。村上的人都知道他在外面那些板路,有时见了难免开开玩笑,倒也并不刻意挤对他,当然也不用过于提防。

到处打流的韦彪甚至还有些江湖慷慨,对道上非道上的狐朋狗友,还是蛮大方的,街头巷尾吃顿便饭下个馆子什么的,只要兜里有两个钱,多半就是他买单请客。当然了,这慷的也不过是他人之慨罢了。

正在吃夜宵的韦彪,就着一盘炒田螺喝啤酒,身边两个空酒瓶子已横在脚边的桌子底,像两具冤死的干尸,韦彪嫌碍脚,用鞋头轻轻一撮,瓶子便哐当哐当地向一边滚去。

"阿彪,你一个人在这里嗨起啊?"贺老水走近韦彪的桌子边,眼睛乜斜。

韦彪嗦着一颗大田螺,嗍几回都嗍不出来,便用牙签撩,吃相夸张。

"没卵事,喝两杯解解闷。老水哥,一起搞点?"

韦彪热情地邀请贺老水一起喝两杯。大凡爱喝两杯的人,都不太习惯独酌独饮,一个人闷喝没意思。

"搞两杯就搞两杯。"贺老水脑子里正一片茫然,忽得韦彪热情相邀,立即脸放红光,来两杯冲冲霉运也是好的,红黑不要自己出钱。

几杯啤酒下肚,憋闷的贺老水就把话匣子打开了,开始是天南海北地与江洋先生韦彪胡侃海吹，接下来便絮絮叨叨地控诉起那害人不死的"鸟"金桔来。

"讲起我就火大，老子听他们哄起，这两年连牌桌都没怎么挨着边，你不知道少了几多乐子。可到头来瞎子点灯白费蜡，赔了夫人又折兵，空欢喜一场。搞到如今金桔园没得收成，还怨怪我不好好种，你说我冤不冤？我找谁要生活去？"贺老水的眼睛一鼓。

"那你还种个毛嘛，还不如我，一个人外面逍遥自在！"韦彪一杯啤酒下肚，盯着落魄如斯的贺老水，显出一脸的优越感。

"可我年纪大点，也不想出去了，我又没你脑瓜子活巧，外面去也吃不消的。"在韦彪面前，贺老水倒是实诚。

"那不会做点别的呀，非得在金桔这一棵树上吊死？"

"我也正寻思这事呢。左右我是种不来这背时倒灶的金桔，不如整点别的，来钱又没这么费力。"

"对了，前段时间我听道上一个兄弟说起，他们老家那边好多人种百香果发蒙了。那东西比金桔容易种得多，一根藤满园牵，你何不试试？"

贺老水一拍大腿："对呀，我记得黄喜六家以前就种过百香果。我隔天就把那些癞毛金桔全砍去，改种百香果。老子自己的地，种什么不得，非听他们的摆布！"

黄喜六家多年以前种过百香果，现在为什么又不种了，一门心思种起金桔来，这一点贺老水就懒得去追究了。

贺老水当真扛起斧头到了自家的金桔地，他下定决心要砍了金桔改种百香果。韦彪已夸下海口，说要找道上的朋友帮他，一定帮他，韦彪人虽年轻，在外路子却很广，贺老水头就热了。至于怎么能帮到他，那就嘿嘿了，用常挂在嘴边的白话来说，其实就是"我唔知呀"！

我不知道天知道！

贺老水在地里砍金桔树的当口，黄敢正在给自家的金桔树整枝。有人火急火燎地跑过来报信:"贺老水在砍自家的金桔林,支书你快去看看嘛。"

"他又发什么癫?"黄敢举起修枝剪问来人。

"他说他种金桔被玉刚诓骗了,白忙活不算,还倒贴本,要改种百香果呢,听人说百香果好种,本小利大,又轻快……他还说你的不是呢,说是你老压着他做这样做那样,结果一样都没做得成。"

"这个神经卵!种金桔也是老子压着他做的,怎么还冤枉起玉刚来了呢!"黄敢顾不得收拾,便直奔贺老水的金桔地。

黄敢如何不懂得,百香果不是不可以种,也有市场,但在西塘坳在东山乡都不成产业,根本显不出优势。砍了金桔种百香果,那真是脑子进水了。

黄敢赶到贺老水金桔地的时候,贺老水正在对一棵锄把粗的金桔树挥起锋利的砍刀,一边骂着粗口,仿佛对这些无辜的金桔树怀着刻骨的仇恨。白森森的刀刃在太阳的照耀下发出闪闪的寒光,带着诛天灭地的戾气。在贺老水的身后,已经倒下了一排齐根而断的金桔树,一棵棵横陈在地,未曾全蔫的枝丫毫无意义地向上扭曲着挣扎着,仿佛是些无力叫屈的冤魂。

"贺老水你干什么,赶快给我住手!"隔着老远,黄敢对挥刀发狂的贺老水大声呵斥。

贺老水没有停手,似乎并未听见黄敢的呵斥,也许听见了,但听见又怎么样,此刻,眼红的他已根本不想理会任何人。

黄敢越过田埂,冲上前去,一把抢过贺老水手中的砍刀,拼力摔到田埂外,他是被贺老水的鲁莽举动气炸了,如果可能,真想狠狠掴他几个耳巴掌。

"你是疯了吧,发什么癫?这些金桔树都三年多快四年了,好不容易才长到现在这个样子,你没护理好怪哪个?收成是天上掉的吗?不好好反省自己尽心尽力没有,倒在这里怨天尤人怪这怪那,耍什么狠,还有没有点男人气?"

二十、再屠园记

黄敢当着贺老水一顿劈头盖脸。这个村上的老扶贫户，自己几年来的帮扶对子，当初可是打了包票，要让他早日成为脱贫致富典型的。连贺老水这样的二货都能顺利脱贫致富的话，这政策的宣传鼓动意义可就大了。为了帮助贺老水早日脱贫，黄敢可没少费神，这些金桔树就是当初自己掏钱为他购买的，以后每年还私人掏钱让他买农药化肥，贺老水种自己的地，却像帮人家打工，从不主动操心。什么时候整枝，什么时候施肥，施什么肥施多少量，什么时候打什么农药除什么病虫害，都是黄敢和玉刚吩咐安排。而他自己总是在实施当中欺瞒谎报，做着掩耳盗铃的勾当。

"我砍我的，又没犯着你哪样，你管我！"被夺去砍刀的贺老水铁青着脸想耍横。

"这地还是国家集体的呢，果树种上了就不能随便乱砍，乱砍就是犯法，你知道不知知道？老大个人了，哪能这么胡来，瓜盖脑壳里面就没一点儿脑髓！"

"我都没钱买肥料买农药了，去年都那样，今年靠什么结果！结了果也是个四不像，卖不出钱来，还不如换了别的来种。"贺老水继续嘟囔着，却放低了声音，眼珠子明显发红。

"种什么不要花心思和力气？没有天上掉馅饼的好事！一样的地一样的树苗一样的肥料农药，人家的种得好，你有什么理由种不好？摸摸你的良心，自己对这片金桔地付出过几多，有那些牌九麻将十分之一多吗？是不是牌九麻将又把你的魂勾去，开始准备放烂，破罐子破摔了？怪天怪地怪人家，就是不怪你自己！买肥料买农药没钱了是吧？好，我再借你！"

黄敢一边继续训斥贺老水，一边答应帮他解决资金困难。无论如何，他不能让这个麻赖憨三掀起破坏金桔种植的风浪来。

玉刚不知从哪里得到消息，也跑到贺老水的桔地来探究竟。刚巧听到黄敢答应帮贺老水解决买肥料农药的资金，老远便接了腔：

"水哥,书记帮你解决肥料农药钱,那我帮你解决技术问题,只要你肯好好做,我保证,今年的金桔一定能达到中上品。"

"打屁宽松,说得轻巧,你黄口白牙讲上品就上品啊?"贺老水不买玉刚的账,"种不好,亏本的还不是我贺老水,借的钱不要还啊?站着说话不腰疼呢你!"

贺老水被黄敢一通训斥,心里虽然窝火,但碍于对方是村支书,与自己结着帮扶对子,一直在经济上帮衬他,所以不敢放肆。正没发泄处,听玉刚这么一说,又点起了心中的无名邪火,本来就冤怪是玉刚害他劳民伤财种什么鬼金桔的。

贺老水种金桔,确实是玉刚鼓动的,原先黄敢也要求过,那时觉得种金桔没得牌九有搞,就硬撑着没有动,直到玉刚的金桔园火起来,加之村上人都跟着种了,才勉强同意。之前他也参加过给玉刚的培训班,可他哪想细磨深究这个,他的心思全放在牌九麻将上去了,打牌九搓麻将那多惬意过瘾,日子赛过活神仙呢!如今金桔没种好,眼睁睁看着别人挣钱,打牌赌博又是输多赢少的,心里哪能敞亮?

"那你还想怎么着?这样吧,只要按我的要求做到了,你今年的金桔我全包,大搭小统货中品起底收你的货,都不用你去找市场,卖不出价钱算我的,总行了吧?"

玉刚和支书黄敢想的是一个意思,节骨眼上不能有人打退堂鼓,得拢着所有的人往前奔。一粒老鼠屎会坏了一锅汤,绝对不能让贺老水懵懵懂懂做了这颗坏汤的老鼠屎。

听玉刚这口气,意思是要包了自己的金桔园,贺老水便歪着脖子将玉刚:

"那你讲话做不作数,我怎么相信你的红口白牙?"

"你还怕我耍赖不成?男子汉讲话撂石锤,一口唾沫一颗钉,当然算数了。书记做证,喜六叔做证,所有在场的人都可以做证,我说话算话。"玉刚拍着贺老水的肩膀,郑重承诺。

"空口无凭,你敢给我签字保证吗?"贺老水盯着玉刚,他把这当成赌场上处理赌债欠账了。

"贺老水,你过分了啊,还是不是个人?签什么字,谁欠你了?倒是你自己,真该给我写个保证书,不成器的东西,也不嫌丢脸害臊!"

听见贺老水追问玉刚要签字保证,黄敢本来已经降下的火气,噌噌噌又冒了上来。

"那到时候可别怪我赖上你噢!"

贺老水乜斜着三角眼,剜一下玉刚,口气软了下来,但和玉刚较上的劲并没有松懈。支书又在向他发飙,贺老水自知,再犟下去肯定讨不到便宜,他太熟悉支书的脾性了。可他并不完全相信玉刚真会包了他的果园,他不傻,玉刚更不是傻子呢,明摆着这是担了天大风险的,谁知道今年的金桔会长成个什么鸟样子!

"水哥,你就把心放到肚子里吧,只要好好种,包你今年好收成。到了采果季,我第一单就收你的果去上市,再不行我先付你定金——不过你也不能像往时那样糊弄对付了。"玉刚当着众人一再表态,才让贺老水吃下了定心丸。

好说歹说总算止住了贺老水毁金桔的念想。

为免节外生枝,玉刚干脆放下自己的事情,请来小钩机,先帮贺老水疏通排水沟,又帮着他整枝追肥。

黄敢也不食言,掏钱为贺老水解决肥料农药的资金。为了确保专款专用,这次不像往常,不再拿钱让贺老水自己去买了,而是将他家所需的肥料和农药,每次直接送到金桔地里,只让他在送货单上签个字便成。

肥料农药到了地里,全是玉刚在场帮着指导打理,这下倒弄得贺老水很不自在,再不好好种,不仅对不起人家,连自己怕也要对不起呢。于是,牌九也不去打了,麻将也不去搓了,落地红干子宝也不去想了,一天到晚跟着玉刚在金桔园里忙活,反倒精神抖擞,像变了个人似的。

"水哥你看,这平地尤其是农田,除水沟一定得保持通畅,才有排水效果,否则一到下雨就容易被淹,引起落花落果。"

"噢。"

"水哥,这春梢肥一定要施放足够,长起来才肥壮,结的果才大个。"

"嗯。"

"水哥,这病虫害主要靠提前预防,要对症下药及时杀灭……"

"懂得了。"

二十一、金桔合作社

一番打拼,玉刚的金桔园已渐成规模,不仅是整个东山乡的绝对大户,更是县里面立起来的一根青年创业标杆。

跟着玉刚种金桔的人也越来越多,桔园的金桔也长得越来越喜人。

可是黄敢看得出来,玉刚的心里并没有满足,这个年轻人不简单,一定还憋着更大的念想。

其实,黄敢也没有满足。

这几年,西塘坳村的金桔种植发展比自己想象的还快,但是总觉得与自己期待的样子不完全对板。冰冻事件、贺老水毁园事件令他心里踏实不下。

抗风险能力到底很不够啊!

黄敢见了玉刚,问他还有什么困难可以让村里、让他这个支书老叔帮助解决的。

玉刚呵呵地笑着:"一定的,一定的,有困难有事情一定会麻烦书记老叔。"

玉刚心里藏着一个更大的想法——成立金桔合作社。

玉刚想把所有的金桔户拢起来，用时髦的行话叫"抱团取暖，共同发展"。

玉刚想向黄敢汇报自己的想法，却担心黄敢对他有别的看法，犹豫了好些日子，每次见到黄敢，话到嘴边又咽了回去。

玉刚明白，成立合作社没有村里支持是行不通的。

"敢叔，你对专业合作社有什么看法？"

办公室里，看着埋头起草《西塘坳村产业扶贫发展规划》的黄敢，玉刚终于憋不住，装作不经意地问黄敢，他想试探黄敢的反应，在这件事情上他必须谨小慎微。

"不错呀，这主意好——不是，你想搞合作社？"村支书黄敢眼睛一亮，看着玉刚，足足出神了半分钟。

其实，就是玉刚不说出来，成立金桔合作社的事，黄敢也意识到了。别的地方各种经济合作社已如雨后春笋，什么渔业合作社、甘蔗合作社、水稻合作社，在融州其他乡镇也已成立了好多家。县里也是鼓足了劲头大力宣传。金桔不仅是东山乡的核心产业，也是融州县的主导产业之一，金桔合作社的发展是迟早的事，西塘坳不先搞，别的村别的乡说不定一呼啦就搞起来了。

这事也得抢个先机不是？

西塘坳村必须拿下金桔合作社的第一块牌来，一坛好酒，不能让别人这头道水去。

只是这合作社究竟该如何运作，黄敢还没理出个囫囵头绪，经玉刚这一说，主意立马出来了。

"玉刚啊，你要是把这个合作社搞起来，老叔我一定全力支持。"末了再加上一句，"不，是举全村之力！"

玉刚一听，赶忙申辩起来：

"书记，不是我想搞合作社哈。我是觉得，像我们这么多金桔种植户，拢共加起来，怕不下三百户了，但没有个统一管理，有点像无头的马群，终究很散乱，还是容易出问题。前年的冰冻事件就是个典型的教训，当初如果是合作社统一管理，把'三避'措施提前做到位，也不致造成那么大的损失。再扯远点，几年前乱打农药、膨大剂、催熟剂，把整个融州金桔的牌子弄砸的，客观地说，很大程度上也是出在没有统一管理严格控制的问题上。为了避免这些人为的问题再次出现，其实大家可以联合起来，互帮互助，有困难大家应对，有利益共同分享，有前景一起开发。您说呢？"

玉刚说了一大通，想撇清自己，但越描越黑，有点此地无银三百两的感觉。他的心思，老谋深算的黄敢岂能估摸不出来？

"你为什么不想搞？你搞金桔合作社有错吗？别藏着掖着，这个不是坏事，是好事，而且是大大的好事，你敢叔我一万个赞成。其实啊，你就是不说，等我把思路理顺了，还要专门找你来探讨呢。看来这事不能耽搁，得赶紧动起来，一定要抢在全融州前头，先巴巴地把它做成喽。说真的，这事也憋了我好久了，今天算是茅塞顿开。"黄敢拍拍玉刚的肩膀，给他鼓劲。

黄敢在心里盘算来盘算去，合作社这个事，真还只有玉刚合适来挑这个头儿。自己倒是也有这个能耐，可村支书的职务压在肩上，已经喘不来气了，再说，合作社是民间组织，自己硬是要承揽起这个带头人的名号，肯定会引起不少人的嫌疑，以为这里面大有油水可捞。也难怪，全村金桔种植规模这么大，一旦他霸着这个合作社负责人的位置，还不等于给自己私开金库？

作为村支书，他得主动避嫌，更得让贤，说到底，玉刚这小子的确有两把刷子，堪当这个大任。

"金桔合作社好处很多，比起种植户各自为政单打独斗，优势明显。至于组织，我建议村委会出面，书记、主任来挑这个大梁也更有权威。"玉刚有些言不由衷，当然他说的也是大实话。村委会出面，村领导挑头，无疑最具权威性与号召力。

"我的看法是，这个合作社必须由你来当头儿。"

"我做不了的。"

黄敢伸出右手食指轻轻扬起，他的话像板上钉钉："谁说？

第一，你的金桔园是全村最大的，入社股份最多；第二，你的技术最好，你是专家，怎样种金桔应该由你全面把关；第三，你的金桔品牌已经打响，秀梅的电商平台也运作得好，市场基础牢靠；第四呢，你来当法人，种植户应该最没有嫌疑。至于村委会，特别是我，你不用担心顾虑，绝对全力支持。我这可是和你掏心掏肺说的，当仁不让，你就别扭扭捏捏了。"

"那合作社先成立起来吧，谁来当这个法人倒不着急定。真要选到我，我也一定竭尽全力把合作社办好，决不给支书您丢人。"

话已说到这个份上，玉刚也不好再辩白，不管怎样，黄敢的态度已经妥妥地摆在这里。

讨论到具体操作程序，玉刚说："成立合作社也得做好鼓动宣传，首先得让果农知道是怎么一回事，明白该怎么做，有什么义务和责任，享受什么权利及待遇，这些必须家喻户晓，别让人误解了。反感抵触可能会有，那我们就慢慢来，不勉强，也不搞一刀切，入社自愿，退社自由。"

"这么大的事，当然要好好宣传，好好动员。总之，只许成，不许黄。"

黄敢对宣传体会最深了，当年若不是宣传工作做得细，哪能那么顺利做上村支书，而且一做十多年，成为东山乡任期最长的村支书，就是在整个融州，恐怕也不多见。虽说这是全中国行政序列中最卑微的芝麻小官，人们都戏称扑克牌里的"方块3"，却是最接地气、体会最深刻、最有话语权、最能代表基层民意的土地爷！在村里，那绝对是说一不二的角色，村民们都仰仗着呢。

不出半个月，"成立西塘坳村金桔合作社动员会"在村部广场隆重举行，种金桔没种金桔的村民都来了，黑压压地挤满了村委会前面的小广场，场面少有的热闹。

"各位父老乡亲，今天把大家请到村委会来，没有别的，就是为一件事情。这件事关系到我们大家的利益，关系到整个西塘坳村的发展大局。"

因为人多嘈杂，黄敢的开场白只好用上了扩音话筒，几乎是沙着嗓子眼在喊。

现场的人们按捺不住，开始躁动起来。

"村里又要做什么大事？修水电站，修水厂？"智多星韦元良吊起嗓子嘀嘀咕咕。

村里要修水电站和水厂的话，虚虚实实已经喊了不少年，但尽管年年叫月月喊，却因为资金的原因一直搁着没动静。就为这两样，黄敢没少在乡里和县上的各个衙门烧香磕头装孙子，可折腾来折腾去，却始终化不到什么缘，人家随便一个借口就把他打发了，在村上呼风唤雨惯了的黄敢，说不出的憋屈，恁大的工程，光靠动员村民集资那是远远不够的。中间倒是曾经有个搞房地产发达起来的湖南老板，前来洽谈过投资合作的事，可人家一开口就要百分之八十的股份，而且要求经营权、财务权都归对方，一点也不肯退让，谈了几次始终谈不拢，水电站和水厂的事也就不了了之了。

"水厂电站的事还得再往后挪，眼下最当紧的另一件大事情，就是成立我们的金桔合作社。这个金桔合作社不需要什么资金，也不用求到别人，自己齐心协力就可立马成立了。"黄敢尽量说得轻松。

"合作社？像当年农业社那样搞？书记，我说——你这样搞是不是又要倒退到从前去了？"这回出来提问的，是一向谨小慎微的蒋世杰，平常走路都怕踩着蚂蚁的蒋世杰，突然冒出这个问题，完全是因为他家玉刚，哪个都晓得，玉刚的金桔园是全村规模最大的金桔园，在整个东山乡也找不出第二个来。

蒋世杰心里琢磨着，这黄敢冷不丁召集大家来扯皮金桔合作社的事，莫不是要用这个办法来算计我们老蒋家的园子？是的，玉刚在县上工作时曾损过黄敢的面子，可那已是老皇历，早该翻篇了，难不成堂堂一个二十多年党龄的老支书，还在脑壳里念着"君子报仇十年不晚"的歪脖子经吗？原来，黄敢一个劲儿撺掇我们家玉刚扩大种植园，迫使他到处贷款借钱，而今债台高筑，就是怀了这样一个龌龊目的，真正岂有此理，到底是个狠角色啊，太险恶了！不行，关键时刻他得站出来维护儿子，不能虎落平阳被犬欺负——蒋世杰意识到在心里用上了这样的词语有些刻薄，却想不出一个不刻薄的词来代替他心中的愤懑，不知不觉间家族的优越感油然而生了。

"爸，你说什么呢？书记这是在为全村的乡亲谋共同发展大计。"玉刚被蒋世杰的话惊了一跳。没想到，第一个出来发难的，竟然是自家的老头子。

"你懂个屁！"蒋世杰对儿子说话就不客气了。

跟着，玉刚的大伯蒋世财也附和起来："我说支书啊，你这唱的究竟是哪一曲？都什么年代了，你还想着搞解放初那一套，太过时了吧？"

听蒋家兄弟这一发难，在场的人若有所悟。于是开始七嘴八舌地质疑起合作社的动机来。本来应该顺顺当当的动员会，一开场就被搅和得有点乱套。

黄敢再次举起扩音话筒："我说各位村民同志，你们还有点头脑没有？谁让你们回到解放初去了，嗯？农村专业合作社是现代经济发展的一种新模式。懂得什么叫作'抱团取暖，共同发展'吗？我们成立金桔专业合作社就是要'抱团取暖，共同发展'，就是要大家拧成一股绳，劲往一处使，把所有社员的金桔都种好、卖好，实现共同致富的目的。明白了吗？"

不明白！家家户户自个儿种得好好的，发什么羊痫风，弄什么合作社，又是想搞大锅饭吃啊？

合作社岂能是大锅饭，想多了！灶是大灶，锅头还是各家的锅头，当然煮自家的米。

"对了，我们现在筹备的这个金桔合作社呀，不是捆绑夫妻强迫买卖，都是自觉自愿的，谁愿意呢谁就进来，不愿意呢绝不勉强，但绝对不是你们想的，搞什么大锅饭。"黄敢补充道。

听到黄敢这个补充，蒋世杰悬着的心算是放下了大半：只要你们不逼着，那我们家就还自己弄自己的，你胸怀大度装着一村百姓，我们也能相安无事。就算我老蒋头小人之心度你君子之腹，愧对了。

这边蒋世杰的心思还没完全调整过来，那边黄敢又发话了：

"各位村民请安静，刚才我有讲不透的，现在请玉刚来跟大家详细说说，他洋墨水喝得多，又在县上工作过很久，门儿清，不仅是种金桔的能手，也是政策方面的专家。"

黄敢把话筒递给玉刚，玉刚起初不敢接，他怕说不好引起众怒，尤其是老头子那双冒着阴火的眼睛，还一直盯着自己。他不明白，为什么一提起合作社，老头子就如此反感。还没了解合作社到底是个什么东西呢，怎么就先入为主一口否定了呢？

还有这挤满了小广场随声附和的父老乡亲。

黄敢将话筒硬塞到玉刚手里，为他打着气："不慌张，有我撑着呢，又没人能吃你。"

玉刚硬着头皮，清了清嗓子，接着黄敢的话头，继续解说起来：

"是这样，我再给大家补充解释一下。金桔专业合作社呢，就是以我们家庭承包种植经营为基础，自愿联合、民主管理的互助性经济组织，合作社的主要服务对象就是全体社员，通过向全体成员提供种植、销售、加工、运输、贮藏以及与金桔生产经营有关的技术、信息等服务，实现经济互助，共同发展。谁家的桔园仍旧是谁家的，也是自己打理。在合作社内部，起决定作用的不是社员在合作社中'股份'，而是'交易'。合作社的主要功能是为社员提供生产和交易上所需的服务。合作社与社员的交易不以营利为目的，但为维持运作，适当的经费是必须保证的。合作社的盈余，除了一小部分留作公共积累外，大部分要根据社员与合作社发生的交易额的多少进行分配……当然，在合作社里，我们对金桔从种植到销售的各个环节，都要做到统一技术规范、统一管理方法、统一品质标准、统一营销模式，甚至统一上市时间，不能自己想怎么搞就怎么搞，得有个公立的规矩。"

玉刚的解说过于"专业"，反而让大家听得有点云里雾里，但结合着黄敢前面讲的意思，看架势也不是要回到从前的老路上去，这一点是肯定的。

"那这个合作社究竟要怎么搞呢？"发问的是大嘴巴韦忠良。

"要怎么搞？今天找大家来开会，就是要商量这个事。村里先拟了个筹备组名单，这个筹备组名单有村支书黄敢、村主任莫大亮、妇女主任黄彩兰，另外还有坡尾屯的蒋玉刚和黄喜六、桐木寨的王长发、三马坡的钟宜军、前山屯的韦尚云、里王冲的谢群和。我在这里再次声明，名单是村里代拟的，大家有什么意见可以现场提出来，也可以毛遂自荐，反正是筹备嘛，多几个人也无妨。因为合作社是自发的民间组织，不归村委会管，村委会只负责指导，这个筹备组也是临时的，待合作社正式成立后，筹备组自动取消。"

村主任莫大亮对在场的人宣布了筹备组成员名单。

精明的蒋世杰比任何人都听得糊涂，他不能理解的是，玉刚也成了筹备组的人，还在会上给人家解释什么合作社的宗旨作法。他是不是让黄敢灌了什么迷魂汤，当枪使，被人卖了还乐呵呵地给人家数钱？

"金桔合作社的事，我们绝对不能落后，一定要赶在别个村前面，政策扶持的力度才大。吃甘蔗要吃前面一截，吃到后面就不甜了，这个道理大家都懂的。"黄敢继续鼓动在场的人。

村民们经黄敢一鼓动，觉得新鲜，不少人也来了劲儿，开始转变态度，纷纷举手表示赞成。

接下来开始现场登记入社报名。村主任莫大亮在村委会一楼走廊上摆了张办公桌，桌子上放着事先准备的登记表，招呼人们报名登记。

莫大亮："各位，愿意报名的，现在请到我这边来排除登记哈。"

刚才还热情高涨的人们却意外地寥落，竟没有几个上前登记的。

人们还是心有顾虑，怕被合作社忽悠。刚才村主任和玉刚都说了，这合作社只是个自发的民间组织，不归村委会管，这样子搞，和几个人头脑发热一拍脑袋合伙起来做生意，岂不是一个样，你好我好大家好，但凡哪个动点歪心思，赢的也能做成亏的，真要那样指定合作不长，说散就散了，弄不好还会因此结上冤家。这金桔合作社就更复杂，全村这么多种植户一窝蜂地涌进来，各人揣着自己的小九九，保不准搞小名堂的人一捋一大串，到时不定乱成什么样子，收不收得了场就两说了。

黄敢看出大家心思，第一个在报名表上签了名字，自家的桔园自愿纳入合作社，接受统一管理。

"我就知道你们肚子里藏了什么瘪瘪，我先报名入社，你们就放心跟着吧。"黄敢一边填表签字，一边冲着犹豫的人群说道。

村民们的担心可以理解，他们现在是东山乡第一个吃螃蟹的，作为村支书，他得先带好这个头。

黄小强不知想到了什么，紧跟着黄敢抢着要签字："爸，我们家的金桔园，还是我来签字吧。"

黄敢一瞟眼黄小强，把签字的笔轻轻一抡："老子知道和你不是一个户口本，代表不了你——我只签我和你妈名下的那几亩，你和你媳妇的，你们自己做主。"

黄敢签完字，黄小强赶紧抢在其他的人前面把字也签了。

接着是村委会主任、秘书、妇女主任……

接着是玉刚、王长发、钟宜军、黄喜六、韦尚云……

"我也报名。"

"我也报名。"

"帮我也写上吧。"

二十一、金桔合作社

……

村民们的顾虑终于渐渐打消,纷纷抢着报名,既然要报,干脆就做出个争先恐后的姿态来,给支书留下个"听话""支持"的好印象。

经统计,现场报名入社的总共有七十多家近五百亩金桔地。反正是进社自愿退社自由,桔园子也在自个儿手里,别人也抢不走,不如先卖村里一个面子,行就继结留在社里,实在不行,大不了再退出来,到时就算是支书黄敢也没话可说,勉强不得了。

大多数的村民还是没想清楚,表示要回去再考虑考虑。

"行,不着急,回去好好寻思寻思,想好了再来村委会报。"黄敢对着散去的村民大声说道。

回到家,蒋世杰坐在一张板凳上,咕噜咕噜吸着水烟筒,瞪着眼睛,对玉刚又是兜头一顿呵斥。老头子原以为这合作社只是黄敢针对他玉刚设计的陷阱,哪承想玉刚自己也是个始作俑者。

"你现在能耐了是吧,你不知道这合作社搞起来会担多少风险?人心隔肚皮,那么大一个摊子,谁能保证不出岔子?"

确实,谁也不能保证一点岔子都不出。

"爸,风险肯定会有,但是专业化的合作社经营模式是将来行业发展的趋势。再说,大家联合成一个整体,总比单打独斗抗风险能力强得多。"玉刚回应道。

"就算要搞合作社,由他们村委会去折腾就行了,你说你去掺和什么,捉虱子,上头没事找事,你能得个什么好处。起初,我还以为是那黄敢支书不忘当年羞辱,有意设下陷阱算计你呢,你就不该那样不给人留情面,现在回来了也不懂得得处处小心。"蒋世杰狠抽两口老旱烟,语重心长地教导儿子。

"爸,你想哪里去了?人家敢叔才没这小心眼。实话跟你说吧,这成立金桔合作社的事,本来就是我向支书提出来的。"

"什么,是你向黄敢提出来的?你晓不晓得,自家这么大个园子,得人家的多少倍,弄不好就赔进去了!你说你到底图个什么，不瞎折腾你就得死？"蒋世杰一听，磕着烟锅灰的手打着抖，眼珠子顿时鼓了出来，额上的青筋像一条一条的大蚯蚓在蠕动，那个气啊！

"爸，你也是个明事理的人。我回来这几年，做了这么多事，你捋顺了往回看，有哪一件哪一桩是胡来的？你儿子心里不糊涂，有数呢。"玉刚赶紧从口袋里掏出烟盒来，抽出一支，恭敬地递上，一边赔着小心，宽慰道。

"我看这一回你就是个烧包！"蒋世杰接过烟，干咳两声，余怒未息的样子。

可是气归气，聪明也好，糊涂也罢，玉刚的决定，他是没法改变了。儿子自己开创的事业，别人做不了他的主。

动员会后补充招募，全村三百多金桔种植户三千余亩金桔园绝大多数同意入社。

四月的晴天，风轻云淡，祥和一片，村委会二楼栏杆上挂出了"西塘坳村金桔合作社选举成立大会"的大红横幅，合作社第一届领导班子选举如期进行。

选举会上，大家各抒己见，又是一番热闹。针对事先拟好的理事会候选人名单，在具体到推选谁来做合作社负责人的问题上，社员们各抒己见。有人提议由村支书黄敢来挑这个头，理由很简单，大家信任他，十多年的老支书，最公道，有威望，靠得住；也有人推举玉刚，玉刚人年轻，懂技术，又在县里工作过，关键是有想法，点子多，还肯帮人，而且他家的果园最大，占的份额最多；也有推举村主任莫大亮的。更多的是现场毛遂自荐的人，这些人以为合作社将来一定大有捞头。

"我再三声明，金桔合作社只是由村委会倡议成立的民间组织，合作社的一切事务村委会均不干涉，只提供政策指导，作为村支书，我不宜担任。但是，我以一个负责任的普通社员的名义，强烈推举玉刚来挑这副大梁，由玉刚担任西塘坳村金桔合作社首任法定代表人。至于干不干得好，大家心里都有一杆秤，如果觉得玉刚干不好，到时可以换选甚至罢免！还有什么疑问吗？"

黄敢的话没人能反驳。

退一万步，如果觉得合作社真的不好，没有搞头，随时可以退社，岂奈我何？

"那就选玉刚吧，我们投票。"社员们终于达成了一致。

经过最终统计，由黄敢宣布西塘坳村金桔合作社第一届理事会选举结果：理事长玉刚，副理事长莫大亮，监事王长发。

在热烈的掌声中，玉刚正式走马上任西塘坳村金桔专业合作社首任掌门人。

金桔合作社成立后，外村的桔农闻讯也纷纷打听可不可以加入，算起来有好几十户两三百多亩桔园呢。

这可是个新鲜又为难的事，玉刚打算收纳，他想趁机把合作社的影响扩大到村外去，却不知村委会有什么意见，本村社员会怎么想，便去请示黄敢。

黄敢倒是撇脱，说你玉刚是合作社的法人代表，这事得法人代表做主定夺，再说人多力量大，章程上又没有规定外村的种植户不能入社。

看来制订章程的时候，这个问题就被巧妙地解决了。

那就开门欢迎。

由此，西塘坳村金桔合作社从成立之初，便成了名副其实的"跨村合作社"。

金桔园里，挥汗如雨的玉刚对着秀梅咧嘴而笑。

"你这笑够诡秘的，几个意思啊？"秀梅捋了捋汗湿的刘海，抿嘴细问。

"几个意思？这一板斧下来，必将劈出融州金桔的新天地。不信你就等着瞧，嘿嘿，嘿嘿，嘿嘿嘿……"

二十二、巡视组

成立合作社并不难，难的是统一管理，比如使用统一的有机肥，比如严格参照柑桔类水果农药使用标准，比如杜绝使用催熟剂膨大剂，等等，这些要求看似简单，对于文化不多、传统观念相对根深蒂固的果农来说，却像给他们头上套着一层一层的紧箍，好不自在呢。有些人种了多年金桔，虽说未得什么要领，摆老资格却很有一套。

况且，人多了心也杂。

几年前的"融州金桔"名声被砸的教训，很多人至今不曾醒悟，依旧自作聪明。

智多星韦元良就是这样头脑灵光却爱走偏路的"聪明"人。

玉刚从韦元良的桔园经过，看到旁边一块金桔地已经荒芜，他从地里抓起一把土仔细闻了闻，无奈地摇着头，嘴里痛心地念叨着："可惜了，可惜了！"

这小块地原本也是韦元良家的果园，前几年地里的金桔还生长茂盛，由于滥用化肥农药，土壤严重板结，土质锐变，如今金桔树早已枯萎，不再适宜种植。可他却骗人说是金桔树得了黄龙病，他骗得了别人却骗不过玉刚。

像韦元良这样自作聪明的人，西塘坳村有，整个东山乡也不乏其例，曾经对东山乡乃至整个融州县的金桔声誉造成过很坏的影响。前两年，曾经扬名立万的"融州金桔"自毁名节，差点被桂西金桔取代，罪魁祸首就是东山乡某些人的"聪明能干"。亏得县上发现问题严重，果断责令乡里立下军令状，祭出硬招整治，才逐渐扭转乾坤，渐渐恢复了元气。否则的话，今天恐怕就没有"融州金桔"这个名字了。

"这样的悲剧决不能重演！"玉刚也为自己立下军令状。

为了遏制土壤恶化的趋势，玉刚决定在全社范围内启动土壤改良计划。就是通过对合作社所有金桔地的土壤进行检测化验，分析土壤成分，然后对症下药，或添加微量元素，或酸碱比例调和，尽量使用农家肥有机肥，控制激素和农药残留等，真正实现科学种植。

没有规矩不成方圆，玉刚反复向社员们强调："金桔种好了，虽然不一定好卖，要是种不好，那铁定不好卖！"

道理哪个都懂得，关键是怎么确保种得好！

"农药残留指标绝对不能超标，采摘前两个月，不能再打农药。"

"土壤好，果树才能壮，果子才会好。一定要舍得下有机肥。"

"果实甜度、成熟度达标才能采摘，不能为了提前上市乱打催熟剂，自然熟的果子品质最好，也最能卖出好价钱。"

玉刚逢人就念他的"土、肥、药"三字经，听得人耳朵起了茧子，但他总是不厌其烦。

为了鼓励种桔农们守规矩，玉刚先从自己的银行账户上划出一笔钱来，设立了"标准化管理"奖励基金，专门奖励符合生产标准的社员。并统一推荐使用玉刚注册的"纯金"商标，优先通过秀梅的"金桔汇"电商平台与"桔乡联盟"进行联合推销。

合作社虽说是个统一组织，桔农却还是每家每户各自管理着各家的园子，彼此互不勾连，谁也干涉不了谁，谁也不愿得罪谁，种得好不好那是各家的造化。大家表面一团和气，靠相互监督来提高遵守规范的自觉性，那真是有点哄人，靠单纯奖励也难收到理想的效果。

"书记，合作社成员和果园太分散了，我还是担心有人不守规矩会乱搞。"玉刚来到村委会找黄敢商量对策，他料定有些觉悟不高的人，一定舍不得放下那些自作聪明的小把戏。

玉刚的担心，黄敢也有同感，十个指头还不一样长呢。

"那你想怎样，有招了吗？"黄敢从衣袋里掏出烟来点上，猛吸几口，嘴里发出咝咝的混响，望着神情焦虑的玉刚。

林子大了什么鸟都会有，关键是怎么管控！

"我想在社里组织一个巡视组，职责就是专门监督社员们是不是遵守金桔种植的规范规则，有没有胡搞乱来。"玉刚一定是受了雷厉风行的"中央巡视组"的启发。

"巡视组——好啊，震慑！这个办法要得。"黄敢一拍大腿连连点头。

这主意的确不错，搞个巡视组，扯张大旗，气势力度和管控效果肯定差不了。

"书记，您就是这个震慑。"玉刚话赶着黄敢的话，满脸兴奋。

"这个怎么讲呢？"

黄敢弹了弹手中的烟灰，这小子又给自己出题目了。不过他心里很欣慰，说明这小子还是尊崇自己的，并没有因为当上了合作社理事长就不知天高地厚忘乎所以，竹子的上节下节还是分得出来。黄敢需要这样的尊崇，这种时候他在村上的威信容不得任何质疑，更不能因为合作社而遭到一丝一毫的削弱。

"我想请书记来主持这个巡视组——"玉刚看着黄敢，目光恳切。

"别老书记书记的，叫敢叔。现在不是讨论合作社的事嘛，我只是个普通社员，敢叔叫起来倒自在、爽脆！"

其实让玉刚怎么称呼自己，多少有些摆谱的味道，但这个谱摆得亲切、自然，令人心中暖意顿生。

"我想请敢叔您来主持这个巡视组。知道您村里的事务忙，家里还得兼顾着，但除了您来带领，恐怕没人能服得了众。"玉刚换个称呼重复自己的想法。

"嗨，不就是叫我当这个巡视组的组长嘛，行，听你的，那我就唱回黑脸包公，先来挑这个头儿。"

如今，金桔专业合作社已经成为西塘坳村的脸面，乡里县里都巴巴地盯着不放，出不得半点差池，黄敢这个村里的一把手，其实也是顶着千斤的重担，责任大着呢。得，自己亲自挂帅来担任这个巡视组长，心里也踏实些，真要是随随便便找个人来顶差，十之八九怕是镇不住的。

最后一波金桔扬花坐果之际，"西塘坳村金桔专业合作社桔园规范管理巡视小组"在黄敢的直接指挥下开始"打雷下雨"，先是在全体社员大会上宣读"社规"，并白纸黑字印发到每家每户。接下来便对各家的金桔园进行摸底检查，巡视组每到一家果园，发现问题，立即召集人员到果园召开现场会，当场下达限期整改通知，提出具体的整改办法和要求，限期复查考核整改效果。复查整改不到位者继续整改，直到考核合格为止，并且在村部和每个屯的信息公开栏上张榜公布复查整改结果情况，对于拒不执行整改通知的钉子户，则采取果断措施，除了全村通报外，记录在案并上报乡县相关管理员部门处理，同时劝退合作社，不再提供任何服务，以儆效尤。

别说，这一招还真灵，有几户顽固分子被公开批评之后，大家都自觉了许多。

入秋的一天，佩戴红袖章的巡视小组一行在黄敢的带领下，来到韦元良的桔园，巡视小组人员远远看到韦元良背着个喷雾器，在园中忙得不亦乐乎。

闻着空气中的味道，玉刚就觉得有问题，便上前客气地问道："元良叔，忙什么呢？"

"呵呵，我见这些金桔长势不太好，给它喷点叶面肥呢。"

韦元良斜眼望了望玉刚和指指点点的巡视小组成员，最后目光却与两手相抄的黄敢对上了。韦元良从黄敢冷峻的目光中，似乎感觉到了一种来者不善的威严。

"不对吧元良叔，现在金桔已经开始成熟了，哪个还用还打什么叶面肥，你是在打催熟剂吧？"

忽悠谁也忽悠不了巡视组，玉刚当然知道，韦元良是在睁着眼睛说瞎话。"

韦元良没有接腔,继续挥动着喷雾杆,一圈圈的雾水从喷头上散开,整个人都被裹在白雾之中,有些虚幻的迷离。他也晓得,在玉刚和黄敢面前撒这样小孩科的谎,如何骗得过他们的火眼金睛,他只是死鸡撑硬颈,想挺过去——他有他自己的一套歪理:反正桔园是自己家的,怎么管理怎么摆弄又不妨碍别个,果子收获后,卖多了合作社也拿不走,卖少了合作社也不会给他补贴一分半毫。这巡视小组纯粹是吃饱了没事做,出来耍威风,讨人嫌!

韦元良背对巡视小组嘀咕着:"哼,咸吃萝卜淡操心,管得着吗?"

"韦元良你先上来,我跟你说道说道。"见韦元良不接玉刚的茬,黄敢鼓起眼睛吼道。

韦元良放下喷雾器,哼哼唧唧地走到田埂边。

"元良,我们合作社现在是在创品牌,品牌知道吗?玉刚的'纯金'为什么那么走俏,这就是品牌效应。种这么多年金桔了,就知道搞这些邪门歪道坑人害己,你还想不想有点出息?再看看你那块不长毛的撂荒地,自己心里真没有个数?什么黄龙病,你就哄鬼吧!地都被你祸害成这样了,心里一点儿都不愧疚?你想打催熟剂提前上市卖个好价钱,摸着你的良心,那果是能吃得的吗,你自己敢吃不?今天我就把话摆在这里,你要真再不守规矩,就几条:一、以合作社的名义对外发布公告,声明你的金桔是打催熟剂的,看谁还敢买,联合平台你就更别想碰;二、你从此退出合作社,自生自灭,往后有任何问题也别找合作社解决;三、村里将就你的行为写份报告向上级如实汇报,你就老实等着有关部门来对你立案调查如何惩罚吧。对了,再加上一条,从今往后,村里也不再管你的任何破事,你爱咋咋的。合作社不能因为你这粒老鼠屎坏了一锅汤,西塘坳村不能因为你再坏了名声断了生路,你自己掂量着!"

到底是支书老辣,震慑!

刚刚还一副牛筋的韦元良,被黄敢一顿训导,自知理屈,只得低下头来,当着巡视组的面承认了错误,并保证今后不再重犯,一定按照合作社的规定要求执行——现在全村的金桔种植户差不多都归拢到玉刚为首的合作社来了,若真退出去,势必是孤立无援、寸步难行的。况且,黄敢这只老鹞鹰也一定不会轻易饶过他,岂能有他的好果子吃,刚才的话里已经说得很明白了。

在巡视组的监督下,韦元良将尚未喷洒的催熟剂当场倒掉,再按黄敢的指令,灌上清水对喷施过催熟剂的金桔树重新喷洗。

黄敢吩咐巡视人员拿出巡视整改表来,让韦元良当场签字按手印,以观后效。

韦元良这样的"智多星"都服服帖帖守规矩了,还有哪个敢与社规对着干?其实道理谁都懂,也晓得无规矩不成方圆,明白立规矩就是为了大家都把金桔种好,以便多卖个好名声好价钱,利人利己利集体。

从此,西塘坳村的金桔种植户们都成了"科学管理"的模范,家家户户的金桔园都心有灵犀般长势喜人。

十一月初,正是融州金桔开始上市的时节,整个桂北已经有了几丝料峭的寒意,近二十万亩的金桔园横亘在融州的山野田垄之间,而浪溪河谷东山乡西塘坳村早晚15℃温差的生长环境,更使得这种充满传奇的神秘果实,聚集了充足的营养,长成了清香脆甘、少核多汁、赐福一方的黄金果。

高高的香炉岭、狮子岭和翁古顶,偶尔挂出一排一排闪亮的雾凇,天幨一般,那是山下果农们娇宠的金桔园避寒的岗哨。

汽车绕出融州县城,折转向东,从盘山公路一路开进,但见漫山遍野好似进入了一方银装素裹的天地之中。明眼的人一看就知道,这当然不是雪被,这是两个月前,果农们为心爱的金桔树盖上的保暖被——防止冷雨霜冻的塑料薄膜,阳光的照耀使它们发出熠熠光芒,而洁白的覆盖之下,正是果农们精心呵护的金灿灿的希冀——现在，整个融州的桔农，再也没有人嫌这个"三避"技术耗钱费力了。无论谁家的果园，都是树冠低矮、枝丫稀疏，穿上了防寒保暖衣的金桔树，缀满了脆甜的黄金果，像一个个含羞待嫁的姑娘，静静地等候着幸福的莅临。

而西塘坳村金桔专业合作社三百多户社员家的金桔园，正被包裹在这场铺天盖地的幸福之中。

二十三、秀秀直播

秀梅的"金桔汇"电商平台有一句很霸气爆屏的广告：汇聚世间美好的金桔。

玉刚的超级金桔园搞得井井有条，金桔合作社做得风生水起。秀梅也下定决心要把她的"金桔汇"电商平台打造成农村电子商务的超级明星和巨无霸。她特意跑到融州电子商务中心，居然说动了中心的领导，于是派了优秀的设计人员帮秀梅重建网店，做好店面包装设计，并教她创建了产品"回溯系统"，方便客户随时监控果品的情况。真正建在农村基地的电子商务平台，秀梅的"金桔汇"还是融州第一家，电子商务中心正好也计划在乡村搞基地试点，真是"瞌睡遇上了枕头"，于是双方一拍即合。

有句老话叫作"王婆卖瓜自卖自夸"，仔细琢磨，还真是有些成功的道理。你东西好，藏着掖着不外露，也不吆喝吆喝，谁知道它好嘛。都说酒香不怕巷子深，可终归要那香气跑出来才能引诱人去寻找。好东西原本就该亮出来，让人们不仅知道，还要了解清楚它的来龙去脉，究竟好在哪里，怎么个好法，必须看得见摸得着感受得到。

秀梅有个小姐妹，在融州开了家淘宝网店，一天没事就在店里搞起直播来，原本不怎么有流量的小店，嘿，一下子火了起来，粉丝噌噌地往上涨，这年代粉丝就是潜在的客户啊，还是免费的活广告。小姐妹在微信聊天的时候也就那么信口一说，秀梅却上了心，一时便有了灵感。

秀梅想，你这淘宝店做直播，还不如我的'金桔汇'呢，我的金桔汇要是做起直播来，内容可多啦！我搞现场直播，搞得像旅游、像电视里的综艺节目一样好玩，你猜效果会怎么样？

没准会爆棚！

秀梅就和玉刚商量："我想把'金桔汇'的电商平台做成直播，你看可不可以？"

"这个倒是新鲜，你了解过吗？"玉刚很欣赏秀梅，在这方面总有层出不穷的新点子。

"现在不是时兴这个嘛，那我们就顺应潮流投其所好，把金桔种植管理到收果甚至销售，全程做成直播节目，向平台推出，让人家眼见为实。胜过花钱做广告。我们把它做得有趣一点儿，吸粉肯定吸得多，广告效应就跟着出来了。"

"貌似有些道理，你这个鬼精灵。"玉刚看看一脸憧憬的秀梅，眼睛放着光亮。

"我就不相信，好东西还愁没人要！"秀梅鼻子一哼，一副不服输的女英雄气概。

"好主意，我支持，要不然，我和你一起当主播，顺便也蹭点女粉？"

秀梅点着玉刚的眉心："你别想歪了！"

玉刚为秀梅的创意拍案叫好，难得孟浪地开了个小玩笑，顺势一把将盯着电脑出神的秀梅搂了过去，拦腰抱起来，在房间里转着圈圈。

玉刚好久没放松精神了，合作社和自家新桔园的管理，耗费了他太多的精力和心血。他最近给自家的果园引进了自动浇灌的滴灌系统，这些山坡果园，不像水田改造的园子浇水那么方便，没有自然水源，虽然修建了简单的地窖，但天旱时节基本还得靠人工引水、挑水灌溉,不仅太费人工,而且十分辛劳,现在有了这个滴灌系统,既节省了不少的劳务成本,还可以腾出很多时间和精力来打理别的事情了。

秀梅的平台直播思路,好像又给他打开了一扇明亮的天窗。

"这种专业性的直播得有个比较吸引人的名字。"秀梅想起了一些直播平台,什么样花椒、斗鱼、虎牙、YY、咪咪,听上去就有点引发网友的好奇心。

"这个还不好办,就叫秀秀直播,又切合了你的名字。"玉刚随口说道。

"是啵,这个名字听起来不错,那就定了,注册!"

"秀秀直播,想不出名都难了,呵呵!"

秀秀直播从春梢施肥正式开始现场录播吸粉。

阳光明媚的早晨,打扮得青春活泼的秀梅,和玉刚牵着手早早地来到果园。

一身低胸抹裙的秀梅,对着镜头开始直播:"哈啰,大家好,我是'金桔汇'电商平台的直播姐姐秀秀,这里是我们金桔汇电商的生产基地。"

紧接着,手机镜头对着碧绿的金桔园环扫一遍。

"怎样才能吃到世间最美好的金桔呢?从今天起,秀秀将为你直播世间最美好的金桔是如何诞生的。"

秀梅朝着镜头嘟起了好看的小嘴——今天特意涂上了性感夸张的口红。第一次出镜,总得聚集点人气,适度的化妆是必需的,待以后攒了足够的人气,倒可打扮随意些。

然后镜头一转,锁定了金桔树下一堆发酵过的农家沤肥。

"看到了吧?我们现在正准备给果树施春梢肥。什么肥料结出来的果子最甜美口感最好?答案是:农家有机肥!记住喽?看看,地里堆放的全是经过发酵处理的优质农家肥,一级棒的有机肥料。为了提高金桔果品的质量,我们将平时使用的化学肥料换成了农家有机肥。我们要让桔乡汇的品牌金桔一开始就赢在起跑线上。"

秀梅在直播中还向围观的吃瓜者介绍了一个小绝招,"金桔汇"的桔树们还能享受到另一项美好的福利待遇——进口的微量元素。

"金桔其实跟人一样,在生长过程中需要补充一些微量元素,只有健壮的果树,才能结出健壮的果实。瞧,就是这个。"

第一次直播进行了约二十分钟,直播下来,秀梅的手心都沁着一层层细密的汗珠,显然是紧张的。

直播完毕,秀梅喘着气问玉刚直播的效果。

玉刚看着意犹未尽的秀梅,掏出面巾纸,轻轻地帮她拭着脸上微微渗出的细密的汗珠,抿嘴反问道:"你是说给今天的表现点个赞?"

"别贫嘴,实话说吧,觉得怎么样?"秀梅其实是在等着玉刚的肯定和鼓励,第一次出镜做直播,秀梅对自己的表现没有十足的把握。

玉刚做出一副思考的样子,然后脱口而出:"你今天做的这档节目呀,照我看,就像刚撒在树蔸底的优质农家肥。"

"我呸!你把我当作沤肥啊——人家有那么恶心吗?"秀梅一脸的嗔怒。好看的瓜子脸瞬间拉得老长。有见过损人的,没见过这么损人的。脸上的粉妆都还没卸呢,就遭遇了这么不客气的评价,简直太欺负人了!

"别急嘛!我还没说完呢,是一级棒!"玉刚朝秀梅竖起了大拇指。

"讨厌,这还差不多。"秀梅脸上立即浮起兴奋的红云,由阴转晴了。

秀梅在喉咙里嘀咕着:"哼,你老婆是谁?喝过洋墨水的大才女,聪慧的百灵鸟!"

六月下旬,头一拨金桔花已开满枝头,米粒般大小的金桔花,像白玉色的精灵,透着橙花相似的香味,沁人心脾。

金桔树一般会有三次扬花坐果的机会，第一拨花坐下的果就是人们最期待的头果，如果头果没坐够，到七月开放第二拨花时再继续增加坐果率，最后一拨金桔花会在七月底或八月初开放，前两次坐果还不够理想的话，就抓住最后一次坐果的机会。这最后一次坐的果就是尾果了，尾果当然不如头果好，有经验的桔农会想办法尽量提高金桔头果的坐果率。

由于开花坐果时间比较漫长，同一棵树上金桔果成熟期也不一样，前前后后会相隔几个月。与其他一次性扬花坐果的水果相比，又多了个得天独厚的制胜法宝。

金桔开花的季节，玉刚特意把养蜂的韦世焕请到了桔园里，养蜂人的蜂箱在桔园的田埂上"一"字排开，现场放蜂。直播中不仅可见小蜜蜂云儿一样出动，在细密的桔花间飞舞翩跹，发出一阵动听的嗡嗡声，或落在小小的花蕊上从容采集，所有的脚趾上积聚着金黄的花粉，那是要带回蜂窝去酿世间美味蜂蜜的。蜂箱口，忙碌的工蜂们进进出出，有条不紊，极有规矩。蜂箱旁边，韦世焕架起摇蜜的桶，将一块块蜂叶板从蜂箱中轻轻取出，架在摇蜜桶上，然后转动摇把，金黄透亮的蜂蜜便雨线般从蜂叶板中流出来。

秀梅用手蘸起一缕蜂蜜，直往嘴里送，一边卷起小巧的舌头，再很响地咂咂嘴，发出夸张的感叹：

"这是世间最纯净的金桔蜂蜜。采得百花成蜜后，为谁辛苦为谁甜？现在的秀秀，已经从嘴里直甜到心里啦。"

"金桔汇"秀秀直播的粉丝越来越多，看着噌噌往上增长的粉丝量，玉刚在一旁感叹：

"我家夫人都快成吸粉女王了。"

"你嫉妒啦？"秀梅就满意地仰起脸，报以惬意的微笑。

"哪里哪里，我高兴还来不及呢。"玉刚嘴贴着秀梅的耳朵，连忙澄清道，顺势在细嫩的白脖子上响亮"啵"了一个。

待到除虫防病的直播时，秀梅就特意向粉丝们介绍起环保管用的生物防虫技术来。

"各位好，秀秀现在给大家介绍什么叫作物理生物防虫技术。"

秀梅指着一旁的诱虫灯："看，这是诱虫灯，晚上把灯一点，危害金桔的虫子们见了光，都争先恐后地飞拢来，撞在灯壁四周，然后掉进下面的水盆之中，来个水淹三军，它们就死定了。"

换个角度，秀梅指着挂在树上的一块黄板："瞧，这个是诱虫黄板，虫子飞到黄板上，就被粘住了。"

再换个角度，秀梅指着挂在树上的一个扑食螨包："这个是扑食螨包，主要用来对付红蜘蛛。捕食螨比红蜘蛛体型小，却是红蜘蛛的天敌。它不仅可以吃红蜘蛛成虫，还可以吃虫卵。一只捕食螨一天能吃掉 6 只红蜘蛛，一生能捕食 300~500 只红蜘蛛，是典型的大胃王。其他的螨类、蓟马和白粉虱也是捕食螨钟爱的食物。"

茂盛的金桔树下，一群活泼的放养鸡鸭，在到处扑腾找食。

秀梅指着不远处的鸡鸭群，隆重介绍："看见那些满园奔跑的鸡鸭了吗，这可是我们桔园的除虫特战队，一群特别能战斗的特种兵噢。为了避免使用除草剂导致破坏土壤，我们的果园选择了种植生态草，但生态草有个弱点，爱招蚂蚱，不过蹦跶的蚂蚱们，正好应对了这群特种兵的胃口，高蛋白的蚂蚱养肥了这群健康活泼的特种兵。不过，到了金桔成熟的季节，特种兵们就将成为餐桌上的生态美味。到时候可别忘了，一定来东山乡西塘坳的金桔汇美食园一饱生态美味的口福哟。"

秀梅吊足了粉丝们的胃口。

最后一批金桔坐果不久，意味金桔上市的时间临近了，"金桔汇"即将迎来一拨新吃货。

"宝宝们，再过两个月，大家就可以吃到甜美爽口的滑皮金桔了。好吧，我先帮你们尝一个青的，看看味道怎么样。"

秀梅捏起一颗青色的金桔，个头儿已经长得快有小鸡蛋般大

小了,一口咬下一小半,果皮很硬,味道青涩,秀梅不由得皱了皱眉头:

"你们看啊,果芯已经有点变软的迹象了,不过还得耐心地等。"

正如好汤需要慢慢熬,好果也一样,需要慢慢等,等的不是时间,是天地灵气的聚集,万物生长的时光里,我们可以静待处子一般,等待着成熟的、甜美的好果实的到来。

在静待金桔成熟的日子里。玉刚与秀梅并没有闲着,他们在为可期的收获做着充分的准备。

因为秀梅的"金桔汇"是真正在金桔种植基地建立的第一家电商平台,仓储、包装等配套设施,全都就地建在了自家的空地上,原来只是处理自家一百多亩金桔,加上乡亲们主动送过来部分果子,处理能力那是绰绰有余,现在合作社加起来有三千多亩桔园,大多数已经投产,处理量翻了将近十倍,往后还得增加,这容量肯定远远不够。

村委会办公室里,玉刚向黄敢说着自己的打算,无论如何,今年的仓库和包装车间,得进行大规模的扩改。

"那就纳入合作社的建设项目,场地由村里协助落实,资金由合作社按股份分摊。抓紧办,得赶在金桔上市之前建好。"黄敢是个急性子。

"这地头冷库,这是新仓储的核心工程,电商大数据中心也要增加完善起来。"玉刚继续说着。

"那也得一起弄。这些都是配套的,缺一不可呢。"黄敢点着头。

黄敢想起,恰好县里有个地头冷库的建设规划正在启动,前些天在乡里开会的时候,乡长还提到这个事,正好可以申请县里支持。西塘坳金桔合作社,不仅是全乡第一家,也是全县第一家,理应得到上级政府的重视和扶持。

"你回去立即以合作社的名义,写个请求建设地头冷库和电商大数据中心的申请给村委会，同时帮村委会拟一个报告给乡政府和县农业局、水果办。主题就是请求支持西塘坳金桔合作社建设地头冷库和电商大数据中心。今天晚上把材料统统交给我，明天我和你一起先到乡政府找书记和乡长，然后再到县里去找农业局、水果办。不行就直接找县委程书记，反正你也是熟门熟路了。"

黄敢明白，现在时间已经非常紧迫，耽搁不得。

第二天一大早，玉刚与黄敢一起来到乡政府，先堵在了乡长办公室门口。

乡长来得特别早，进办公室时习惯性地看了一下手机上的时间，还差二十分钟到上班时间。最近，也是为全乡的金桔生产捏着一把汗，没有哪个桔农比乡长还要急上火自家的果园，得时时刻刻盯紧每一家每一户不放松。今年再不把全乡的金桔质量彻底扳回来，军令状可不是儿戏，以县委程书记认真的处事风格，真的是一切皆有可能啊。

西塘坳村过去是重灾区，这两年在黄敢支书的努力下，加上玉刚的榜样作用，情况发生了根本性的好转，乡里对此很满意。特别是上次全县金桔擂台赛，桔王争霸，玉刚的滑皮金桔和黄小强的油皮金桔双双夺魁，那是为整个东山乡挽回了面子。也算暂时给乡党委政府解了一重围。

"什么事，说吧。"乡长开门见山。这些年，很多场合，套话空话大话讲多了听多了，也是腻烦。

黄敢就把合作社与村委会的申请、报告一起递了过去，一边说着：

"乡长，这个十万火急，麻烦尽快落实。今年能不能确保西塘坳三千多亩金桔完美收获，就看上面的支持力度了。"

黄敢到底是个老杠子，一开口就将起乡长的军来。

"你们放心，过一会儿就找书记商量。"乡长看了看材料，要他们回去等等消息，指定很快就有答复。

给乡里送完报告，两人顺便搭了班车去融州县城，找到县农业局、水果办递完材料，然后在骑楼街吃了碗滤粉，便匆匆往回赶了。

这两年，破落冷清的长安骑楼街，据说在程书记的强力推动下，引进客商投入巨资，进行了史无前例的大改造，终于旧貌变新颜，又成了热闹的商业街，恢复了昔日熙熙攘攘的繁华景象。

在回程的汽车上，玉刚又与黄敢谈起了引进"云仓"的事。趁着还有两个多月的时间，必须把设备搞回来，只等仓库和包装车间一完工，立马安装，当年就可用上世界最先进的"云仓"设备了。

"云仓是个什么东西？"黄敢侧着脑袋问。

仓储、包装他知道，地头冷库、电商大数据中心，这些也有所耳闻，可这"云仓"却还是头一回听说。

"这云仓啊，其实就是一种光电分拣系统，它可以通过最新的光电分拣技术，将金桔的小果、中果、大果、特果四级通用选果标准，再次提升为以成熟度、果径、花斑、糖度等多要素为基准的12个果品等级标准，是目前国内金桔产业最先进的处理中心，实现金桔从分拣到包装的严格标准化、自动化。不过现在只能从国外引进，国内技术还没有达到这么先进。"玉刚给黄敢做着科普。

"有这么神奇？成熟度、花斑、糖度都分得出来？"黄敢眼睛一亮，却又分明带着疑惑。

"当然了。这是一个将预冷、分拣、入仓、称重、大小及花斑测试、入箱、打包一体化的系统平台，实现了金桔采后处理的全自动化，在节约了成本的同时，又很好地提高了效率。一套云仓设备满负荷工作的话，日处理量可超过十五万斤、九万多件包裹。再通过对接阿里、京东等各大企业前置仓，形成全国智能物流云仓布局，客户从下单到收货最快只需两个小时，一般可以实现今天下单明天到达的预期，当然这得在物流运输许可的前提之下。水果行业特别讲求效率和速度,以达到新鲜传递的效果,从而满足客户的要求。"玉刚继续神侃着,"云仓是将来农业生产销售的一大发展趋势,就融州金桔而言,通过最先进的金桔产后处理设备,带动金桔的种植规模化处理,促进高效的物流配送体验,提升融州金桔客户购物体验,从而让融州金桔实现品牌溢价,可以形成一个推动农户扩大种植面积,促进金桔产业发展和果农增收的良性循环,非常值得引进推广。"

玉刚还告诉黄敢,云仓以大数据为依托,联合电商平台、电商团队深入村屯制订一对一销售计划,通过溯源技术,确保每一箱出去的果品都有源可寻,可以直接追溯到供货的合作社,合作社通过收果分区编号,追溯到每家每户。

不仅如此,一套云仓设备,还能通过修改平台数据,做全部柑果类水果的采后处理,像相对规模种植的柚子、沙糖桔、贡柑、沃柑、脐橙等,都可以通过云仓来处理,不会因非金桔季而闲置,能够辐射和带动周边所有柑果类产业。

"抓紧搞抓紧搞,有资金困难老叔支持,也可以找小强——你们可以合作嘛,正当的合作不怕人闲话。"

黄敢听得云里雾里,但确定这是个好东西,只是需要钱。估计玉刚的资金会有短缺,合作社目前仅仅是个空架子。

没几天,乡里和县里都好传来了消息,地头冷库和电商大数据中心的项目申请获得特批,地头冷库纳入全县农产品冷链系统建设规划,电商大数据中心直接纳入东山乡"一事一议"工程,由县有关部门出资建设。从资金到施工管理,都由上面具体负责。这两个项目建成后,实际上归西塘坳村拥有和管理。

项目落实了,还省却了一大笔资金,总共有三十几万元呢!节省出来的这笔钱可以放到云仓建设上去了。

现在最关键的是尽快落实云仓方案!

玉刚和秀梅调动了所有的同学朋友关系,经过多方努力,实地考察谈判,云仓方案终于赶在金桔收获之前,与地头冷库、新包装车间、电商大数据中心等项目同期完成。

在地头冷库、新包装车间、电商大数据中心、云仓等项目的建设过程中，秀梅的秀秀直播从未间断过，这些项目的建设都成了秀秀直播精彩的专题内容。静待金桔成熟是要有耐心的，而这些项目则全部是为了成熟的金桔而诞生，对于热情的粉丝们来说，那也是一样的美丽和甜蜜，充满温情了。

现在，万事俱备，只等金桔开园上市的东风。而电商预订早已在直播的同时一直进行着。

"我们新建的冷库、电商大数据中心、云仓光电自动化分拣包装系统，很快都要投入使用，从预订情况看，今年的销售收入突破三千万元，应该不是问题——当然，'金桔汇'的目标不是三千万元，而是它的两倍甚至更多噢！"

秋风送爽的十月，金桔头果已做好由青转黄的准备，但还不是金桔完全成熟的季节，大部分的果子看起来依然青涩，不了解的人见了，牙齿总会不自觉地打战。

"各位宝宝、亲们，你们猜猜，这颗金桔味道怎么样了？好，那现在秀秀告诉各位，不仅没有酸涩感，而且现在它的甜度其实已经很高了。不信？秀秀可以现场尝给你们看。"

秀梅似乎感觉出了屏幕上围观者的怀疑，轻捷地从树上摘下一颗来，在衣服上擦擦，嘎一声咬开，透明的果汁破壳而出。

秀梅嚅动着好看的小嘴，有滋有味地咀嚼起来，没有想象中令人难以忍受的辛辣酸涩，纯粹的清甜和爽口，秀梅一副非常享受的表情，末了对着镜头补充介绍：

"根据秀秀舌头检测，目前的甜度应该已经接近二十度了。再过些天，秀秀就带检测仪器来现场检测，到底甜度能达到多少，大家可以先猜猜，秀秀呢，就先在这里卖个关子。"

到十一月上旬，酝酿已久的金桔头果基本成熟。放眼望去，远远近近起伏的山陵田畴，仿佛镶了金子般熠熠生辉，你不能不被这漫山遍野的金黄所感动。

秀梅与玉刚带着糖分检测仪再次来到桔园里。后面跟了一大帮举着三角小旗的人,一个个兴高采烈的,显得格外精神——原来他们是玉刚和秀梅请来的品桔鉴赏团,一群特别的游客。

秀梅手里拿着糖分检测仪开始直播:"各位宝宝们,为什么我们的滑皮金桔这么受到大家的喜爱?见证奇迹的时刻终于来到了,今天,秀秀请来了现场品桔鉴赏团的亲友们,他们大多是长期支持'金桔汇'的老客户老朋友。好了,让我们一起屏住呼吸拭目以待吧!"

"什么奇迹?还搞得这么神秘。"游客中有人忍不住问了起来。

秀梅从树上摘下两颗金桔,在镜头前晃了晃:"见证'金桔汇''纯金'品牌的二十三度爆炸甜!宝宝们,你们知道二十三度甜是什么味道吗?秀秀就给你们普及普及,一般呢,樱桃甜度大概在十八度,杧果在十九度,龙眼接近二十度,这些水果够甜了吧?那我们'金桔汇'的'纯金'金桔呢?现在就用这个糖分检测仪来现场检测,看看能达多少度吧。"

秀梅说着便将金桔与糖分检测仪一起递给了一旁的玉刚。

玉刚接过糖分检测仪,开始检测金桔糖分度数。

糖度表上显示着:二十三点八。

"好,检测结果到出来了,我们睁大眼睛仔细看好了,仪器上显示的数值是——"秀梅把目光转向了现场围观的客人们。

"二十三点八度。"有人大声回答。

镜头直接对着玉刚。

玉刚接着说介绍:"没错,二十三点八度。这就是我们'金桔汇''纯金'品牌的奇迹。而根据以往的检测结果,整个融州的滑皮金桔,成熟后的甜度范围基本保持在二十二度至二十六度之间。综合甜度应该在这二十三度左右的爆炸甜,也就是说,我们的金桔甜度远远超过了樱桃、杧果、龙眼等水果之王。而我们'金桔汇'现在要做的,就是'纯金'二十三度甜。"

"除了超甜之外，宝宝们是否听说过，我们的生态金桔还有一项惊人的奇迹——那就是抗霾功效。"口若悬河的秀梅又放出个惊天的绝招来。

"抗霾？我没听错吧，你们这金桔还有这么神？"

现场有人立即来了劲，既感到新鲜得不可思议，心里又充满了期待。

关于金桔抗霾的功效，玉刚也是头一回听说，秀梅以前从未提起过，这样的话是不是说得有点过了？玉刚乍听之下，先是皱了皱眉头，可立马就回味过来了，并且打心里佩服秀梅的深谋远虑。你想啊，在众多的粉丝和现场品桔鉴赏团面前，张口闭口一个"甜"字，千篇一律多没新意，说多了也会让人感到腻烦。现在雾霾成了影响人们日常生活的大问题，而秀梅猛然宣称吃金桔能抗雾霾，这脑洞大开的理论，还不像宁静的沙漠中爆炸了一颗原子弹？

吃金桔能抗雾霾，有人肯定会认为这是拉大旗作虎皮的瞎说，但真要细细推究起来，其实也不是没有一点儿道理，至少理论上是成立的。

"雾霾影响最大的就是人的呼吸系统，造成的病症主要集中在呼吸道感染、脑血管疾病、鼻腔炎症等病种上，而金桔本来就是药性甘温，可帮助增加呼吸道黏膜，具有理气、解郁、化痰、止咳、平喘的功效。客观地说，它就是能抵抗雾霾！"秀梅进一步解释道。

"这么说是有道理的！"人群中不断发出唏嘘。

秀梅的直播开始进入高潮："好，现在，我宣布，'金桔汇'正式开园，请各位品桔团的亲友们入园参观、采摘、品尝，现场摘下来的果子，只要不超过十斤，都可以免费带走！"

接着，玉刚给每位客人分发了一双白手套、一把专用的摘果剪刀、一个印有"金桔汇"标志的竹果篮——篮子的底部都垫着一块厚厚的软布。

秀梅继续叮嘱:"还有啊,我们摘果一定要戴好手套,用果剪把果蒂剪平顺,果子不能用手直接扯,放果子的时候,不能随便抛摔,要像拿自家鸡蛋一样轻拿轻放。这样才不会伤到果,清楚了吗?"

"真没想到啊,摘个果子还有这么多的讲究!"客人都是头一回听,新奇。

金桔园里,有人一见缀满枝头的金桔就兴奋得直惊呼:"哇,好漂亮,好漂亮,像挂着一树一树的灯笼哩!"不摘果,先来一组桔人合影自拍一番再说。

拍照的客人们还不忘把秀梅也拉过去一同合影:"老板娘,过来过来,一起合个影。"

秀梅就笑意盈盈地走过去,任凭游客们摆布。

游客们各自挑着枝头最大最靓的果子往嘴里送,秀梅上前笑声问道:"阿姨,这个味道怎么样?""阿姐,这个好吃不好吃?"

吃金桔的人咬一口赞叹一句:"真的好甜呀!我都没吃过这么甜的果子。"没有人说恭维话,她们今天不是来说恭维话的。

有人摘下果子,连皮一口咬下,这是滑皮金桔的老吃客了。

有人却还在试图将果皮剥下来,可折腾好久也剥不了,这样的客人一定是平常没怎么吃过滑皮金桔的。见到秀梅,便不迭地招呼:"姑娘你过来,这个果子的皮好薄呀,根本剥不下来。怎么吃?"

秀梅就走过去,捏起一颗金桔来:"对对对,这个金桔就是皮薄,不能完整剥下来,皮与里面的果肉是连在一起的,而且营养很高。你说得没错,就像枣子一样,这种皮不用剥,连皮一起吃就可以,很脆很甜,试试吧。"

游客就按秀梅教的方法吃,果然风味独特,一边吃一边感叹:"以前怎么就没吃到这么好的果子呢?"

"不用剥皮,直接就能吃,而且特别甜。"秀梅在果园里,走到哪儿吃到哪儿吆喝到哪儿,一刻也停不下来。

有好几位游客的口袋已经装得满满的,提着很吃力的样子。秀梅见了,开玩笑地打着招呼:

"阿叔阿姨,看你们的手都僵硬了,对不对?"

"手真拿不动了,僵硬了,呵呵。"

"你们都挑的最大个儿的,特级果,太会挑了。"

"特级果,特级果,战利品。我这一捧赚大了。"

"阿姐,光你这一捧已经十几元了。"

"哇,这一捧就十几元?哟,那我不能全选你的特级果了。"

"没事没事,尽管选。"

"老板娘,我们今天在你的果园里品尝到这么好吃的金桔,真是太开心了,这一趟没白来。"

"开心就好,放开吃,放开摘。"

看着客人们玩得开心,吃得高兴,秀梅心里的石头也落了地,这正是她想达到的效果。她希望通过这样的线下活动,增强网上客户的黏性,不仅把他们的心留住,还想让他们成为'金桔汇'的义务宣传员、免费的流动广告,通过口碑传播,带来更多的客户。而屏幕那边围观的金粉们,更是看得口水直流,心头痒痒,一个个跃跃欲试。

客人们各自提着自己的战利品,随着秀梅和玉刚来到"金桔汇"的包装库房。

秀秀直播进入另一个环节。

"今天,我们桔园体验的最后一关来了,就是把自己辛苦摘得的金桔果装箱,然后扛回家去,给亲友们分享,大家说好不好?"

"好!"人们禁不住热烈地鼓起掌来。

宽敞整洁的包装库房内,玉刚拿着设计精美的"金桔汇"包装盒给大家发放,让各位自己装箱,中间"一"字连排的包装桌上堆放着洁白的小泡沫网。

"各位,我们今天在果园里摘果很小心,摘下来的果果都是十分完美的,现在要把它装箱带回去了。有哪个希望自己采摘的果果回到家里是不完美的吗?"一旁的秀梅俏皮地问道。

"当然要完美到家啦!"有人应和着,估计看到桌子上的泡沫网就明白三分了。

"那我们就要把它们保护得好好的。首先,我们得把果果用泡沫网轻轻套起来,对,就是这样子套进去,然后再用薄纸板一层一层地隔开,它的好处就是最大限度地减少挤压和碰撞。这个其实并不新鲜,很多的水果包装就是这样做的,但是十分管用。"秀梅给大家做着示范。

眼下,秀梅"金桔汇"店铺的粉丝已经涨到了两万多名,还在噌噌地往上涨,因为她的秀秀直播做得太吸引人了。就在今天开园直播的同时,后台的订单已经像雪片一样砸过来,一个半小时不到,后台收单已经达到了近万斤。

送走了客人,玉刚和秀梅请来摘果的工人们该正式入园工作了,一大堆的订单等着出货呢。她们都是村上的摘果专业户,经验丰富得很,有人曾创造过一天摘果六百八十斤的纪录。只等秀梅一声招呼,随时准备冲锋陷阵。

与参观的客人一样,工人们每人一双白手套、一把专用的摘果剪刀、一个印有"金桔汇"标志的竹果篮——篮子的底部都垫着柔软的垫布。秀梅向大家反复强调着摘果的新规则,工人们却听得面面相觑——摘个果哪还要整出这么多名堂,以前哪年没帮人摘过?自家也多有种着的,年年一样要摘,溜得很呢。一边摆着手说不用不用,一边提着篮子便要进桔园开摘。

"等等,你们先回来,这么急吼吼的做什么?听我把话说完!跟大家说清楚,今年不比往年,要求提高了,摘果一定得按照定好的规矩来,你们能做的就好好做,做不来的我可不敢勉强啊。"

玉刚扯开嗓子喊道,他不能在一开园便让工人们乱了套坏了规矩。

秀梅捅一下玉刚的腰:"你就不能小声点委婉点说?都是乡里乡亲的,别把话说得那么难听。"

玉刚正无奈,便对秀梅嘀咕道:"我不会说话,你来你来。"

"我来就我来,本来没打算让你说,知道你耐不住性子!"秀梅清了清嗓子,把脸转向众人,"各位阿姐阿婶先别急,听我说啊,现在真的不能像以往那样草率随便了。为什么摘果要戴手套,要用剪刀把果蒂剪平顺,还要在篮子里垫上软布,甚至我们的包装还要套上泡沫网,就是要全程保证果子的品质,真不是为了做样子给人家看,虽然我们等会儿还得做摘果的直播。我们一年下来辛辛苦苦把果种好了,临到收获却因为一点儿小粗心把果子弄伤弄坏了,影响了名誉和销售,真的划不来,不值当。你们说是不是这个道理?"

"不戴手套不用剪刀剪就会把你家的果子弄伤弄坏,哪有那么娇贵嘛。你这老板娘吓唬我们没文化吧,还没开园就咋咋呼呼的这么多名堂,我还真不想侍候了。"

有人估计受了什么刺激,把果篮子往地上一蹾,做出要走人的样子。

也是,以前的摘法,少说一天也要摘个五六百斤,若按秀梅说的新规矩,只怕能摘个四百斤就很不错了。麻烦辛苦先不说,摘果的重量就是工钱呢,到头来白白劳累一天下来,收入岂不是要少了许多?

秀梅就上去劝:"阿婶阿姐,你们耐心听我讲完嘛,我们这样要求自有我们的道理,再说了,这样的采摘要求和以往的采摘方法,价钱上也是不同的啊,单价涨了三分之一还多,没错吧?我们为什么要出这么高的价钱请你们来摘果?为的就是把果摘好,而不是随便摘下树就完事。你们把果摘得好了,我才能卖得好。"

一旁的人便说,先听听老板娘怎样讲。

秀梅就继续跟她们讲起这样要求的道理来:"采收的时候,

为什么不能直接用手摘,就是担心指甲划破果皮,所以必须戴上手套,用剪刀一颗一颗地剪下来,而且果蒂必须剪平整。如果随手摘下来的话,要么把果蒂扯掉,直接伤了果子,要么留下很长的果蒂,互相之间这样一戳,就会在果子表皮戳上一个洞或一个印子,然后运出去就变质了。现在必须养成习惯,我们的每一颗金桔虽然那么小,但我们还是得从每一个环节上把好关,给它最好的一个保护。"

有人黑着的脸渐渐缓解下来。

"我们平常到市场去买果也好买菜也好,都是挑好的新鲜的买,那些烂的坏的,哪怕就是伤点皮还没坏,也一定要把它挑出去,不是吗?所以我们得将心比心,尽自己的所能给客户最好的果子。只有把品质做好了,赢得客户的信任,才能源源不断地订购我们的产品。我们才能花高价请得起大家!你们说是不是这个道理?"

听的人开始纷纷点着头,表示了理解。

"一个小小的失误,就可能轻易毁掉好不容易树立起来的品牌。没有品牌,我们做得再努力再辛苦,也是白搭,没有用的!拜托了。"秀梅对请来的人一个一个地拱手作揖,态度诚恳。

"好吧,既然这样,没什么价钱可讲,我们就按老板娘的要求做!"

热闹的桔园里,开启了开园采摘的直播秀。

"电商不仅解决了销售渠道,还直接培养了果子的质量,从种植到采摘,再到分类分级、物流送货,每个环节都不能掉链子。"

床上,累了一天的秀梅,枕着玉刚结实的胸膛,幸福地感叹着。以前种金桔光讲究产量,质量参差不齐,如今电商销售都要求"精装",果农们的种植技术也被倒逼着越来越高了,不光产量上升,按照标准化管理的果子,质量也有了大幅的提高,现在连采摘也被套上了"标准化"的紧箍。

"包装也得跟上呢。"玉刚提示道。

"这个不用你操心,我已经和设计公司商量好了,这个收果季,至少得有十款新包装给我们。"原来秀梅早已未雨绸缪。

秀梅深知,互联网思维有一个重要体现,就是迭代迅速。在电子商务这一块,必须把握一个"快"字,针对不同消费群体设计不同的包装,不定期进行改进升级,满足消费者不断更新的审美和需求,不到五个月时间的采果季,秀梅的包装设计,初步确定了十款不同的样式,"双十一"、春节、清明等特殊节日,还有专门设计的应景包装。

"果然是老板娘想得周到!"玉刚半是调侃半是赞叹。

这段日子,玉刚一心扑在整个合作社金桔园的管理上,关键时刻不能再像以前那样出差错,得确保今年的金桔果按照自己的设想健康成长,直到顺顺当当地走进千家万户的果盘。包装设计的事,就全靠秀梅一人联络处理,这方面是秀梅的强项,他相信秀梅比自己做得更好。

二十四、甜过初恋的脆蜜新宠

最近,玉刚还在忙着另一件大事:滑皮金桔芽变新品种的选育。现在已经到了关键的成果鉴定阶段,用玉刚的话说,成功了,这又将是金桔培育史上一次里程碑式的革命,它的意义,就是在滑皮金桔的基础上,再次实现品种的新突破。

果然没错。

一大早,老上司韦明非发给玉刚一个振奋人心的消息:由玉刚和县、市水果生产办与相关大学共同参与研究、选育的金桔新品种,经地方农作物品种审定委员会审定,正式命名为"脆蜜金桔"。通过对脆蜜金桔、油皮金桔及滑皮金桔果实品质进行对比分析，从"滑皮金桔"自然变异单株经7年选育而成的脆蜜金桔，不管是单果重、纵横径，还是可溶性固溶物、蔗糖、总糖、可滴定酸含量和果汁率、种子数、单位面积油胞数等关键指标，均优于油皮金桔和滑皮金桔，是一个优势明显的金桔新品种。而且，脆蜜金桔继承了滑皮金桔良好的丰产性，具有极高的栽培和推广价值。

这是官宣，新品种的研究培育终于成功了！

当然，新品种的这些优势，不用说，玉刚比谁都清楚。他就是需要一个权威的认定。有了这个认定，就可以大规模育苗，正式向果农们全面推广种植了。脆蜜金桔的市场价格会以成倍的幅度超过滑皮金桔，成为金桔市场的新宠，这一点是毫无疑问的。

玉刚回想起来感慨万千，当初发现脆蜜金桔这个新品种，本是一件十分偶然的事，与当年发现滑皮金桔的过程几乎如出一辙，甚至还有点戏剧效果。如果说那天不去里王冲谢群和的果园转悠，如果自己不多长了个心眼，又或者，如果不懂行的谢群和早早把那株怪树当病树砍了，肯定就没这个新品种问世了，至少现在不会有。也许，这就是冥冥之中注定的吧？玉刚在心里庆幸，这个差一点儿就失之交臂的"脆蜜"宝贝，仿佛就是前世的善缘。

里王冲的谢群和，在西塘坳村也算得上是个敢闯敢做的有为青年。原本在上海打工的他，听人讲起这些年种金桔蛮有搞头，特别听说坡尾屯的玉刚，为了种金桔连公职都辞了不要，于是心一横，便真的回家种金桔了，他把几年打工挣来的钱全部投资来建果园，一次就种上了十多亩的新品滑皮金桔，并找到玉刚，一定要拜他为师。

"玉刚哥，我是真心诚意想跟你学的，我知道你有本事，不是别人想的那样。"

"拜不拜师就别扯那么多了，不过你既是决心种金桔的，我一定尽我所能帮你吧。"在西塘坳村，当初被人认为"发癫"的玉刚,难得找到一个知己式的人物,他的心里很是欣慰。

在玉刚的悉心指导下,谢群和的果园长势喜人,三年如期挂果,面对桔果满枝的金桔园,心里有说不出的高兴:看来自己的选择是对的。

这天,玉刚照例过来查看谢群和的金桔园。

"嗯,不错嘛你这园子,看架势,今年头一次收成一定差不了。"玉刚点着头,给谢群和的果园打了九十分,很高的评价。

"玉刚你来得正好,帮看看这一棵怎么回事,是不是发病了或者是棵公树?"谢群和将玉刚引到园子中间,指着一棵长相有点怪异的金桔树,"我这一片滑皮金桔种下去之后不久,就发现这棵树长得比别的要慢,去年开始,长的叶片也不一样了,变厚变粗还卷边,再后来开出来的花也不一样,花骨朵虽然大些,但开花量很少,而且还有畸形的花,最可恼的是它不挂果,你看,今年也就挂了这十来颗。我想把它砍掉算了,再另外补种。一棵树损失好几百元呢。"

玉刚也没见过这种长相的金桔树,起眼一看确实有点畸形,但可以肯定绝不是一棵病树或所谓的公树,也许是前期生长发育缓慢了些,但仔细观察,其实它的树枝还是很粗壮的,甚至比别的树还要粗壮,只是枝条的数量相对较少,也不够均匀,树冠成形不太理想,像个丑八怪。不过,既然不像病变,那会不会是另一种可能呢?凭着过去多年的金桔技术管理与科研经验,玉刚的头脑里一下子敏感地联想起来,这棵怪树也许是自然变异的缘故引起植株的变形。如果这真是一棵自然芽变的单株,那就意味着一个新的金桔变种诞生,意义将不可估量。

玉刚心里突突的,居然泛起小小的激动来,隐隐感觉到自己仿佛发现了金桔的新大陆。

"群和,我看这不像病树啊,倒是有点像自然变异的单株。不管怎么样,这树不能砍,你看它果挂得是少,可是这果子的个头却明显比其他树上的要大呢。你还得好好保护起来,多加观察,看看这些果最后长成什么样子。"

"不会吧?这么歪歪叽叽的。"谢群和一脸错愕,将信将疑地说道,但玉刚是行家里手,他的话应该不会是随口而出,肯定经过一番思考的。

"是不是变异新品种,我现在也不敢确定,还得经过科学观察,分析研究,回头我与县水果办联系,到时也请他们来看看。反正一棵树也影响不了你太大的收成,你先好好护理着。如果真是新品种,那你的功劳就大了。"玉刚一边继续仔细观察,一边叮嘱谢群和,"如果实在觉得亏,那就算我租种在你园子里的好了,到时我给你租金。"

"既然你说了留着,那就先留起来吧,哪能收师父的租金。到时真确定是新品种,我就问县里要保护政策呗,嘿嘿!"经玉刚一番说道,谢群和也觉得这棵怪异的金桔树不像病树,似乎有些特别的气质了——莫非真的是能变成白天鹅的丑小鸭?

还未到家,玉刚就迫不及待地给老上司韦明非打电话:"主任,报告一个新发现,我刚在我们村一位果农的金桔园里发现一株怪异的植株,挂果极少,但果型明显比一般的滑皮要粗大,现在还不到成熟期,果的口感和其他指标也未可知。我怀疑这是一棵自然芽变的新品种。本来果园的主人要把这棵植株当成病树铲掉,好在我去得及时,让他先保护起来了。我建议县里派技术人员下来考察一下。我也会继续跟踪观察。"

韦明非一听玉刚的汇报,也像打了鸡血一样,立时兴奋起来,连忙嘱咐玉刚:"玉刚,麻烦你多操心,一定要把植株保护好,我立即组织技术人员下去介入保护研究。对了,你告诉果园的主人,那棵树将由县水果办拨专款进行保护研究。"

"好的。我已经准备着手做这个植株的高接、幼接和扦插试验。"

几天后,县水果办就派专人来到现场,会合玉刚一道进行观察研究,并给谢群和带来了"金桔科研植株保护委托书"。这棵怪异的不肯挂果的淘气树竟因祸得福，从此吃上科研人员专门给的营养小灶，长势也明显不一样了。

除了要求植株保护，县水果办的同志也从这棵怪异的树上截取了枝条，带回去进行嫁接育苗新种选育试验。高接观察实验则直接在玉刚与谢群和的金桔园里分别进行，由玉刚具体负责。

"我这块请放心，保持密切关注，有什么情况会随时向上汇报。你们有什么新发现，也请及时反馈给我，以便对比。"玉刚作为母本基地的试验负责人，明确提出自己的要求来。他必须时刻掌握整个试验的总体进展和实际情况，因为他才是这个项目中最迫切想要具体结果的人，这直接关系到他将来金桔种植发展规划的走向。

秋去冬来，母树枝头那十来颗果子渐渐成熟了，色泽、口感果然与众不同。

这天一大早，玉刚便接到里王冲谢群和打来的电话："玉刚哥，发微信你没看啊？"

"还没得空看呢，什么事你先说说。"玉刚正准备去自家的金桔园察看金桔成熟的情况，接到谢群和急促的电话，第一预感是他家那棵被保护起来的怪树会不会出什么意外，还没等谢群和往下说，自己便先紧张起来了。

"是这样，刚刚我去果园，忍不住摘了保护树上的一颗果子，想尝尝它的味道。这果真的比一般的滑皮更甜、更脆，果肉颜色金黄，果汁又多又浓，而且里面没有籽籽，果皮也比滑皮要松软得多，口感完全不一样哎，特别特别好。我用小刀把它横面切开，拍了照片发到你的微信上了，你看看吧。"

原来谢群和是来向他汇报这个！玉刚悬着的心放了下来，脸上露出喜悦的笑容，在朝阳的照耀下，显得愈加明亮光鲜。

玉刚折转身子赶到里王冲谢群和的果园，将整个保护植株和单果分别拍摄下来，然后也摘下一颗，测量好果径，将果横面切开，再用糖度检测仪测量糖度，并一一做好拍摄记录，然后入口品尝，嘿嘿，这就是自己理想中的新品标准。

回到家，玉刚将拍摄的图片、视频以及检测结果、品尝心得形成材料，向县水果办联合科研小组及韦明非主任详细汇报。

余下的果子，县水果办很快下来采摘带回长安，并分发到柳州、南宁进行检测分析，反馈的结果，各项指标十分理想，如果高接或其他嫁接的果实也能确保这种指标，那品质遗传问题就解决了。

接下来便是解决母本保花坐果的难题。

"玉刚，你有什么好的办法能让这株母树明年挂出尽量多的果来？这个课题必须尽快先解决好，其他的试验才好顺利往下加快进展。你懂的。"水果办主任韦明非在电话里征询玉刚的意见，听得出来，他是有些心急，更有些担心，万一明年催花保花坐果不成功，整个试验就会被无限期延误。

"我懂我懂，主任放心，我一定尽力。"玉刚不是没有根据地夸海口，他其实在心里已经有了一定的把握。这变异品种好，说到底本质还是金桔，其生长性状总体上都是相通的。

要做好保花保果，首先得培养好的树形，这是玉刚以往屡试不爽的经验。初结果树都应以扩大树冠为主，及时剪除徒长枝，或者利用徒长枝进行短截补充树冠缺陷，其他枝条短截、拉枝等，让其分枝，充实树冠。这棵母树尚属初果期，树冠的培养还来得及，不过得循序渐进呢。

再一个关键就是准确、合理使用保花保果药物，比如赤霉素、噻苯隆，可怎么用，用量如何确定，包括对时间点、当时的温度以及其他相关制约因素等，玉刚和县水果办的技术人员真是绞尽了脑汁，碍于条件，又不能做太多的实验，眼下就这一棵歪脖子树，也只能根据以往滑皮金桔的经验数据进行修正。

功夫不负有心人。来年，在母树植株上所做的树冠整形和保花坐果试验，取得了初步的效果，几乎挂不上果的母树，经过玉刚和水果办技术人员严密的保果措施，终于"果满枝头"了，尽管比起旁边正常的滑皮金桔来说还是少得多,但总算有了本质的突破。

两年后,玉刚高接的新树也扬花坐果了,表现同母树一样,遗传稳定,品质优良,而结果量则远远胜过了母树。

再两年,新种嫁接树苗和扦插苗也陆续挂果,融州及周边县引种的数百亩新品金桔试验园,采用玉刚推荐的保花保果方法,全都获得理想的效果。经过测算,其果实的产量已基本接近同树龄一般滑皮金桔,果实品质同样继承了母树的优良性。新品金桔刚投入市场,便立即成为抢手的水果新宠。

"脆蜜金桔"新品种通过审定后,县里乃至市里都举行了新闻发布会。

电视台还专门到西塘坳村,实地采访新品种的发现者玉刚与谢群和。

"你是怎么解决脆蜜金桔保花坐果问题的?听说这个新品种当初发现时就是挂不上果。"记者问得很直接,他们对这个问题最感兴趣。

"我大学读的是果木专业,在水果办工作时,研究的课题之一就是金桔的保花坐果,在油皮金桔和滑皮金桔的保花坐果试验上就取得过良好的成效,我花费三年时间对比试验,最后总结出一套保花坐果的实用办法,使金桔单位产量提高了将近百分之三十。脆蜜金桔的催花与保花坐果,也是在原来的措施上进行调整修正的。"玉刚侃侃而谈,"其实,保花坐果的关键就是要让它比较齐整地开花。这个保花很讲究,你不能因为担心它落花落果就无度使用保花保果剂,理想的次数喷施一次就够了,为了保险最多也不超过两次,另一个是噻苯隆的浓度一定要合适,次数过多和药水太浓,都会导致果实膨胀虚大,出现梨形状,果肉不紧致,甚至变味,影响果品的外观和品质口感。"

玉刚很欣慰,他已大致找到了脆蜜金桔保花坐果的技术要点。

"果大也不好吗，不是说又大又靓，顾客喜欢吗？"记者笑着追问道。

"正常保花坐果的肯定没问题，个头儿又大，甜度又够，可食率又高，又没有籽核，这些都符合现在的消费习惯。我指的是保果过度造成的虚大不好。"

"请问，从你的角度看，脆蜜金桔个体多大才是合适的？"

"像我手上这个大小，40克左右。能达到这个重量应该很不错了，还有一个评判标准就是外形不要过分长成梨形状。它本身就比一般的滑皮大不了多少，重量却能超过同体积的滑皮哟。"

"你能告诉我们是什么原因吗？"记者的好奇心上来了。

"因为这个脆蜜金桔是四倍体，标准地讲，它的果肉是四倍体，但果皮还是二倍体，是个嵌合体。所以，如果没有经验的人，仅从外观上，还真的很难分辨得出，哪个是滑皮，哪个是脆蜜。"

"所以说，什么东西也并不是越大越好啰？"

"当然。可我们所有人的内心里，差不多是喜欢大的，对吧？很多人买东西就喜欢大个儿的，没办法的，呵呵。但我现在想说的是，至少我们的金桔不能无原则地走这条越来越大的路子，科学和自然规律要结合才行。"玉刚不禁感叹起来。

"喜欢高富帅嘛！"一旁的围观者打起趣来，引得全场哄然大笑，有开心，有自嘲，并夹杂着随意发挥的世俗批判。

"最后一个问题，你认为这个脆蜜金桔的发展前景怎么样，赞不赞成官方宣传的前景广阔之说？"

"肯定是前景广阔呀！"一段小插曲，意外成为刷新舞台的一出压轴大戏，甜过初恋的脆蜜新宠，注定即将开启一个辉煌的金桔新时代，玉刚的脸上露出自豪的笑容。

二十五、城市合伙人

昨天忙了一整天，又累又困。

一开园，秀梅的"金桔汇"就迎来了满堂红，虽然白天累得够呛，但玉刚心里高兴，晚上小酌两杯，依然兴致勃勃，便不顾疲劳，缠着秀梅亲热了一番。

两人在极度的亢奋中进入了甜蜜的梦乡。

到早上，全身酥软的玉刚一觉醒来，仿佛意犹未尽，不安分的双手又开始在秀梅光滑的身上灵蛇般游动起来。

秀梅被玉刚的动静弄醒了，蒙眬中摸索到枕边的手机，拿起来一看：呀，都七点多了。

秀梅撑了撑身子准备起床。往常这个时候，她已经在厨房帮着婆婆弄早餐了。尽管婆婆比她起得更早，一起来就开始打扫庭院、忙活一家的早饭，但秀梅毕竟手脚麻利些，多数的早饭还是她整出来的，年轻人都吃不惯老人家弄出来的口味。

"再睡一下嘛。"玉刚紧紧地箍着秀梅的腰不肯松手，他不让秀梅这么早起床，决定趁机好好地睡个懒觉，继续享受销魂的温存。

"你不吃早饭啦？"秀梅只得依从地再次钻回被窝，顺势翻身压到玉刚胸口上，嘴对着玉刚的耳朵，轻轻咕噜，哈着如兰的气息，直撩得玉刚耳朵痒酥酥的忍俊不禁。

玉刚仰着脸，一口咬住秀梅的小下巴，狡黠地回应道："吃啊，怎么不吃，当然要吃啦！"

"那你还不放我起床，又要来吵我。"

"今早肯定要多吃了，现在就拿你开开胃先！"

"你又发癫了。"秀梅娇嗔着。

因为心里老挂念着合作社和自家的金额桔园，夫妻两个好久没这么酣畅地亲热过了，从昨夜到今早却是难得的放肆与孟浪。

两个人正爱得起劲,玉刚的手机响了。

节骨眼上真是扫兴!

玉刚很不情愿地腾出一只手来,在枕头边摸索着手机。看了一眼屏幕,刚要接,被秀梅一手薅过,撂到床尾去了。

"先别管它,阎王老子不催吃饭人。"这回轮到秀梅人欲罢不能了。

"阎王老子不催吃饭人,什么意思?"玉刚一时没反应过来。

"你刚才不是说要吃了我吗,怎么,吃着吃着就想开小差了?姐不答应!"秀梅突发灵感,机敏地幽了玉刚一默。

玉刚恍然大悟,感叹一声"你这个坏女人",只得鼓起干劲继续进攻,直到两人都精疲力竭、心满意足。

休息的时候,玉刚附在秀梅的耳朵上,告诉她,刚才打电话的,是在上海的罗天一。

"什么,罗天一?你怎么不早说!他这个时候打电话来,一定有什么要紧的事和你讲,还不赶紧打回去问问!"

回过神来的秀梅催促着,她怕万一有什么事被耽搁了,如今是瞬息万变的信息时代,很多机遇稍纵即逝,说没就没了。即使不是什么紧要的信息,这个时间从上海打长途电话过来,也一定非同寻常。何况是平常不太联系的罗天一。

做电商的秀梅反应就是比玉刚敏感,这是一种敏锐的惯性思维。

"该不会是问他在融州买房的事吧?"玉刚脑海里只想得起这个缘由,因为租地的租金,他总是按照协议约定,准时支付给了罗天一和王细妹两人的父母,从来没有拖欠过。买房子的事倒是玉刚帮出的点子,可是也两年多了,人家开发商去年就交房了——难道是不动产权证出什么幺蛾子了?可这也问不到自己呀,再说这方面也确实没什么牢靠的关系可以走。

不管怎么样,秀梅说得对,先回个电话弄弄清楚。

"喂,天一哥呀,好久不见,你和嫂子在上海过得嗨吧?不好意思,刚才有点事忙着,没来得及接你的电话——怎么样,有什么好事?"

"玉刚啊,就知道你忙,恁大的果园老板。没错,还真有好事找你呢。"电话那头,罗天一也不客套了。

"你说,天一哥。"

"是这样,前两天我和你嫂子去我表哥家聚会,见到一个做水果生意的老板,他说去年在市场上见过一种叫滑皮金桔的南方水果,好像是从广西过去的,味道很好,上海人蛮喜欢吃。但今年市面还没见到。如果有渠道从广西那边的果园直接调货到上海,再分批给上海大大小小的果商和超市,一定有的赚。于是我就说,金桔果是我们融州的特产,我们家乡就专门种金桔。然后他就问我可不可以与他一起做这个生意。我知道你现在的果园做得很大了,又成立了合作社,这个货源肯定充足,质量更是没的说的,所以我就一口答应了。"

罗天一竹筒倒豆子般,把事情大致讲了一遍,只问玉刚这边行不行得通。

真是刚想着天晴,太阳马上就从云端里冒出来了,有这等好事,还有什么行得通行不通的!

"好哇,天一哥!我和你弟媳妇正寻思着怎样和大城市的果商联盟呢,你这个消息真及时,太好了。"

喜出望外的玉刚对着手机几乎喊了起来。罗天一这个无心插柳的消息,他真是做梦也想不到。

"那你打算怎么搞?"罗天一问玉刚。上海的果商还在等着他反馈消息呢。

"天一哥,你看这样得不得?我想请你和嫂子来做上海那边的销售代表,具体业务由你们和那个上海老板对接,我和秀梅专门负责从这边供货。至于报酬,你放心,保证亏待不了。除了固定的底薪,再按实际销售量提成,具体我们再商定。另外,其他必要的办公活动经费可以根据实际情况给予报销或总额包干。"

玉刚给罗天一吃了一颗定心丸。做生意必须先讲后不乱，有什么利益得让对方清楚明白，心里先有个底。

"可是，我不懂水果生意这一行呢。"

罗天一原来的意思是牵牵线还可以，如果生意做成了，找双方拿点介绍费应该没问题。可玉刚居然一开口就说要让他来做上海的销售代表，他便有点蒙圈了。这要做具体业务，他哪里吃得透，大姑娘进洞房——没经验啊。

"天一哥，不要紧的，没经验也无妨，至于具体怎么做，我和秀梅会跟你沟通好的。"

玉刚叮嘱罗天一，现在最关键的是要想办法进一步把那个上海老板稳住了，可以承诺对方，专供融州最好的品牌金桔给他，大胆告诉他，融州金桔的桔王品牌滑皮"纯金"与油皮"金弹"，全都掌握在罗天一的手上，只要合作得好，上海地区就只给他一家供货，由他来做上海地区的销售总代理。至于罗天一自己，只代表广西融州输送果品，不参与上海及周边地区的具体销售，也不分上海老板的成。但是在"金桔汇"，上海老板一样必须通过罗天一订货。

"将来你和嫂子就是融州西塘坳金桔合作社上海办事处的掌门，只需要负责内联外调就可以了。"

"玉刚，那你可不可以先来一趟上海？如果这事弄得成，我和你嫂子，至少得有个人辞了职来专门做这个事才行。万事开头难，我怕搞不好弄砸了。"

罗天一似乎也看到了一条别样的金光大道。他原本只是想就便提供点信息给玉刚，没想到玉刚这样一勾连，居然就动了心，有了转做这一行的欲念，至少可以让老婆王细妹来试试。

"这样吧，这两天我就去趟上海，当面和你一起把这个事情敲定了。你也可以先约一下那个上海老板。"

玉刚和秀梅都觉得，上海这一趟还真非去不可，兵贵神速，这事得立马定下来。如果上海合作能够办稳妥，就像把整个华东业务的引擎抓到了手上，随时都可能引爆华东地区的销售狂潮，意义不可估量。然后依法炮制，华南、华北、华中依次扩散，再东北、西北、西南……那前景，哎呀，简直太美好了！

玉刚和秀梅谋划的，正是商道中的城市合伙人模式。这种模式至今是大客户销售的主要形式。

这些城市合伙人，大多同时做着传统销售兼电子商务相结合的业务，他们手头都有着丰富的客户资源，大区域的水果市场基本被他们牢牢把持着，一般的水果商贩都只是他们的下线而已。其实，早在做电商之前，秀梅就开始经营这种合作模式了。只是当初吃了大亏的也是这个模式，倒也不是对方的原因，完全因为那时经验不足，自己给自己挖个大坑，陷了进去，差点出不来。

那时候，秀梅的电商还没做开，为了走销量，通过朋友七拐八弯好不容易联系到一个南宁的果商，勉强愿意合作，答应先运一车金桔过去试试。初入行的她根本不懂这一行的深浅，匆匆忙忙找了两个九八佬帮忙去收果，也没讲清收果的具体要求，大家都图快图省事，果是收上来了，但因为收得毛糙，扯掉蒂柄的，长柄一大截的，乱丢碰伤的，挤压变形的，果子收回来后也来不及筛选，就联系了一家物流公司，他们过来装完车，因为司机调度问题，又晚了一天才发车，结果磨蹭到南宁，打开货柜厢一看，果子坏了好多，里面已经发出难闻的沤味来了。南宁果商一见果子成那个样子，说什么也不肯接收，怎么求也没有用，降价也不要。怎么办，拉回来吧，也是废了，还要多出运费。就地处理，别说贱卖给谁了，连当垃圾处理都没地方可倒，乱倒的话一旦被抓住了还得重罚，司机可不敢平白去冒这个风险。怎么办？最后只得另外花钱请司机找关系帮处理掉，才算完事。这一趟生意，算起来总共亏损了差不多五万元，五万元哪！最要紧的是，从此这条合作的线也断掉了，以后就是说得再好听，把自己的果子吹上天，人家也不会相信啊。

第一次就亏损这么多，虽然亏的大部分是哥哥王子林的钱，哥哥倒也没说什么，但对于初入果市的秀梅来说，这个打击实在是太沉重了。她一个人躲在闺房里关起门来哭了整整两天，哭过之后，在一个静悄悄的早上，选了一条人迹罕至的小路，连母亲和哥嫂都没打声招呼，一个人偷偷跑了。自己突然间消失不见了，这个消息很快在村子里传开，也引发了很多议论和猜测。村民都说这王家秀妹仔心太大，却不经事，弄不成功就出走，反正东西亏了也是亏自家的钱，亏完就算，说到底也不是她挣的。

其实，秀梅并不是真的离家出走。乡亲们还在担心与议论秀梅如何出走的时候，她人已经再次到了南宁，找到一家农副产品电子商务公司，在那里打工学习。半年后，再次学成归来的秀梅，又春风满面地回到了村里。这一次，她带回了一套全新的鲜食农副产品种植、销售操作标准，也找到了合适的物流与产品包装合作伙伴。

后来，决心东山再起的秀梅，又找到原来那家水果代理商。代理商见秀梅又来找他，问她什么意思，他早说过不再和秀梅做生意了的。

"王妹仔，恕我直言，你那根本不叫做生意，就是坑人坑自己。"

水果代理商告诉秀梅，自己当时坚持不肯接她的货，虽然看起来做得有点绝情，但商场如战场，原本就没得什么情面可讲，我将就了你，谁来将就我，做一辈子的招牌就砸了。又要将秀梅拒之门外。

秀梅就请求先把货拉到过去，算是寄卖，货款先佘着，卖得多少是多少，等客户回款后再结算，如果回不了款就不结算。一回生二回熟，老板到底碍不过面子，只得勉强答应先拉两千斤过来试试！

"我先把丑话说在前头，寄不寄卖，还得你的货到了才能确定。如果还像上次一样，到时可别怪我不讲情面啊。"南宁老板再次表明态度。

"没关系，只要不合你的标准，我肯定拉走。"秀梅这回胸有成竹。

结果，第一批收到果的客户，回购率非常高，老板有了信心，一高兴，便主动打电话让秀梅继续发货：

"王妹仔，你这批货真心不错了，按这个标准再多发些过来吧。"

南宁的合作就是这样继续下来的。

出于对秀梅的认可，南宁老板后来又介绍了好几个大客户给秀梅，借着这个机会，"金桔汇"的果子，现在已经卖到了广东、福建、浙江等地。加上自己的网店销售，一年能卖出去近三百吨金桔了。

但现在整个合作社三千多亩金桔，总量翻了十倍以上，以后还会更多，销售压力真的大得如泰山压顶。

罗天一的信息无疑是雪中送炭，喜从天降。玉刚的心已经提前飞到了上海。

上海，浦东机场。久未远行的玉刚一走出机场，顿时感觉到大上海黄浦江一样汹涌的城市心跳。

鱼贯而出的旅客，把机场通道塞得水泄不通，却整体向前涌动无法停留，下了飞机，本想缓一缓透口气，可是不能，完全被这匆匆的人流裹挟着，直到出口。

刚才在飞机上，玉刚还在思忖着，到上海后，要不要先让罗天一引见一下那个上海老板。但是在出口一见到接机的罗天一和王细妹，那股完全褪去了桂北乡土味的海派情调，心里便打定主意：不用了，至少在与罗天一两口子把一切谈妥之前，没有必要。罗天一与王细妹，就是融州金桔在上海的唯一代表，其他人都不具备对话权，上海的业务合作，怎么开展怎么操作应全权由他俩直接策划、具体对接。

"玉刚，这边走。"

隔着老远，西装革履的罗天一就亮开了嗓子——只这一点，怎么也改变不了桂北农村那副嗷嗷直唤的德性，不似这大上海轻言细语的从容和淡定，哪怕是与熟人打招呼，哪怕是远隔着人群。

见面，拥抱，那份亲热惹得同机的人侧目。虽是深秋，却仿如春风拂面。

王细妹侧立一旁看着兄弟俩热情合体，满脸含笑，灿若桃花。

玉刚拍拍罗天一的肩，打量着他一身笔挺的西装，又看看描眉画目的王细妹，口中蹦出一句：

"屌你公龟的，天一哥，你和嫂子都过成上海阿啦了，行啊这！"

"别水我了玉刚，我傻大憨粗一个，你又不是不知道，就是马屎表皮光，外面光煦煦里面一团蛆，因为要来接你，那不得猪鼻子插根葱，装装斯文相嘛，免得丢你的面子。"罗天一说的倒是大实话。

吃饭之前，玉刚从包里拿出了"西塘坳村金桔合作社上海地区销售代表任命书"。

"我就怕你们有顾虑，任命书我都拿来了。为了体现正式和隆重，当面签字现场生效！"

玉刚说罢又从包里掏出笔来，在任命书上签上自己的名字和日期。任命书一式两份，玉刚分别给了罗天一和王细妹各一份。

"这是天一哥的，这是嫂子的，每人一份，收好。从现在起，你们就是西塘坳村金桔合作社上海地区销售代表，上海地区的市场开拓就拜托你们了。"

罗天一看着任命书，一时顾虑起来：

"生意成不成，八字还没一撇呢。再说我们不能两个人都辞了职来捣鼓这个金桔吧，至少得留一个继续上班的，不能把后路全给断了。要是做不起来怎么办，卷起铺盖重新回融州，回坡尾屯跟你种金桔？"

"稳妥起见,稳妥起见。不是这个意思,不是要你们都辞职,纯粹是为了你们两个办事方便,如果可能,我倒是希望你们一个都不用辞职呢——当然这个也许不太现实。"

玉刚呵呵一笑。

为什么任命销售代表,而不是委任代理商。玉刚想得比较实际,代理商只是一种业务合作关系,纯粹是生意买卖。销售代表则不同,是合作社的工作人员,无论上海这边的业务最后做得怎么样,既然是销售代表,总得有一份基本的待遇作为保障,然后才是业务提成。这样罗天一与王细妹就不用担心业务不好没得收入。当然,这个事回去后还得和村支书黄敢以及合作社理事会成员说明白,来上海之前太仓促,来不及商量,便擅自做主了。如果他们有异议,意见统一不起来,那也没问题,就算他和秀梅的"金桔汇"私人请的,左右不能亏待了罗天一两口子。

还得找个合适的地方作为办公联络点,名义上可以暂时叫作"八桂融州金桔上海业务联络处",对外可以自称联络处主任嘛,头衔大点方便今后业务拓展,要不要挂块牌子自己定。

然后就与罗天一讨论起办公场地来,没个落脚点,这联络处空有个名头,未免说不过去。但上海寸土寸金,有点费周折。

"这个倒是好解决。上海的汪老板那里有个大仓库,隔了好几间房子,汪老板自己就在那里办公,我们先向他租借一间过来临时使用,肯定没有问题。"

罗天一告诉玉刚,汪老板曾经跟自己明确表示过,如果能够合作,希望把他那里作为融州金桔在上海的大本营呢。

"那就太好了,赶紧落实,越快越好。"

按玉刚的吩咐,罗天一当即就打电话和上海汪老板商量,能不能先租借一间仓库给他做办公室。

汪老板一听罗天一决定与他合作做金桔生意,二话不说,满口答应:

"罗老板,租什么租呀,我让他们挪出一间来给你用就是了。

你什么时候用,随时可以搬过来。哎呀,只要我们能成功合作,还在乎这点租金吗?"

在大上海的生意场上,这么慷慨爽快的老板其实并不多见。不止罗天一,连玉刚都被感动了。

一切安排停当,玉刚在罗天一与王细妹两口子的陪同下,拜会了上海的水果商汪老板,准确地说,是汪老板听罗天一说起广西融州的"金桔大王"玉刚来到上海的消息之后,抑制不住激动,一定要设宴邀请玉刚。热情诚恳却之不恭。

一个找买主,一个寻卖家,那场景当然是相见恨晚。

玉刚这次来上海,特意带了几个小箱的金桔特果,原本打算如果不见汪老板,就托罗天一转赠两箱给汪老板做宣传,现在既然水到渠成见上面了,那就省却了一道手续。

汪老板也直率,当场打开果箱,看到满箱硕大的金黄,表情立马亮了,一副迫不及待的样子,从箱子里拎起一颗金桔果,扯掉包果的泡沫网,顺手扯过桌子上的湿纸巾一擦,就往嘴里送,一口下去,果汁爆溅,果香四溢。

"哇,这是我吃到过的最好的水果,没有之一,这口感、这色泽,真是太棒了!"

末了又不由自主地蹦出一句上海话来:"黑结棍!"

玉刚不知汪老板的"黑结棍"为何意,又不好直接问,不过从汪老板的神情和前面的话来猜测,应该也是赞许的话吧。

罗天一看出玉刚的疑惑,便凑近玉刚的耳朵,悄悄告诉他:"黑结棍"的意思,就是非常棒。

原来还是夸赞自己的金桔果很棒啊,这个"阿拉"倒真有意思!

汪老板的赞美带着明显的夸张,但在玉刚听来,就是这么入耳走心。

来上海之前,玉刚多了个心机,他把秀秀直播的一些精彩视频存在了手机里,趁着这个融洽的机会,一并播放给汪老板看,看得汪老板不迭地点头夸赞：

"这么好的融州金桔，在上海不火起来，那是天理不容了！我汪某人一定全力以赴来做你们这个'纯金'品牌。"

"好，今天就借汪老板的吉言和美酒，预祝我们合作愉快，宏图大展，财源滚滚！"

玉刚举起酒杯，与汪老板及罗天一夫妇叮当相碰。

"请问蒋老板，你有什么合作方案呢？我们上海人做生意很直白，不转弯抹角的。"汪老板急迫地想进入实质。在上海生意人的观念里，时间就是金钱，耗不起。

"噢，这个请汪老板放宽心。至于具体的合作方案，劳烦汪老板与我们的罗代表、王代表一起仔细商量。你们都是老朋友了，做生意就是这样，亲兄弟明算账，合作上有什么问题和想法可以敞开谈，谈得越透彻越细致越好，在双赢的前提下主要是信任，是坦诚相见。你们谈成什么结果，我们就按什么样的结果来操作。"

"蒋老板好给力。罗老板也是我的朋友。我们上海人做生意精明，但是做兄弟朋友绝对厚道。"

"好，有汪老板这句话，我相信我们的合作一定如鱼得水！"

果然，玉刚人还没到家，罗天一的电话就打来了，说汪老板很着急，要求立即先发二十吨特级果到上海，合同文本已经拟好并发到玉刚的微信上了，对方同意先预付百分之二十的货款，其余货到验收合格再付百分之五十，一个月内全部结清，货款可以直接打到合作社的账户。合同方案是否可行，请速速定夺。

"就按你们商定的方案办，你们可以先签订合同，我马上组织发货。对了，你也尽快去办理一下上海业务联络处的公章，今后就用业务联络处的名义直接签订合同，免得麻烦。该走的程序辛苦你和嫂子去跑跑了，不懂怎样跑，可以咨询一下你表哥嘛，请他帮帮你们。"

"好的，那我这边先让汪老板签字盖章，再快递给你盖章生效。"

这是今年以来最振奋人心的好消息,虽然量并不大,却意味着进军大上海的序幕正式成功开启!

玉刚立即打电话向黄敢通报了这个好消息。

"我说这两天怎么没见你人呢,原来偷偷跑到上海抢地盘去了,也不吱一声。好,好好,旗开得胜,值得祝贺,回来叔与你搞杯庆功酒!我那坛泡了整一年的扁头风酒还没开盖,正好赶上呢。"

黄敢一听,抑制不住地欢喜,凭他多年的经验,这二十吨特果即将成为打开大上海市场的第一颗"原子弹",意义非同小可。

"不是不向上您及时汇报,我是怕合作不成,不敢先声张,先自己当作去旅游玩玩的,谁知道真玩出点眉目来了。这不赶紧向您报喜了呗。"玉刚向黄敢解释着不先与他通气的原因。

二十吨特果,如何保证到上海之后还很新鲜,如何保证从上海总代理分发到各个批发商、零售商、电商之后还能新鲜如初,如何保证它们到达客人家的盛盘里新鲜依然?这是玉刚和秀梅现在最关心的问题。

以前是琢磨怎么卖得掉、卖得多,现在要琢磨怎么卖得好,研究客户喜欢什么样的产品,自己能提供什么样的产品。

为了确保金桔的品质,在坚持不提前采摘尚未成熟的果实基础上,作为金桔"颜值分析师",对于成熟度的把握,从营销的实际,秀梅提出了一个与以往截然不同的设想和要求。金桔刚结果的时候是青色的,几个月后才会变得金黄灿灿。果农们以前都是等果子全变黄了才开始摘卖,果商们也是等果子金黄了才来收果,这样的果子在采摘现场来说,它们的糖度、化渣、转色、外观、实际口感,都堪称完美,是食用的最佳时机。可是,树上已呈最佳食用状态的成熟的金桔果,在采摘之后,还要分选、包装、运输、传递,甚至再次包装、运输、传递,真正到食客手中,早已成熟过度,失去了最佳鲜食时机。秀梅和玉刚通过不断比对，平衡采摘时机，最终确定新的规定，金桔青皮不要等到转完色，最好是每颗平均实现 70% 到 80% 的转色率就要采摘，也就是说金桔表皮必须要适当留青，颜色不能完全金黄，否则熟过了反而不好销售。

为什么？面对果农们的疑惑，秀梅告诉大家：

"转色到 70% 就要采摘，道理其实很简单。对于金桔销售来说，电商需要一个运输过程，传统销售除了运输，还有个等待售卖的过程。熟到这种程度的果子，通过各种流程送到客户手中的时候，才达到完全成熟，这个时候的口感才是最好的，它的脆度、甜度、新鲜度都会比较理想。如果果子在树上就熟透了，真正到客户果盘上的时候，吃上去肯定会有熟过头的感觉，那种脆口的新鲜感基本就没有了。所以我们必须测算好，尽量让消费者收到的时候，果子颜色和口感都处在最佳时间，对吧？"

这还不算完，秀梅和玉刚又要求合作社所有成员，在采摘金桔时必须戴手套，使用专业的剪刀把果蒂剪平整，还要在篮子里垫上一层厚厚的软布，并像放鸡蛋那样轻拿轻放。

玉刚还将这套摘果新要求，当作合作社的管理规定，用文件形式下发到每个社员手中。

这下很多果农被惹毛了，他们公开表示拒绝：种了几十年，卖了几十年，哪时有过这样的穷讲究，整了一出又一出，这不有意刁难人嘛！

也有人向玉刚叫屈，试探着能不能把要求再放宽松些："玉刚，这样摘果实在太烦琐，很费劲啊，又耗时间，又耗劳力，往年用手随便摘不也照样能卖出去嘛。我们也不是乱摘一气，都是自家的收成，爱惜着呢，这眼看到手的票子，哪个舍得糟蹋嘛，无非想效率高点。你将就点就过了。"

"所以，金桔汇的价格比外面那些果商和九八佬的收购价平均下来要高出一块多钱一斤啊！"

玉刚已经习惯了果农们的惰性，但为了提高金桔的采收质量，他必须狠下心来，花再大的成本，也要扭转以前不规范的采摘方式。

"就不能通融吗？再说现在订单这么多，全用剪刀剪摘，会拖时间的。"有人还想让玉刚妥协。

"那也不能，这是硬性规定。有规定不执行，那还不如不订。我们再不能自己搬起石头砸自己的脚。"玉刚口气坚决，没有半点商量的余地，"再次重申，从现在起，不按规定要求采摘的果子，一律不能进入'金桔汇'，更不能贴上'纯金'和'金弹'的商标对外销售。不服从的可以退出合作社！"平素随和的玉刚，这会半点都不含糊。

"算你牛逼。老子就不卖给你们了，又怎子！"反正合作社也是个松散的组织，奈何不了这些心怀抱怨的社员。

还真就有犟脾气的人去外面找九八佬谈买卖了，樟树坡的黄大壮算头一个，牛逼哄哄的他嗷嗷叫着："死了张屠夫难道就不吃没毛的猪肉了？"那架势简直就是一只穿了裤衩的斗公鸡。

"悉听尊便！"

玉刚也不挽留，任他们去折腾。他必须坚持原则，'金桔汇'的品牌只能越做越强。

可现今的九八佬再不似从前囫囵炒果了。

果商们也悟通了一个道理：只图眼前利益等于自断后路！他们才不会这么傻帽呢。现在都把果子的质量看得头等重要，没人敢有丝毫的懈怠马虎。九八佬的收购的价格压得低不说，要求还特别高，与秀梅的"金桔汇"也不相上下，像统一商量好了似的。

扬言不再把金桔交给"金桔汇"销售的黄大壮，没过几天就乖乖地回来找玉刚求情了。

"忙呢玉刚。"

黄大壮讪笑着，表面听起来不咸不淡的招呼，分明有些尴尬和难为情。

"噢。"玉刚淡淡地应了一声,算是礼貌。

玉刚正忙着出门,他要到几个社员的金桔园里去现场察看摘果的情况。刚开园不久,电商平台的订单也特别多,他和秀梅一个里一个外,都得盯紧点。巡视小组也在检查,但玉刚心里就是不踏实。

"是这样玉刚,我仔细想了想,我们都是合作社的成员,哪能离开集体自己单干,果子还是应该交给社里统一处理才是。你看——"

黄大壮尽量拐着弯,但话中的意思玉刚一听就明白。

玉刚的内心本来就是要拢住这一帮果农,大家攒齐了心劲一起创业,黄大壮能主动回到合作社来,他当然欢迎。

"可是合作社的规矩不能破噢,你不能按照采摘的要求,不合格的果子,'金桔汇'肯定不收的。"

黄大壮连忙表白:"我想通了,我想通了,既然在一个社里,谁也不能破了社里的规矩。我愿意按照你说的要求,采摘合格的果子交给社里帮销售。"

"那就按社里的规定摘果呗。不用贪多,一个人一天剪够三四百斤果子就大把够了。要想多摘就多请人。工价统一了的。"

黄大壮能够主动回到合作社来,说明合作社确实有自己的优越性和吸引力!玉刚的心里涌起一种更加坚定的意念。

桔园里,黄大壮和老婆一人一把剪刀,在小心谨慎地剪采着满树的金黄,动作显然还不够熟练,小剪刀明显和手掌不配,拇指和食指都起了勒痕。比起往常,用上了剪刀,摘果的速度就慢下来了,手起果落,果把不能太长,不能斜口。原先手一拽便是一大把,十分钟便能装满一竹篓的,现在十五分钟还装不够。黄大壮的工作时间平均每天要加班一个小时以上,可他必须坚持着,一边采摘一边不住地念叨:

"费劲也没办法嘛,玉刚说社里规定要用剪刀,要有标准啦。"然后决定明天一定要去街上买几把合手的专业果剪,过两天周末了，上初中的女儿和儿子从学校回来，得让他们来果园里锻炼锻炼，也顺便帮他和老婆松一口气。

二十吨特果运到上海没多少天，罗天一就向玉刚通报了首战上海的好消息：

"玉刚，这次运来的二十吨特果，汪老板那边一天就销完了，而且市场反馈特别好，好多回头客又要订货呢。汪老板说他卖了这么多年的水果，还没卖得这么顺溜的，全上海市场没得比，第一次啊，全靠这果品的质量。"

"那真是太好了，天一哥，你这可是头功一件，得趁机抓牢了，汪老板这条线千万别放松。"

"别急嘛，汪老板还说了——让我们赶紧继续发货，这次是五十吨！合同我已经签订好了。"

"你告诉汪老板，我这边马上组织备货发送。"

整个收果季，通过罗天一和汪老板这条线，总共卖出了六百多吨各种等级的金桔，算是为合作社立下了汗马功劳。

在此期间，南宁、广州、杭州、福州、长沙、大连、北京、天津等地城市合伙人也陆续有了着落。

"以前金桔丰收了既欢喜又担忧，担心果子销售不出去，价格也不一定如意，一车果子拉到市场，到处吆喝求人购买。很多时候，天不亮挑着果子去赶班车，到县城去卖，还得碰运气。现在不一样了，果还在树上，皮青未熟，订单就纷纷飞来了，根本不愁销路的问题。"

这是果农们在接受随同县委书记程伟到西塘坳村金桔合作社视察的记者采访时说的一段话，当场把采访的记者逗蒙了！

"我白天有事没事就在山上到处转悠，每天要和果农们聊天套近乎，还得备好好烟，你看这二十多块的芙蓉王都有点拿不出手了，人家就看你有没有蓝真龙，嘴刁着呢，没办法，打交道嘛，要不然怎么给人家老板出货？这两年金桔的品质上来了，市场好了，特别是这个滑皮和脆蜜金桔，没有卖不出去的，都是抢着要,过段时间再来就空山啦。"

这是九八佬们由衷的真心话。市场经济好了,他们的生意就抢手,赚得也更多,不过竞争也是越来越激烈了,谁出手慢谁就收不上果子,哪怕你先放了定金,你要是手不快点,都可能被人家高价抢走了。

但比起这些曾经长期把持金桔市场的九八佬,玉刚的"金桔汇"却有着得天独厚的优势:价格总比他们出得高,出货总比他们快得多。至少在西塘坳村,已经没有他们的世界了。

玉刚的金桔合作社与各地城市合伙人结成了共同进退的战略联盟。

"嘿嘿,到明年,脆蜜金桔全面上市,好戏还在后头呢!"玉刚的心里正抑制不住地得意着。

二十六、金桔楼会有的,老婆也会有的

开园以来,到西塘坳农家乐游与采购金桔的客人络绎不绝,而雪片一样通过"金桔汇"电商平台与"桔乡联盟"从网上发来的订单,以及城市合伙人大笔大笔的购销合同,更使社员们欣喜若狂。乡亲们仿佛已经看到了平坦的环屯道路、宽阔的休闲广场、明亮的太阳能路灯、美丽的花圃⋯⋯以及自家将要新建的大别墅、新购的小汽车⋯⋯

玉刚兑现诺言,开市首批订单就为贺老水卖断了全部的金桔果,三亩半地卖了整整四万块。

贺老水的金桔园现在快成样板了,到明年,产量肯定会比今年大得多,收入当然就远不止今年这个数了,喜得他整天都笑得合不拢嘴,年近五十的老光棍,耐不住旁人的怂恿,也张罗着要找媒人帮他说婆娘呢。

"嘻嘻,两条腿走路的女人,谁不想讨一个回来暖被窝——我贺老水也有钱了嘛!"

"哎呀,贺老水也开窍了,舍得讨婆娘了!"大嘴韦忠良依旧半开着玩笑。

"哪个不开窍,讨了老婆,老子夜夜欢喜!"

贺老水从衣兜里掏出一沓钱来,使劲地甩弄着,在空中发出哗哗的脆响。

如今不同了,金桔丰收又卖得了好价钱,玉刚亲口说的,按照这个趋势以后每年还要往上涨,这分明是奔小康的架势呢。自己现在钱有了,牌九也戒了,人模人样地活得风光了,花点票子娶个老婆理所应当,指定像宝贝似的整天捧在手板心里,含在嘴巴皮上,当神供起来。

也是,快五十岁的老男人了,男欢女爱的经历,拢共还没超过——一个巴掌的手指头。

夜夜睡素觉的贺老水,心里憋闷,偶尔也会动起歪心思来。路上碰到某个女人,便忍耐不住想开句带荤的玩笑,趁机揩点嘴皮上的猫腥油腻,但必定瞻前顾后背着别人,生怕被人见了耻笑——这和打牌输光衣服赤身裸体被推出门的性质可不一样。但往往还是被女同胞们一顿奚落与羞辱,占不到半点便宜,反而自讨没趣。

三十年河东四十年河西,这回,可怜的老单身牯贺老水,终于可以扬眉吐气地请人说亲,要明媒正娶了!

贺老水托人带了礼物找到媒人婆黄䴙嘴,黄䴙嘴竟不敢收贺老水的礼,也不好明着拒绝。嘴上答应着:"放心,有合适的女人家一定帮说过去,但恐怕得有耐心等,这姻缘是天注定,不好强蛮撮合。"

八字还没一撇,"贺老水要讨婆娘"的消息却传得沸沸扬扬,全村无人不知无人不晓。

"书记说了,金桔楼会有的,老婆也会有的,呵呵,原来是讲你贺老水啊！"大嘴巴韦忠良向来爱挤对人，贺老水这样的落条货尤其是他贫嘴的对象，软柿子好拿捏呗。

"不过，讨婆娘可得先把房子翻修好，要不然人家姑娘过来了怎么住？还跟你现在这样，一起猫这个四面通风的烂棚屋吗？"也有人这样撩盆贺老水，半分玩笑半分认真。

对呀，是得先把房子整起来才行！俗话说栽好梧桐树，引得凤凰来。

贺老水家的房子原本属于危房，早两年政府就动员过他了："贺老水，你这房子得改造了啊。"

这些年政策好，危房改造，政府还能给一定的补贴。

村支书黄敢个人也当面许诺过："老水，只要你同意改造，拆旧房清地基的费用我帮你出了。"

拆旧房清地基至少也得三千块起底呢。

别人是削尖了脑袋，想方设法要将自家的旧房进行改造，左一个报告右一个申请，审批合格了还得排队等指标，目的就冲着那点危房改造补贴。

政府出面动员改造，除了政策补贴，还有人主动帮出拆旧房清地基的钱，这天上掉馅饼的好事，就更让村里人眼红了。

然而，那时的贺老水不为所动。

"我改个卵。哪个想改哪个改，老子连吃饭都没得钱！"

贺老水没有心思翻修房子，成天只想打牌，游手好闲，过着一人吃饱全家不饿的逍遥日子。当然也确实没有钱来起新房，虽说危房改造有政策补贴，再加上他又是村上的贫困户典型，额外可能也会得到点物资帮助，可再怎么帮衬，毕竟也得自己拿出一部分钱来才得。他哪有这个闲钱，家里穷得裤裆里撂得过谷箩筐，正如他自己说的：吃饭都成问题呢！

自从老母亲过世之后，这么多年来，家里没个女人操持，的确没有一点儿家的样子，说得不好听点，真是连人家的狗窝都不如呢，一个人蜷在这破棚屋里，天晴晒太阳，落雨要撑船，活像个孤魂野鬼，不晓得哪天轰隆一声，房子一塌人就"欬嘚"（死）了。

贺老水一咬牙，做了个很长志气的决定，他要赶紧把房子重新翻修起来，然后"娶妻生子成家立业"！

贺老水风风火火找到黄敢："书记，我要翻修房子，那个破棚屋住没得了。"

"你真要翻修房子？"黄敢瓮声瓮气地问道。他知道贺老水心里的小九九，但从心底里替他高兴。这个不成器的老光棍油子，总算是开了窍，要过正常男人的日子了。

"我没蒙你书记，真要修房子。"贺老水以为黄敢不相信自己。

"太阳打西边出来了。以前动员你修，你死扛着不肯同意，怎么现在就想通了？"

"以前是以前，现在是现在。情况不同了嘛。"

"噢？"黄敢看着贺老水，从衣袋里掏出烟来，递给贺老水一支，自己也点上。

贺老水接过烟，嗫嚅道："这不早前托了黄蹦嘴帮说个媒嘛，可人家说没房子不好讨亲，没地方安顿呢。实在逼得没办法——"

"嗯，想通了就修呗，这修房子和讨老婆，可都是百年大计，马虎不得。"

"那你帮我落实补贴的事吧，起好新房子我也申请脱贫了，保证不再给你脸上抹黑。"贺老水话里几个意思，黄敢当然清楚，这些都是他所希望的。

"行，回头我就帮你把申请表整好，争取补贴的资金尽快落实到位。另外，看看能不能额外帮你弄点水泥钢筋什么的。"

"还有——"贺老水讪着脸欲言又止。

"还有什么，我知道了，你不用担心。还是那句话，只要你起新房子，拆老房子搭整地坪的钱我帮你出了，不用你还。"黄敢没有忘记自己曾经做出的承诺。

"那我就先谢过书记了。"贺老水咧着满口黄牙的嘴巴,屁颠屁颠地走了。

贫困户优先,在黄敢的操持下,贺老水危房改造的手续很快就办妥了,走的全是一路畅通的绿色通道。

起新屋其实也不难,旧的木料大部分还用得着,主要的梁柱椽子等新木料,自家山场的老杉树可以砍伐一批,要买的砖瓦呀,石灰沙子呀,等等,批下来的补贴也差不多解决了一小半。眼看着起房子的事一样样落实得妥妥帖帖的,贺老水脸上也一天天红光起来,随时都是眉开眼笑的他,脑子里怕是早就憧憬起了当新郎官"夜夜欢喜"的美好光景。

不到半年工夫,贺老水的新房就上梁大吉。虽然不比人家几层的洋楼,但对于自己来说,已是翻天覆地的变化了,搁在前些年,哪里敢想嘛!

农历十一月二十,吉日良辰,风和日丽。上午十点,贺老水家的新屋场,烟花爆竹齐鸣,引得全寨的男女老少都来观看。

烟花爆竹响过,上梁的人爬上新屋顶端。加上上梁师傅,参与上梁仪式的人一共八个,他们都是寨子里有威望的人——被选中上梁的人就是一种莫大的荣誉。

上梁时辰一到,在众人的期待中,两名壮汉抬着已经修整好的、红彤彤的梁木进场了,放在事先准备好的木马上。掌墨师便杀鸡祭梁,一边把鸡血淋到梁木上,边唱祭梁歌:"王母赐我一只鸡,生得头高尾又低;头戴凤冠配彩云,身穿锦缎五色衣。此鸡不是平常鸡,鲁班先师祭梁鸡;千年基呀万年基,红血染梁大吉利。"

这时,分别从正堂两边中柱顶上抛下两根绳子,由地面上的人拴住梁木的两端,静听掌墨师宣唱《上梁词》。当听到掌墨师高喊一声"升梁",一旁顿时鞭炮齐鸣,上梁的人立即扯绳,直至把梁木搁稳于堂屋两边中柱的顶端方才礼毕。

掌墨师的"上梁歌"内容丰富，程序烦琐复杂，不亚于一场民间诗词大会。

要上梯子了，掌墨师一手扶梯登步，一边高声念唱："走进堂屋四四方，主家请我来上梁。脚踏云梯步步高，登上新屋亮堂堂。仙桃堂中累累挂，主家富贵万年长。一上一步人气旺，二上二步子孙强，三上三步家道旺，四上四步状元郎，五上五步五谷丰，六上六步六畜壮……"

上到屋顶，准备安梁前，掌墨师要与主人来一场精彩的问梁对白。

掌墨师高声问道："梓木梁，梓木梁，生在何处，长在何方？"

贺老水一时答不上来，也怪不得，平素不学无术、游手好闲的他，哪能应付这样的正规场面，便僵在那里不知如何是好。

旁边黄敢一见贺老水的窘样子，赶紧抢着帮他应了："此梁生在金山银山，长在昆仑山上。"

掌墨师又问："何人见它生，何人见它长？"

黄敢又帮答道："地形龙脉见它生，日月星辰见它长。"

梁木安好后，还要踩梁。掌墨师脚穿主人家专备的新布鞋，手持捆着红布的三尺竹尺，在梁上一边走着一边唱起《踩梁歌》："一踩梁头，万里封侯；二踩梁腰，世代天骄；三踩梁肚，大展宏图；四踩梁尾，荣华富贵……"

掌墨师踩梁完毕，陪着上梁的人就出场来划拳喝酒了。划拳也有丰富的唱歌词：

"快发起来呀！"

"六位高！"

"八发财！"

"九长久！"

全部都是吉利的"拳曲酒令"，两人一组，空中比试，你来我往，谁猜中了，另一个人就喝酒。

房梁上面喝得欢，房梁下面等得急。

正值艳阳高照时，大家等得口干舌燥、火急火燎，却也顾不得浑身是汗，都在屋场的空地上抢占有利地形，抬头紧盯着梁上鏖战的场面，生怕一不留神房梁上就会抛梁粑。

梁上酒过三巡，午时三刻，最令人兴奋的抢抛梁粑环节终于到了！

掌墨师拿出事先准备好的两个大糍粑，高高地挺举在右手掌上，口念祝祷之词："后山金竹滚滚，前山秀水明明。贺言至此，恭贺主东，人发千丁旺盛，粮发万石丰收！"

接着低头朝堂屋下面接"富贵粑"的主人问道："要富还是要贵？"

这回贺老水不再懵懂了，大声回答："我富也要贵也要！"

于是，掌墨师把那两个富贵粑从梁上扔下来："赐你富贵双全！"

贺老水立即迎上去，扯开衣襟，稳稳接住了"富贵粑"。

在掌墨师的声声祝福中，一连接住十对"富贵粑"的贺老水，不停地呵呵笑着，十全十美，那是发自内心的喜悦。

接下来便是抛梁粑。抛梁粑的物品以糯米糍粑为主，现在生活改善了，抛梁粑的样式除了糯米糍粑，还配有硬币以及各色糖果。掌墨师在抛梁粑时，边抛边唱。

抓一把抛向东面，唱："一抛东，子孙代代在朝中。"

抓一把抛向南面，唱："二抛南，子孙代代中状元。"

抓一把抛向西面，唱："三抛西，子孙代代穿紫衣。"

抓一把抛向北面，唱："四抛北，子孙代代兴家业。"

虽然这唱词还带着顽固落后的封建色彩，但在乡下百姓的心里，听起来都那么受用。这样的唱词并不是掌墨师不能与时俱进，纯粹是为了迎合百姓的心理，恰恰显示出老成的掌墨师的狡黠。

掌墨师东南西北都抛过后，其他几个上梁的人也加入进来，

二十六、金桔楼会有的，老婆也会有的

遍地开花，将糍粑糖果抛向四面八方，上梁仪式达到高潮。围观的人先是伸手跳跃到空中去接，接不住的也顾不得斯文，就拥挤到地面上去捡，你推我挤，你争我抢，吆喝连天，笑声一片……

来年二月初八，正是金桔修剪整枝施放春梢肥的时节，贺老水温暖的新屋里，果然迎来了笑容灿烂的女主人。

说起贺老水的新娘子，那还真是托了金桔的福。

每年春天，当最后一批金桔下树，果树也要抽芽长叶焕发新枝准备新一轮的孕育了。

为了让果树们在新一轮的孕育里长得更好，结出的果实更多个儿更大，果农们都会按照技术指导提前给金桔修剪枝条。以前，这些枝条，要么随便扔在地里不管，要么捆回家去晒干了当柴火烧。现在玉刚和秀梅却说这些东西也是宝贝，可以扦插在花钵里当作盆景培养，一年左右就能出售金桔盆景了。

"嘿，可别小看了这些小枝条，培养好了，拉到广东去，一钵至少可以卖到四十元呢！就这么扔掉，岂不可惜？"

金桔者，桔为吉，金为财，满树黄金，吉祥招财。在南方，金桔是最好的贺岁礼物，每逢过年，几乎家家户户大门、阳台都要摆上几盆金桔，有的还在金桔树上挂满"利"字红包。开门见桔（吉），还有比送金送吉更好的彩头吗？秀梅早就在网上做过市场调查，需求量还特别大。

"一年四个季度，只有一个季度在卖金桔，单单靠卖金桔来提升家里的收入，其实会比较单一。我们通过这个东西，物尽其用变废为宝，也能给家里多少增加一些收入，这样往钵子里一插就可以了，也不多费什么力气，对不对？"

玉刚一边示范，一边给金桔合作社的社员们做鼓动。

秀梅指着旁边的一钵金桔盆栽，补充道：

"你们看，像这种的，就是我们做的两年盆栽，四十元一盆的这种，是最多的。它的重量大概在五公斤以内，然后打包、发快递也很方便，体积比较小一些，而且客户摆在庭院里面，像这

种家庭小阳台，也比较方便不是？"

怎么能一年四季都靠金桔赚钱呢？社员们做梦都想啊，金桔加工可以提升产品的价值，比如用油桔果做金桔应子糖，比如炼制金桔膏，比如做金桔罐头，又比如酿造金桔酒，但这些工艺、技术复杂，设备设施还挺贵，得工厂化才能实现，不是人人都能做得到。

不过，这些产品深加工，县里面倒是都了，前年还专门从广东引进了一个科技含量很高的金桔膏生产厂家，听说叫什么"粤桂扶贫协作"项目，便是县委程书记亲自带队到广东扶贫协作结对县考察引进来的，金桔膏产品在去年的金桔节上甫一亮相就引来好评如潮，还申报了县里的科技进步奖，春节期间的广州交易会，广东的帮扶结对县在网上投放了两万瓶试产产品，由结对县的县委书记亲自直播宣传销售，结果不到一小时就脱销了，可见市场前景广阔。

社员们当然眼热，他们相信，这样的项目，将来也许都能在西塘坳落户生根，只是迟早的事情。

至于更简单一些的现成的赚钱门路，社员们还真没人能想得出来。

"金桔汇"的老板娘秀梅想出来了！

原来剪下的金桔枝条还可以做成盆栽出售！这让金桔合作社的社员们来了兴致。这样一根枝条，废物利用插到盆里，经过浇水施肥，简单护理，以后就可以结出金桔，当成美丽的盆景卖钱了。

"你们哪个不愿意侍候的，剪下不要的枝条，按五角钱一枝的价格，选好的卖给我们也行。"秀梅继续补充道。

对社员们来说，这就等于白捡钱了。

金桔寓意吉祥如意，大吉大利，过年的时候，家里摆上几盆金桔很喜庆，颜色是金黄色的，也喜庆，图个好彩头嘛。金桔盆栽，在广东、福建及江浙等地，很受消费者欢迎，春节前更是销售旺季。

秀梅利用互联网思维，针对网络消费者的购物心理，定做了各种大小规格的盆栽，生意很快就火起来了。

贺老水的新娘子就是这金桔盆栽给引来的。

新娘子名叫杨梅，是隔壁县高五寨杨家的，算起来还比贺老水小了整整十六岁，这个打了几十年单身的老光棍，真的交上了令人眼红的桃花运。

大嘴巴韦忠良一见就感叹："贺老水，你祖上帮你积的阴功，这回是实打实的老骚牯吃上了嫩芽草。"

谁说不是呢？这人一接回家，白天还可以帮着收拾桔园，多出个干活不累的劳动力。

"这人呀，运气来了门板也挡不住，嘿嘿！"贺老水心里得意。

这杨梅年纪轻轻，却也曾有过一段不如意的故事。

早年，贪财的父母在半哄半骗下，两万块钱就把她嫁到了云南大山里的一个光棍汉家，这一去就是十多年，她最后逃回了广西，独自在融州城游荡。

杨梅原先在长安街的大排档里给人端盘子，后来又到农贸市场做搬运工，年前随物流车到坡尾屯来装运金桔盆栽，也是机缘巧合，在雅瑶街吃碗滤粉，碰巧就认识了媒人婆黄蛳嘴。

这黄蛳嘴别的不行，拉媒保纤的确有一套，她很会看人，嘴皮子又利，凡经她撮合的男女，没几对不成功的。

当初贺老水托人找黄蛳嘴说媒，黄蛳嘴知道贺老水以前的很多糗事，不太看得惯这样的油棍子，因此一直敷衍着没有上心留意，事实上就他当时那条件，也不容易找到合适的女子。

应了那句老话：人不可貌相，海水不可斗量！当贺老水家的新房真正竖起来的时候，黄蛳嘴头脑便开始活络了。这回冷不丁见到从云南逃回来的杨妹仔，立马来了感觉——铜锣配铛铛，应该是他们的姻缘已到。于是一番巧言游说，就把杨梅忽悠到了贺老水的新家。

　　杨梅一见贺老水家新起的木排屋，再看看满树黄灿灿的金桔园，二话不说就应承下来。眼前的这个家，比起云南文山大山里的那个家，何止强了十倍！干脆连彩礼都免了，只要求进家前帮她买一辆电动车、一部手机，当然银手镯、银项链、金戒指是少不了的，这是女人结婚最起码的三件套嘛。

　　婚事一切从简，也没太多讲究。女主人杨梅是自己主动进的家门，她连娘家都没吱一声——事实上从云南回来之后也一直没与娘家联系，她心里那道坎还未曾迈过去。

　　倒是贺老水很体谅杨梅："也好，等我们办完了婚事，你哪时有了心情，再陪你回娘家去，也叫我那眼睛瞅着鼻子的丈母娘，好好认认她的新姑爷！"

　　摆酒席就算了，贺老水是个最爱撒脱的人。花钱不说，主要是太麻烦。再说年前新房上梁就被鼓动着搞了好几桌，因为寨里寨外来帮过忙的人不少，亲戚邻里这么热心，不弄几桌招待一番，实在也过意不去。现在才过了多久，三个月不到，大红对联还没半点褪色，满屋的喜气还没冷场呢。

　　但还是有几个人要请。一是村支书黄敢，二是合作社的玉刚夫妻俩，这是帮他贺老水翻身的大恩人，没有他们的帮助，今天这样的好日子，只怕连想都不敢想！保媒的黄鹂嘴自然是座上宾，得按规矩谢媒。

　　不像年前新屋上梁，婚礼没有繁杂的仪式。只在大门上换了一副更加喜气的大红对联。

　　上联：天喜地喜三亩金桔结富贵；

　　下联：主欢宾欢一对新人定姻缘。

　　横批：花好月圆。

　　堂屋正堂上贴张大红的双喜。

　　鞭炮一响，便算礼成。

　　堂屋门口，玉刚和秀梅给贺老水送上贺礼。

二十六、金桔楼会有的，老婆也会有的

"祝贺水哥水嫂喜结连理，一点心意，请收下。"

贺老水呵呵应着，咧开的嘴巴笑到了后颈窝，但对玉刚送上的贺礼，却用手挡了回去，说什么都不肯收，嘴里不住地表白着："哎呀，你们这是搞什么嘛，早讲过了，我又不做酒席，请你们来，就是帮我做个见证，也是感谢你们的帮助。像我贺老水这样的落条货，也有今天的好日子，这辈子怎么说都值了。"

贺老水说得很激动，玉刚感觉得出来，他这话真是打心眼儿里蹦出来的，没有半点造作。

"老水，你就别婆婆妈妈的了，不要挡彩头，这个是贺礼，是给你们夫妻两个的，一定得收！喏，还有我的这份，一起收好！要不然你们这喜酒，我们就喝不安然。"

书记这么一说，贺老水只得伸过手接了贺礼，拱手作揖：

"不说了，书记、玉刚，还有秀梅弟媳妇，感谢你们看得起我——"然后将红包递给身边的新娘子。

秀梅拉着新娘子的手，一边摩挲着，侧脸笑问贺老水："水哥，住上新房子，娶上这么漂亮的新媳妇，欢喜吧？"

"欢喜，欢喜，欢喜。"贺老水眉开眼笑，忙不迭地回答。

"欢欢喜喜，早生贵子！"秀梅一半是调侃一半是祝福。

"你、你们都还没生呢，反倒催起我们来了，我们今天才圆房。"

没想到，憨豆的贺老水居然也灵机地幽了秀梅两口子一默。或许这原本就是一句平白的大实话。

黄敢也在一旁打趣："老水这话说得到位，有水平，玉刚、秀梅，趁着季节还不算太忙碌，你们两个也得抽个闲空，抓紧造人了。"

秀梅的脸一下子就热了起来，直红到耳朵根。

也是啊，什么事都成了，这最重大的一件却还一直拖拉着没排上日程。再不抓紧点，纵然别人不嚼舌根说闲话，自己都得有想法了！

从贺老水家回来，关起门，秀梅迫不及待地将满是醉意的玉刚推上床，然后水青蛙一般趴到玉刚身上，说有重要的事情得赶紧办了。

玉刚歪着头，不明就里："今年的金桔采收基本结束了，只剩下不多的尾果，特意打算留到清明前再出货，最后卖个好价钱。然后马上就得着手准备整理排水沟、修剪旧枝、施放春肥梢肥了，难道还有比这更重要的事情吗？"

"当然有了，而且刻不容缓！"

"什么事啊？神秘兮兮的。"玉刚玉刚挣扎着想翻身，头脑里却还在想他的金桔园。

"你没听贺老水和书记说我们来着？"秀梅整个身子压下去，脸贴着玉刚的耳朵，喘气急促。

"他们说我们什么，你倒这么在乎——对了，他们说我们什么了？"这点玉刚倒是完全没想到，他也不记得贺老水和黄敢究竟说了自己什么，竟让秀梅急吼吼的这么上心。

"憨包啊你！"秀梅伸手在玉刚的腰上使劲掐了一把，疼得玉刚哎哟一声要跳起来。

"姑奶奶啊，我真不记得，你说嘛。"

"造人！"秀梅终于忍耐不住。

"噢，对，造人造人，真是我们老蒋家的头等大事，耽搁不得，赶紧了赶紧了，绝不能落在贺老水家的后面！"玉刚一拍脑袋，恍然大悟。在这件事上，竟然被憨实的贺老水实实地"水"了一回。

玉刚顺势翻身，压到秀梅身上……

二十七、尾　声

又到了金桔由青转黄的季节，再过二十天，十一月八日，就是融州金桔统一上市的日子。

所有的人都在睁大着眼，盼望这一天的到来。果农们、果商们、九八佬，还有从春天看直播看到初冬的万千食客粉丝们……

而这一天的确定，也是玉刚向县委书记程伟提出的一个标志性的建议：融州金桔的市场规范，应从确立全县统一上市的时间开端！

高耸入云的狮子岭下，玉刚和黄敢坐在金桔环抱的棚屋内开怀畅饮，他们在为合作社再一个丰收年举杯庆祝，也在为合作社的将来未雨绸缪。

一旁的秀梅打开手机电商平台终端，正笑意盈盈地与合作客商谈判签单，虽然尚未开市，但秀梅的电商订单已经开始下起了漫天飞雪，真是一个丰收的好年景。一边时不时地为玉刚和黄敢斟酒添菜，偶尔也在两人的相劝下，张着秀气的嘴唇轻轻抿上一口，脸上立即浮起片片彤云。

黄敢还给玉刚带来了新的消息：县里与广东的一个产业扶贫合作项目金桔酒厂将在东山乡建设，虽然工厂没有选址在西塘坳村，但实际上对西塘坳村金桔合作社的金桔深加工，同样有着直接的关系。

其实，玉刚也正在策划一个金桔茶项目的可行性报告，上次他到柳州，在一家奶茶店里，意外地发现人家在卖金桔茶！点金桔茶的顾客还真不少。

不过那家店子的金桔茶用的是新鲜的油皮金桔，一杯茶中浮着几片切得薄薄的金桔，样子倒是蛮好看，一开始还以为是柠檬。

玉刚当时就琢磨，这新鲜金桔受时令限制，要是把金桔加工成干茶呢？回来之后便开始到处搜集干茶制作技术，苦瓜、山楂、柠檬等都可以制成大受欢迎的干茶，这味道和功用超好的金桔，肯定也没有问题。

"还有呢，随着整个浪溪河流域金桔产业的壮大，市场认知度不断提高，县里已经规划以东山乡为核心，设立融州金桔产业综合示范区，而我们西塘坳村，便是核心中的核心。"

金桔产业综合示范区的构想，其实是玉刚在上届全县政协会上提出来的与金桔相关的"互联网+"系列提案中的一个。在那个提案中，玉刚根据融州金桔栽培的历史特点和发展优势，提议以挖掘和打造"金桔"文化为切入点，建设金桔文化展示走廊、探索金桔种植和桔园生态观光一体化的"桔旅"特色产业发展之路。

提案中的设想很快就要实现了，玉刚的心里有一股说不出的惬意。

一阵山歌从远处的金桔林飘然入耳："好山好水育好果，九冬十月满山金，浪溪江头情歌欢，歌声飘过狮子岭；狮子岭下金桔香，我与情妹摘果忙……"

山歌嘹亮而粗犷，带着溢美的煽情，有些炽热，有些绵长，有些难以掩饰的小确幸。

微风拂煦，夕阳正好，他们的心早已沉醉。

二○二○年四月完稿